KB121429

이상한 나라의 앨리스
거울 나라의 앨리스

이상한 나라의 앨리스
거울 나라의 앨리스

초판 1쇄 인쇄일 | 2021년 5월 15일   초판 1쇄 발행일 | 2020년 5월 20일

지은이 | 루이스 캐럴
그린이 | 존 테니얼
옮긴이 | 강미경
펴낸이 | 강창용
책임편집 | 강동균
디자인 | 가혜순
책임영업 | 최대현

펴낸곳 | 느낌이있는책
출판등록 | 1998년 5월 16일 제10-1588
주 소 | 경기도 고양시 일산동구 중앙로 1233(현대타운빌) 407호
전 화 | (代)031-932-7474
팩 스 | 031-932-5962
이메일 | feelbooks@naver.com
포스트 | http://post.naver.com/feelbooksplus
페이스북 | http://www.facebook.com/feelbooksss

ISBN 979-11-6195-133-1 03840

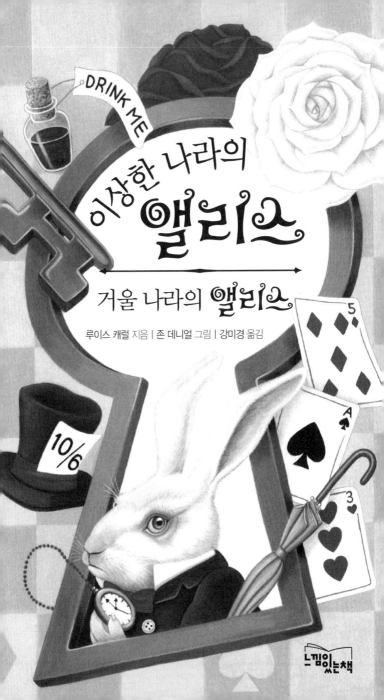

DRINK ME

이상한 나라의
앨리스

거울 나라의 앨리스

루이스 캐럴 지음 | 존 데니얼 그림 | 강미경 옮김

느낌있는책

1855년, 영국 옥스퍼드 대학 수학과 교수이자 성직자였던 찰스 루트위지 도지슨은 옥스퍼드 대학 총장으로 헨리 리델이 부임하면서 그의 딸인 앨리스 리델을 만나게 된다. 평소 어린 소녀를 세상에서 가장 아름답고 성스러운 존재라 여겼던 찰스는 어린 앨리스에게 매료되었고, 수시로 방문해 그녀와 그녀의 자매들을 위해 많은 이야기를 들려준다. 그리고 7년이 훌쩍 지난 어느 날, 찰스는 앨리스와 그녀의 자매들과 함께 템스 강에서 뱃놀이를 하면서 지금껏 세상에 없었던 이상하고 재미있는 이야기 하나를 시작한다. 1862년 7월 4일인 바로 이날 '앨리스라는 소녀의 모험'에 관련된 이야기가 시작된 것이다. 그리고 마침내 1865년 루이스 캐럴이라는 필명을 내세워 정식으로 그 이야기를 세상 사람들 앞에 내놓았는데, 그것이 바로 ≪이상한 나라의 앨리스Alice's Adventures in Wonderland≫다.

≪이상한 나라의 앨리스≫는 앨리스라는 소녀가 우연히 토끼 굴에 빠지면서 만나게 되는 신기한 모험 이야기다. 특

이한 점은 토끼와 고양이를 비롯한 많은 동물은 물론이고 생명이 없는 카드에까지 생명을 불어넣어 의인화시켰다는 점이다. 도지슨은 자신과 자신의 친구들에 관련된 일화를 작품 속에 녹여냈을 뿐 아니라 당시 영국의 강압적인 교육을 풍자하고 있다.

그로부터 6년 후 찰스는 루이스 캐럴이라는 이름을 다시 한 번 빌려 ≪이상한 나라의 앨리스≫ 속편에 해당하는 작품, ≪거울 나라의 앨리스Through the Looking-Glass and What Alice Found There≫(1871년)를 발표한다. 그러나 이 작품은 주인공이 여전히 앨리스라는 것을 제외하면 전작과 관련된 내용이 거의 없다. 거울을 통해 비치는 상을 이용한 언어유희나 시간과 관련된 언어유희를 큰 줄기로 삼고 있다. 그리고 하나의 거대한 체스 판과도 같은 거울 나라에서 앨리스는 체스의 말에 비유된다. 또한 전작과 비교할 수 없을 정도로 많은 의인화된 존재가 등장하며 환상적인 모험을 유도한다.

이제 찰스는 본명보다 루이스 캐럴이라는 이름으로 세상에 더 널리 알려져 있다. 19세기 환상문학의 효시이자 그가 사랑스런 꼬마 친구 앨리스 리델을 위해 쓴 이 두 작품은 명실상부한 영문학의 고전이자 세계 문학사에 길이 남는 명작이 되었다. 그러나 이러한 화려한 수식어보다 이 두 작품을 빛나게 하고 우리의 가슴속에 앨리스라는 존재가 뚜렷하게 자리하는 이유는 흰 토끼, 고양이, 하트 여왕, 미 모자 장수와 같은 불멸의 창조물들 때문일 것이다. 기묘하면서도 상상력이 넘치는 세상 속으로 빠질 준비가 되었는가? 그렇다면 이제 설레는 마음으로 책장을 넘기기만 하면 된다.

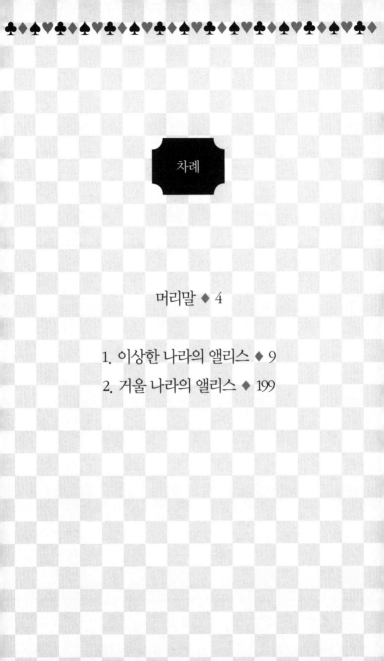

차례

이상한 나라의
앨리스

이상한 나라의 앨리스
차례

1
토끼 굴로 떨어진 앨리스

앨리스는 언덕 위에서 책을 보고 있는 언니 곁에 앉아 있는 것이 지루했다. 언니가 읽는 책을 한두 장 넘겨보았지만 그 책에는 그림도, 대화도 없었다.

'재미도 없는 저런 책을 왜 읽는 거야?'

앨리스는 생각만 해도 짜증스러웠다.

앨리스는 언덕 밑에 펼쳐진 풀밭에서 데이지 꽃을 꺾어 목걸이나 만들어볼까 하는 생각을 했다. 그러나 곧 그것도 귀찮을 것 같아 망설였다. 따스한 햇살 속에 앉아 있으려니 졸음이 쏟아져 머리는 텅 비고 온몸이 나른했다. 그때 어디선가 갑자기 눈알이 빨갛고 털이 온통 하얀 토끼 한 마리가 나타났다.

"어, 큰일 났네! 이러다간 지각하겠네."

　토끼가 이렇게 중얼거리는 소리를 듣고도 앨리스는 별로 놀라지 않았다. 나중에 생각해보니 놀라지 않은 게 이상한 일이었으나 그 당시엔 너무 자연스럽게 느껴졌다.

　토끼가 조끼 주머니에서 시계를 꺼내 들여다보고는 서둘러 뛰기 시작했다. 바로 그때 앨리스도 놀란 듯 벌떡 일어났다. 토끼가 조끼를 입었다거나 시계를 가지고 다닌다는 얘기는 한 번도 들어본 적이 없다는 생각이 그제야 들어서였다.

앨리스는 호기심으로 가득 차서 토끼의 뒤를 쫓아 들판을 가로질렀다. 그리고 언덕 아래 굴로 뛰어 들어가는 토끼의 모습을 발견했다. 앨리스는 토끼의 뒤를 따라 굴로 들어갔다. 밖으로 다시 나오는 방법 따위는 별로 관심이 없었다.

굴속은 한동안 기차 터널처럼 반듯하게 뚫려 있는 것 같더니 갑자기 밑으로 쑥 꺼졌다. 전혀 예상하지 못했기 때문에 멈춰서야 한다는 생각을 할 틈도 없었다. 앨리스는 공중으로 붕 뜨는 듯하더니 깊고 깊은 우물 같은 구덩이 속으로 떨어져 내렸다. 엘리스는 매우 느린 속도로 떨어져 내리고 있었기 때문에 충분히 주위를 살필 수 있었다. 그리고 앞으로 어떤 일이 닥칠까 하는 걱정과 기대가 동시에 들었다. 먼저 아래쪽을 내려다보며 도대체 자신에게 무슨 일이 일어나고 있는지를 살폈지만 너무 깜깜해서 아무것도 보이지 않았다.

앨리스는 떨어지면서도 정신을 가다듬어 구덩이의 벽을 살펴보았다. 순간 앨리스는 놀라서 벌어진 입을 다물 수 없었다. 주위는 찬장과 책장으로 꽉 들어차 있었고, 곳곳에 지도나 그림 따위가 걸려 있는 것이 아닌가! 너무도 신기한 생각에 찬장에 얹혀 있는 항아리 하나를 집어 들었다. 앨리스가 아주 좋아하는 '오렌지 마아말레이드'라는 라벨이 붙어 있었기 때문이다. 하지만 아쉽게도 항아리 안은 텅 비어 있었다. 하지만 항아리를 던져버리지는 않았다. 혹시 아래에 누군가가 있다면 다칠 수 있기 때문이었다. 앨리스는 계속 아래로 떨어져 내리면서 항아리를 어느 선반 위에 조심스럽게 올려놓고는 그런 행동을 한 자신에게 조금 놀랐다.

'어쩜, 이렇게 떨어지면서도 누가 다칠까 봐 걱정하고 있다니! 식구들이 이걸 알면 날 얼마나 대견스러워할까? 하지만 난 절대로 말하지 않을 거야. 이대로 우리 집 지붕 위로 떨어진다고 해도 말이야.'

앨리스는 천천히 아래로 떨어져 내리고 있었다.

"어휴, 지금까지 몇 마일이나 떨어진 것일까? 아마 지구 중심부 가까이까지 왔을지도 몰라. 그게 얼마더라? 그래, 한 4천 마일쯤 된다고 했어……."

앨리스는 큰 소리로 말했다.

과학 시간에 이런 것들을 배운 기억이 났다. 아무도 듣는 사람이 없어 자신의 지식을 자랑하기에 좋은 기회는 아니었지만, 그래도 큰 소리로 말하는 것은 좋은 연습이 될 것이라는 생각에서였다.

"그래, 그쯤 될 거야. 그렇다면 위도나 경도는 얼마나 될까?"

사실 앨리스는 위도나 경도에 대해서 별로 아는 것이 없었다. 그래도 그럴듯한 말을 할 수 있는 자신이 멋지게 느껴졌다. 그래서 계속 자신이 생각해낼 수 있는 단어들은 모두 떠올리며 아는 척을 했다.

"하지만 이러다간 지구를 뚫고 나가게 되겠는걸! 머리를 땅으로 향하고 걷는 사람들을 만나면 재미있겠어! 그 사람들은 틀림없이 물구나무서기로 걷겠지?"

앨리스는 방금 한 말을 아무도 듣지 않은 것을 다행으로 여겼다. 자기가 생각해도 우스운 이야기였기 때문이다.

"안 되겠어. 이곳이 어느 나라인지 물어봐야지. 저, 말씀 좀 묻겠어요. 여기가 뉴질랜드인가요? 아니면 오스트레일리아인가요?"

앨리스는 고개를 숙여 인사를 했다. 허공으로 떨어져 내리면서 이렇게 인사를 할 수 있다는 게 이상하기만 했다.

'정말 이런 일이 가능할까? 그리고 만약 누군가 내 얘기를 들으면 날 얼마나 무식한 아이라고 생각하겠어? 아냐, 아무것도 물어보지 말자. 틀림없이 어딘가에 쓰여 있을 거야.'

한동안 아무 말 없이 떨어져 내리던 앨리스는 별로 할 일이 없어 다시 중얼거리기 시작했다.

"다이너가 오늘 나를 애타게 찾을 텐데. 내가 왜 그 생각을 못했지?"

다이너는 앨리스가 사랑하는 고양이 이름이다.

"차 마시는 시간에 우유를 줘야 하는데……. 귀여운 다이너. 지금 네가 있다면 얼마나 좋겠니? 이런 허공엔 쥐가 없어서 걱정이지만 박쥐는 있을 거야. 박쥐는 쥐하고 거의 비슷하게 생겼거든. 하지만 과연 고양이가 박쥐를 먹을까?"

앨리스는 갑자기 졸음이 쏟아졌다. 앨리스는 꿈을 꾸는 것처럼 '고양이가 박쥐를 먹을까? 고양이가 박쥐를 먹을까?' 하다가는 '박쥐가 고양이를 먹을까? 박쥐가 고양이를 먹을까?'로 뒤바뀐 것도 모르고 계속 중얼거렸다. 하긴 대답을 바라는 게 아니니까 대상이 좀 뒤바뀌었다 해도 큰일은 아니었다.

스르르 잠이 든 앨리스는 꿈속에서 다이너를 안고 다정하게 속삭였다.

"다이너야, 박쥐 먹어본 적 있니?"

바로 그 순간 앨리스는 '쿵' 하는 소리를 내며 마른 풀과 나뭇잎이 수북이 쌓인 더미 위로 엉덩방아를 찧으며 주저앉았다. 드디어 어딘가에 닿은 것이다. 조금도 아프지 않고, 또 다친 데도 없다는 것을 안 앨리스는 벌떡 일어나 주위를 살폈다. 머리 위쪽은 어두워서 아무것도 보이지 않았으나 앞으로는 기다랗게 길이 나 있었다. 자세히 보니 저 멀리 그 하얀 토끼가 두 귀를 나풀거리며 열심히 뛰어가는 모습이 보였다. 앨리스는 재빨리 토끼 뒤를 쫓았다.

길모퉁이를 막 돌아서며 토끼가 중얼거렸다.

"빌어먹을! 거추장스럽게 귀랑 수염은 왜 이렇게도 긴 거야? 너무 늦어 큰일 났어."

앨리스는 토끼 뒤를 바짝 쫓아 모퉁이를 돌아섰다. 하지만 이게 웬일인가! 토끼 모습은 보이지 않고 넓고 긴 홀만 있을 뿐이었다. 천장에 한 줄로 매달린 램프 빛 때문에 홀은 아주 환했다. 둘레에 있는 문은 하나같이 잠겨 있었다. 그 문을 하나씩 열어보려 했지만 헛일이었다. 앨리스는 홀 한 가운데로 물러서며 어떻게 이곳을 빠져나갈지를 생각 했다.

앨리스는 다리가 세 개 달린 탁자를 발견했다. 탁자는 두꺼운 유리로 되어 있었다. 자세히 보니 그 위에 자그마한 황금 열쇠가 있었다. 앨리스는 그것이 어느 문의 열쇠일 거라 생각하고 문을 하나씩 열어보았다. 그러나 자물쇠가 너무 큰 것인지, 열쇠가 너무 작은 것인지 하나도 맞는 게 없었다. 그래도 포기하지 않고 다시 한 번 돌아가며 열어보다 한쪽에 낮게 드리워진 커튼을 발견했다. 아까는 미처 못 본 것이었다. 커튼을 들추니 높이가 40센티미터 정도 되는 자그마한 문이 나타났다. 혹시나 하는 생각으로 황금 열쇠를 자물쇠에 꽂으니 꼭 맞았다.

문을 열자 쥐구멍만 한 구멍이 나타났다. 무릎을 꿇고 그 구멍을 들여다보니 정말 아름다운 정원이 보였다.

"이 홀에서 나가 저 아름다운 꽃밭과 분수 사이를 걸을 수 있으면 얼마나 좋을까?"

그러나 구멍이 너무 작아 머리도 빠져나가지 못할 것처럼 보였다.

　"하긴 머리가 빠져나간다 해도 무슨 소용이 있지! 어깨가 걸릴 텐데……. 내 몸을 망원경처럼 작게 접을 수 있으면 좋겠어. 어쩌면 그렇게 할 수 있는 방법이 있을지도 몰라."

　이상한 일이 연달아 생기니까 앨리스는 어느새 불가능한 일은 없다고 여겼다.

　문으로 나갈 수 없다는 걸 알게 된 앨리스는 다른 큰 문에 맞는 열쇠라든지, 망원경처럼 몸이 줄어들게 하는 방법이 적힌 책이 있기를 바라며 유리 테이블로 돌아왔다. 그러나 테이블 위에는 못 보던 작은 병이 하나 있을 뿐이었다.

"이상하다. 아까는 분명히 없었는데……."

앨리스는 혼잣말로 중얼거렸다. 그 작은 병목 부분에 '마시세요!'라는 커다란 글씨가 쓰인 종이가 달려 있었다. 그대로 마시려다가 앨리스는 천천히 다시 생각했다.

"아냐, 먼저 잘 살펴봐야 해. 어쩌면 '독'이라는 글자가 있는지도 몰라."

앨리스는 자신에게 타이르듯 말했다. 그녀는 책을 많이 읽었기 때문에 커다란 위험이나 불행한 일이 어떻게 생기는지 잘 알았다. 그러나 걱정했던 것과는 달리 그 작은 병에는 어디를 살펴봐도 위험하다는 표시가 없었다.

앨리스는 모험을 해보기로 하고 병을 입으로 가져가 단숨에 마셨다. 아, 그 맛은 말로 설명하기 어려웠다. 뭐라고 할까? 버찌 파이, 파인애플 주스, 칠면조 튀김, 버터를 듬뿍 바른 토스트 등을 몽땅 하나로 섞어놓은 맛이라고 할까?

"정말 이상한 기분인데? 내 몸이 망원경처럼 줄어든 것 같아!"

진짜로 앨리스 키는 기

껏해야 30센티미터 정도로 줄어들었다. 순간 앨리스는 표정이 환하게 밝아졌다. 이제는 저 아름다운 정원으로 나갈 수 있게 된 것이다!

앨리스는 곧장 문으로 달려갔다. 그런데 너무 서두르는 바람에 문에 이르렀을 때에야 열쇠를 가져오지 않았다는 게 생각났다. 열쇠를 가지러 테이블이 있는 곳으로 급히 달려간 앨리스의 얼굴은 금세 굳어지고 말았다. 열쇠가 있는 테이블 위는 이제 작아진 그녀에게는 까마득히 높은 곳이었기 때문이었다. 그래도 최선을 다해 유리 테이블 다리를 기어올라 봤지만 헛일이었다. 유리 기둥은 미끄럽기만 할 뿐 잡을 것도, 디딜 곳도 없었다. 아무리 안간힘을 써도 기운만 빠질 뿐이었다. 너무 속상해 앨리스는 울기 시작했다.

"바보, 운다고 무슨 좋은 방법이 생기겠어! 그만 울어!"

한참을 울고 난 앨리스는 제법 엄한 목소리로 자신을 꾸짖었다. 그런데 눈물을 훔치다가 테이블 아래 놓여 있는 조그마한 유리 상자를 발견했다. 상자 안에는 작은 케이크가 있었다. 케이크에는 아주 작은 건포도로 '드세요!'라고 쓰여 있었다.

"좋아. 기꺼이 먹겠어."

앨리스는 자신에게 용기를 주려는 듯 힘주어 말했다.

"이걸 먹고 키가 커지면 열쇠를 잡을 수 있고, 만약 더 작아지면 문틈 사이로 빠져나가 정원에 나갈 거야. 내 모습이 어떻게 변하든 그게 뭐가 중요해!"

그녀는 우선 케이크를 조금 떼서 먹어본 뒤 두려운 마음으로 손을 머리에 얹어 자신이 어떻게 변하는지 알아보려고 했다.

"어떻게 되는 거지? 커지는 거야, 작아지는 거야?"

그러나 생각과 달리 아무 변화가 없었다. 하긴 케이크를 먹는다고 해서 몸에 변화가 생길 리는 없었다. 신기한 일을 계속 겪고 있던 앨리스는 스스로 생각해도 바보스러웠지만 변화를 기대했던 것이다. 그래도 앨리스는 기대를 버리지 않고 계속 먹었다. 눈 깜짝할 사이에 작은 케이크는 흔적도 없이 사라졌다.

2
눈물의 바다

"아악, 이럴 수가!"

앨리스는 비명을 질렀다. 너무 놀라 잠시 할 말을 잊었다. 앨리스 다리가 발이 거의 보이지 않을 정도로 길게 늘어나 있었던 것이다.

"안녕, 내 귀여운 다리야! 이 세상에서 가장 긴 망원경처럼 주욱 늘어나고 말았구나. 아, 불쌍한 내 다리! 이제 누가 내 발에 신발과 스타킹을 신겨주지? 난 이제 그렇게 할 수 없을 것 같아. 너희와 너무나 멀리 떨어져 있거든. 앞으로 너희들 일은 너희들이 알아서 해야 해. 하지만 친절하게 대해줄게."

앨리스는 곰곰이 생각해보았다.

'만약 내 발에게 친절하게 대하지 않으면 내가 가고 싶은 곳으로 가주지 않을지도 몰라. 가만 있자, 그렇지! 올해 크리스마스부터는 매년 새 장화를 선물로 줘야겠어.'

그리고 계획을 짜보았다.

'음, 그래. 배달을 시키면 되겠네.'

그러면서 앨리스는 피식 웃고 말았다.

'자기 발한테 선물을 보내다니! 말도 안 돼. 그리고 주소는 뭐라고 써야 하지? 난롯가에 있는 앨리스의 오른쪽 발 씨에게, 사랑하는 앨리스가⋯⋯?'

"아이쿠, 세상에! 내가 도대체 무슨 상상을 하는 거지?"

바로 그때였다. 앨리스 머리가 천장에 쿵 하고 부딪쳤다. 아, 키가 3미터도 넘게 커져버렸던 것이다. 정신이 번쩍 든 앨리스는 테이블 위의 열쇠를 집어 들고 정원으로 나가는 문 쪽으로 달려갔다.

하지만 이럴 수가! 앨리스가 할 수 있는 일이라고는 그저 옆으로 누워 한쪽 눈으로 정원을 내

다보는 게 다였다. 이제 그 구멍을 통해 정원으로 나간다는 것은 불가능한 일이었다. 주저앉은 앨리스는 또 울기 시작했다.

"너처럼 커다란 거인이 울기만 하다니 부끄럽지 않니? 제발 울음을 그쳐!"

앨리스는 자신을 꾸짖었다. 그러나 눈물은 그치지 않고 계속 나왔다. 분수처럼 솟아나는 눈물이 볼을 타고 흘러내려 어느새 바다를 이루어 발목까지 찰랑거렸다.

잠시 후 앨리스는 멀리서 다가오는 발자국 소리를 듣고 황급히 눈물을 닦았다. 정장 차림을 하고 양손에 조그마한 장갑 한 켤레와 커다란 부채를 든 아까 그 하얀 토끼였다. 여전히 중얼거리면서 몹시 바쁜 듯 헐레벌떡 뛰어왔다.

"공작 부인을 기다리게 하다니! 아, 얼마나 화가 나셨을까?"

지푸라기라도 잡고 싶었던 앨리스는 토끼를 만나서 몹시 반가웠다. 그래서 토끼가 가까이 다가오자 애절하게 말했다.

"토끼 님, 저를 좀 도와주세요."

그러자 토끼는 화들짝 놀라 손에 들었던 하얀 장갑과 부채를 떨어뜨린 채 어둠 속으로 달아나 버렸다.

장갑과 부채를 집어 든 앨리스는 더워서 부채질을 하며 다시 혼잣말을 시작했다.

　"오늘은 정말 이상한 날이야. 어제만 해도 아무렇지 않았는데 말이지……. 어젯밤에 내가 변해버렸을까? 아, 오늘 아침 일어날 때를 생각해보자. 음, 조금 이상한 기분이 들었던 것도 같아……. 내게 무슨 문제가 생긴 거지? 난 도대체 누구인 거야? 아, 정말 모르겠다!"

앨리스는 자신이 누군가와 바뀐 건 아닌가 싶어서 친구들을 하나씩 생각해보았다.

"그래, 확실히 에다는 아니야."

제일 먼저 생각난 친구는 가장 친한 에다였다.

"내 머리는 에다처럼 곱슬곱슬하지도 않잖아. 그럼 마벨인가? 그앤 좀 멍청한데 난 많은 걸 알고 있잖아. 아, 정말난 많은 것을 알고 있을까? 어디 시험해봐야지. 4 곱하기 5는 12, 4 곱하기 6은 13, 4 곱하기 7은……. 아니야, 이건 틀린 답인걸. 하지만 구구단이 전부는 아니야. 이번엔 지리를해보자. 파리의 수도는 런던, 로마의 수도는 파리, 로마는……. 아니야, 이번에도 전부 틀렸어! 아, 멍청한 마벨과 바뀌었나 봐! '꼬마별의 노래'라도 외워볼까?"

앨리스는 수업 시간처럼 무릎 위에 두 손을 모으고 외우기 시작했다. 그러나 여느 때와 다르게 가사가 뒤죽박죽이되었다.

새끼 악어 한 마리가
꼬리를 번쩍이며
나일 강의 푸른 물을 퍼 올려
황금빛 비늘 위로 뿌리네.

기쁜 듯이 미소 지으며

멋지게 발톱을 세우네.
물속의 친구들을 맞이하는
우리의 귀여운 새끼 악어.

…….

"이것도 아니야! 틀렸어."

앨리스 눈에 눈물이 가득 고였다.

"그래, 나는 정말 마벨이 됐나 봐. 아, 함께 놀 친구도 없고, 장난감도 하나 없는 가난한 집에서 살아야 하다니……. 그리고 지겹게 공부도 해야 하고……. 좋아, 결심했어. 내가 만약 마벨이 된 거라면 난 여기서 절대로 나가지 않을 거야. 사람들이 와서 '어서 올라오너라, 얘야!' 하고 부르겠지. 그럼 난 올려다보면서 이렇게 말할 거야. '먼저 내가 누군지 말해주세요. 나를 앨리스라 불러주지 않으면 난 영원히 올라가지 않을 거예요'라고 말이야. 하지만 그렇게 불러주지 않으면 나는 어쩌지?"

앨리스는 눈물이 왈칵 쏟아졌다.

"누군가와 이야기라도 할 수 있으면 좋겠어! 이렇게 혼자 있다간 얼마 못 가서 난 지쳐버릴 거야."

이렇게 흐느끼며 자신의 손을 내려다본 앨리스는 깜짝 놀랐다. 토끼가 떨어뜨리고 간 조그마한 장갑을 자신의 손에 끼고 있었던 것이다.

"어, 그렇다면……?"

앨리스는 어쩜 자신이 다시 작아졌을지도 모른다는 생각이 들었다. 그래서 벌떡 일어나 테이블이 있는 곳으로 달려갔다. 그 생각이 맞았다. 그녀는 60센티미터 정도로 줄어들어 있었다. 게다가 계속 줄어들고 있었다. 순간 앨리스는 자신의 키가 이렇게 줄어드는 것은 손에 들고 있는 부채 때문이라는 생각이 들었다. 그래서 재빨리 부채를 던져버렸다. 계속 부쳤다간 자기가 아주 없어져버릴 수도 있었다.

"어휴, 큰일 날 뻔했어."

앨리스는 매우 놀랐다. 그리고 작긴 하지만 아직은 자신이 존재한다는 사실이 기뻤다.

"이제 드디어 정원으로 나갈 수 있겠구나!"

앨리스는 신이 나서 그 작은 문으로 달려갔다. 그러나 작은 문은 여전히 잠겨 있었고, 황금 열쇠는 유리 테이블 위에 그대로 놓여 있었다.

"더 나쁘게 됐잖아!"

앨리스는 다시 기운이 빠졌다.

"이렇게 작아져서 뭐에 쓰겠어! 이제 모두 다 틀렸다고."

이렇게 한탄하고 있다가 발을 헛디딘 앨리스는 가슴까지 올라오는 짠 물속에 빠져버렸다.

그녀는 문득 바다에 빠졌다는 생각이 들었다.

"아, 그러면 기차를 타고 돌아가면 되겠다!"

앨리스는 옛 기억을 더듬으며 중얼거렸다. 부모님과 단 한 번 간 바닷가 별장 뒤에 있던 기차역이 떠올랐기 때문이다. 그러나 여기는 바다가 아니라 키가 3미터쯤 커졌을 때 자신이 흘린 눈물이라는 것을 깨달았다.

"아, 그때 그렇게 울지만 않았어도 이런 일은 생기지 않았을 거야……."

앨리스는 후회하면서 헤엄쳐 나갈 곳을 찾고 있었다.

"어휴, 울보니까 내 눈물에 내가 빠지는 벌을 받는 거야! 정말 이상해. 오늘은 모든 게 이상하기만 한 날이야."

바로 그때 멀지 않은 곳에서 첨벙거리는 소리가 났다. 앨리스는 소리 나는 쪽으로 헤엄쳐서 가보았다. 괴물처럼 커다란 동물 한 마리가 헤엄을 치고 있었다. 언뜻 볼 땐 하마나 해마인 줄 알았는데, 곧 생쥐라는 것을 알 수 있었다. 자기가 그만큼 작아진 것이었다. 그 생쥐도 자기처럼 눈물 바다에 빠졌던 것이다.

  '생쥐에게 말을 걸어봐야 무슨 소용이 있겠어?'

  앨리스는 잠시 생각에 잠겼다.

  '하지만 여긴 이상한 곳이잖아. 이 생쥐가 말을 할지도 몰라. 어쨌든 손해볼 것 없어. 한번 해보자.'

  앨리스는 서슴없이 생쥐에게 말을 걸었다.

  "애, 생쥐야. 이곳에서 빠져나가는 길을 알고 있니? 난 지쳐서 계속 헤엄칠 수가 없어."

  그러나 생쥐는 이상하다는 듯 작은 눈으로 바라보기만 할 뿐이었다.

  '영어를 할 줄 모르나 보다.'

  앨리스는 속으로 단정 지었다.

  '어쩌면 정복 왕 윌리엄과 함께 프랑스에서 온 쥐인지도 몰라.'

  앨리스가 그나마 기억하고 있는 역사 지식은 이 정도였다. 게다가 그 사실이 어느 때의 일인지는 전혀 몰랐다.

  앨리스는 이런 생각이 들자 망설이지 않고 프랑스어로

말해보았다.

"너 고양이를 좋아하니?"

프랑스어 교과서에 제일 처음 나오는 문장이었다. 그러자 생쥐는 물 위로 펄쩍 뛰어오르더니 새파랗게 질려버렸다. 놀란 앨리스는 생쥐가 왜 그러는지 금방 알아챘다.

"아, 미안해. 잘못했어. 용서해줘."

앨리스는 생쥐의 마음을 상하게 했다는 것을 깨달았다.

"네가 고양이를 싫어한다는 걸 깜빡 잊었어!"

"고양이를 좋아하냐고?"

생쥐가 몹시 화가 나서 부르짖듯 말했다.

"네가 나라면 고양이를 좋아할 수 있겠어?"

"음……. 아마 좋아하지 않을 거야."

앨리스는 생쥐를 달래듯 말했다.

"정말 미안해. 화내지 마. 그런데 우리 고양이 다이너를 보여주고 싶어. 다이너를 보기만 하면 너도 고양이를 좋아하게 될 거야. 아주 귀엽거든."

앨리스는 천천히 헤엄을 치면서 계속해서 말했다.

"난롯가에 앉아 앞다리를 핥거나 얼굴을 씻는 모습이 진짜 귀여워. 또 털은 얼마나 부드러운데! 생쥐를 잡을 때, 재빠른 모습은 또 얼마나 멋지다고……. 아, 이런! 또 실수!!"

앨리스는 놀라 말을 멈췄다. 생쥐는 진짜 공격을 당하는 것처럼 털을 곤추세우고 떨고 있었다.

"미안해, 다이너 이야기는 그만할게."

"그래! 우리 가족은 모두 고양이를 싫어해. 이름도 듣기
싫어한다고!"

생쥐는 곧추세웠던 꼬리를 내리며 소리쳤다.

"알았어, 생쥐야. 이젠 안 해."

그러고는 서둘러 화제를 바꿨다.

"그럼 개는 좋아하니?"

생쥐가 바로 대답하지 않자 앨리스는 열을 올리며 계속
말했다.

"우리 집에 예쁘고 작은 개가 살고 있는데, 너에게 보여
주고 싶어. 반짝이는 눈동자에 긴 갈색 털이 곱슬곱슬한
테리어 종이야. 재주가 참 많아. 무얼 던지면 재빨리 물어

오기도 하고, 음식을 달라고 두 발을 들고 앉아 재롱을 부려. 또 재주가 많은데 지금은 잘 기억이 나지 않아. 개 주인은 농부인데 그 개가 무척 쓸모 있다고 자랑을 하더라고. 값으로 따지면 수백 파운드가 넘는대. 쥐를 보면 보는 대로 모두 잡아 죽여. 농작물에…… 어머나, 또 실수를 했네!"

앨리스는 안타까워하며 다시 소리쳤다.

"또 널 괴롭혔구나!"

어느새 생쥐는 있는 힘을 다해 멀리 도망쳐 그녀를 노려봤다. 이렇게 되자 앨리스 부드러운 목소리로 생쥐를 달랬다.

"귀여운 생쥐야, 정말 미안해. 제발 가까이 와줘. 정말로 이제는 네가 싫어하는 고양이나 개 이야기는 하지 않을 거야. 맹세해!"

생쥐는 믿지 못하겠다는 얼굴이었지만 느린 속도로 천천히 헤엄을 쳐 돌아왔다. 겁에 질린 생쥐는 떨리는 목소리로 말했다.

"어서 빨리 나가자. 그러고 나서 얘기해줄게. 내가 왜 고양이랑 개를 미워하는지 알게 될 거라고."

눈물 바다는 앨리스와 생쥐 말고도 오리, 도도새, 잉꼬, 새끼 독수리와 다른 동물들, 그리고 이상하게 생긴 벌레들이 빠져 혼잡을 이루고 있었다. 이 이상한 무리도 생쥐와 앨리스 뒤를 따라 물가를 향해 헤엄쳤다.

3
코커스 경주와 길고 긴 이야기

동물들은 하나같이 물에 젖어 털과 가죽이 착 달라붙은 우스꽝스러운 모습으로 날개를 축 늘어뜨린 채 모여 앉았다.

가장 중요한 것은 젖은 몸을 빨리 말리는 일이었다. 여러 의견이 오가고 앨리스도 오래전부터 그들과 알고 지낸 것처럼 스스럼없이 어울렸다. 앨리스는 특히 잉꼬와 마주 앉아 서로 자신의 주장을 내세우느라 한동안 투덕거렸다. 마침내 잉꼬가 화를 벌컥 내며 쏘아붙였다.

"난 너보다 나이가 많잖아. 그러니까 내가 더 잘 안다고!"

그러나 앨리스는 잉꼬의 나이가 몇 살인지 몰라 인정할 수 없었다. 더구나 잉꼬가 끝내 자기 나이를 밝히질 않아서 다툼은 그대로 끝났다.

마침내 이 이상한 무리에서 어딘지 권위가 있어 보이는 생쥐가 나섰다.

"자, 이제 모두 내 말을 들어봐요. 당장 몸을 말릴 수 있는 방법을 가르쳐줄 테니까!"

그 말에 동물들 모두 생쥐를 가운데로 하고 둥그렇게 모여 앉았다. 앨리스도 빨리 몸을 말리지 않으면 무서운 감기에 걸릴지도 모른다는 생각에 걱정스런 눈으로 생쥐를 바라봤다.

"으흠!"

생쥐는 헛기침으로 주의를 모은 후 목을 가다듬고 이야기를 시작했다.

"음, 준비들 됐죠? 그럼, 이제 시작합니다. 이건 내가 알고 있는 방법 중에서 가장 빠른 건데, 둥그렇게 둘러앉아 조용히 재미있는 이야기를 듣는 겁니다. 정복 왕 윌리엄은 교황의 은총을 받아 영국을 차지한 후에도 침략과 정복을 계속하고, 메르시아와 노덤브리아 백작은……."

"흥!"

잉꼬가 코웃음을 쳤다.

"지금 뭐라고 했죠?"

생쥐가 얼굴을 찌푸리면서도 정중하게 물었다.

"당신이 뭐라고 했나요?"

"나요? 아, 아뇨."

당황한 잉꼬가 시치미를 뗐다.

"난 당신이 무슨 말을 한 줄 알았어요."

이렇게 나무라듯 말한 생쥐는 주위를 둘러보고는 다시 입을 열었다.

"그럼 계속할게요. 메르시아와 노덤브리아 백작, 에드윈과 모르카는 그에게 충성을 맹세했고, 애국적인 캔터베리 대주교 스티갠드까지도 그것을 보고는……."

"뭘 봤다고?"

오리가 끼어들었다.

"그것을 봤다고요!"

방해를 받자 생쥐가 버럭 화를 냈다.

"설마 '그것'이 무엇을 의미하는지 모르시진 않겠죠?"

"내가 찾아낼 때는 잘 알지."

오리는 여전히 고집스럽게 대꾸했다.

"하지만 내가 찾아내는 건 보통 개구리나 풀벌레 따위라고. 그런데 대주교가 본 것은 대체 뭐냐고?"

생쥐는 오리의 물음에 아랑곳하지 않고 하던 이야기를 계속했다.

"……그것을 본 대주교는 애드거 에슬링을 충동질해서 함께 윌리엄을 왕으로 추대했어요. 처음 얼마 동안 잘 다스려나가던 윌리엄은 얼마 안 가 노르만의 흉내를 내며 건방져져서……. 자, 귀여운 아가씨. 좀 마른 것 같지 않아요?"

생쥐가 갑자기 이야기를 멈추고 앨리스에게 물었다.

"조금도 마르지 않았다고."

앨리스는 실망해서 대답했다.

"이 방법은 나한테 효과가 없나 봐."

"그래? 그러면 좋은 수가 있어. 이 방법은 그만하고 좀 더 효과적인 방법을 찾아보자."

도도새가 거드름을 피우며 일어섰다.

"쉬운 말로 해!"

새끼 독수리가 짜증을 내며 나섰다.

"무슨 말인지 못 알아듣겠어. 너도 뾰족한 방법을 모르면서 괜히 잘난 척하는 거지?"

새끼 독수리는 고개를 숙여 살짝 웃었다. 여기저기에서 키드득거렸다.

도도새가 날카롭게 말했다.

"내가 말하려 했던 건 바로 코커스 경주야."

"코커스 경주? 그게 뭔데?"

앨리스가 물었다. 별로 관심은 없었는데 도도새가 누군가가 되묻기를 기다리는 눈치였고, 또 누구도 관심을 보이지 않아 마지못해 물은 것이다.

"코커스 경주가 뭐냐고?"

도도새가 앨리스를 보며 싱긋 웃었다.

"직접 해보는 게 가장 좋아."

(어느 추운 겨울날 여러분이 이 경주를 해보고 싶을 때를 대비해 도도새가 어떻게 했는지 이야기해주겠다.)

우선 둥그렇게 경주 코스를 그려놓았다. 코스의 모양은 아무래도 상관없다고 했다. 그곳의 동물 모두가 코스에 들어섰다.

출발 신호도 없었고, 각자 마음 내키는 대로 뛰기 시작했다. 또 뛰다가 힘들면 아무 때나 그만둘 수 있다. 경기가 언제 시작되어 언제 끝나는지도 알 수 없었다. 그럼에도 뒤죽박죽 경기는 30분 이상이나 계속되었고, 그러는 사이 동물들의 몸이 완전히 말랐다. 바로 그때 도도새가 느닷없이 소리쳤다.

"경기 끝!"

그러자 동물들은 누구랄 것도 없이 앞 다투어 물었다.

"누가 이긴 거야? 도대체 우승자는 누구야?"

난처한 질문을 받은 도도새는 모든 동물이 숨을 죽이고 기다리는 사이에 한 손가락으로 관자놀이를 누른 채 앉아 있다가—그림 속 셰익스피어의 모습과 비슷한 자세로—마침내 입을 열었다.

"모두 다 이긴 것입니다. 그러니 모두 상을 받아야죠."

"누가 상을 주죠?"

동물들이 합창을 하듯 소리쳤다.

"물론 이 아가씨지!"

도도새가 서슴없이 손가락으로 앨리스를 가리켰다. 갑자기 모든 동물이 앨리스 둘레로 모여들면서 소리쳤다.

"상을 줘! 어서 상을 달라고!"

당황한 앨리스는 엉겁결에 주머니에 손을 넣어보았다. 다행히도 무언가 잡히는 게 있어 꺼냈다. 사탕이 든 상자였다. 물에 빠졌는데도 사탕은 말짱했다. 앨리스는 사탕을 꺼내 하나씩 나눠주며 다행이라고 여겼다. 놀랍게도 사탕은 동물 수와 같아 한 개씩 골고루 나누어줄 수 있었다.

"너는 없잖아. 너도 상을 받아야지?"

생쥐가 나서며 말했다.

"당연하지."

도도새가 점잖은 목소리로 거들었다.

"주머니에 다른 건 없어?"

도도새가 앨리스에게 물었다.

"골무밖에 없어."

앨리스가 풀이 죽어 대답했다.

"됐어. 그걸 이리 줘봐."

도도새가 아무렇지 않게 말했다.

동물들이 다시 앨리스 둘레로 모였다. 도도새는 앨리스가 준 골무를 도로 건네주면서 진지하게 말했다.

"우리는 귀하가 이 우아한 골무를 받아주시길 진심으로 바랍니다."

이렇게 짧은 연설이 끝나자 동물들이 일제히 환호성을 질렀다. 앨리스는 어처구니가 없어 웃음이 나오려고 했다. 하지만 모두 너무나 진지한 표정을 짓고 있어서 차마 웃을 수가 없었다. 또 달리 할 말도 떠오르지 않았다. 그래서 잠자코 고개를 숙이며 자신의 골무를 도로 받아 들었다.

그리고 잠시 후 사탕 때문에 소동이 일어나고 말았다.

몸집이 큰 동물들은 사탕이 너무 작다고 투덜댔고, 몸집이 작은 동물들은 사탕이 목에 걸려 서로 등을 두들겨주느라고 난리들이었다. 소동이 가라앉자 동물들은 다시 둥그렇게 모여 앉아 생쥐에게 이야기를 해달라고 졸랐다.

"살아온 이야기를 해주겠다고 약속했잖아. 또 고양이와 개를 왜 싫어하게 됐는지도……."

앨리스는 생쥐 마음이 상하지 않길 바라며 귀에 대고 속삭였다.

"그건 매우 길고도 슬픈 이야기야."

생쥐가 앨리스를 돌아보며 한숨을 쉬었다.

"정말 긴 꼬리구나."

앨리스는 생쥐의 꼬리를 내려다보며 말했다.

"그런데 뭐가 슬프다는 거지?"

엉뚱한 생각을 하기 시작하자 생쥐의 이야기도 이상하게
들렸다.

우연히 마주치자마자

분노에 찬 개는 생쥐에게

이렇게 말했지.

"나와 함께 재판정으로 가자.

난 너를 심판하겠다.

어서 이리 와.

싫다고 해도 소용없어.

너는 재판을 받아야 해.

오늘 아침 할 일도 없는데

잘됐구나."

그러자

생쥐는

그 잡종 개에게

이렇게 말했지.

"참, 이상한 재판도 다 있군요?

재판장도 배심원들도 없이…….

쓸데없는 짓이
아닐까요?"

"내가 재판장도 하고
배심원도 할 거야!"
교활하고 늙은 분노의 여신이 말했지.
"어쨌든 난
모든 수단과 방법을
동원해서라도
너에게
사형을
언도할
것이다."

"너 내 얘기를 듣지 않잖아. 무슨 생각을 하는 거지?"
생쥐가 갑자기 얼굴을 일그러뜨리며 소리쳤다.
"미안, 미안. 용서해줘."
앨리스가 겸연쩍어하며 말했다.
"다시 한 번 말해줄 수 있지?"
"싫어!"
생쥐가 몹시 화난 목소리로 거칠게 소리쳤다.
"제발 부탁해. 한 번만 다시 말해줘!"

앨리스는 조심스럽게 생쥐를 바라보았다.

"내가 딴생각을 하지 않도록 도와줘."

"싫어. 하기 싫어!"

생쥐는 이렇게 말하며 자리에서 벌떡 일어났다.

"넌 딴생각을 하느라 내 이야기를 듣지 않았어. 이건 모욕이야!"

"하지만 일부러 그런 게 아니라고."

앨리스는 오해를 풀려고 애썼다,

"넌 별일 아닌 것에 화를 내는구나."

그러나 생쥐는 씩씩거리기만 할 뿐 아무 말도 하지 않았다.

"제발 그만 돌아와서 이야기를 마저 해줘."

앨리스의 말에 다른 동물들도 앨리스를 따라 함께 소리쳤다.

"그래, 얼른 돌아오라고!"

그러나 생쥐는 고개를 좌우로 흔들며 빠르게 멀어져갔다.

"정말 생쥐가 돌아오지 않으면 어쩌지? 정말 유감이야."

생쥐가 멀리 사라지자 잉꼬가 한숨을 내쉬며 말했다. 그러자 옆에 있던 늙은 게가 기회를 놓치지 않고 딸에게 말했다.

"잘 보렴. 흥분해서 이성을 잃어버리면 안 된다는 걸 잘 보여주잖니."

"그만하세요, 엄마."

어린 게가 투덜거렸다.

"굴이나 씹으면서 참을성을 배우세요."

"아, 이럴 때 다이너가 있으면 얼마나 좋을까! 다이너라면 생쥐를 당장 붙잡아 이리로 데려올 텐데……."

앨리스가 중얼거렸다.

"다이너? 그게 누구야?"

앨리스는 다이너에 대한 이야기라면 언제라도 할 준비가 되어 있다는 듯 열을 내면서 대답했다.

"다이너는 우리 집 고양인데요, 쥐를 정말 잘 잡아요. 얼마나 빠른지 여러분은 상상도 못할 거예요. 새는 또 얼마나 잘 잡는다고요. 새 잡는 모습을 볼 수 있으면 좋은 텐데……. 세상에, 조그만 새는 눈에 띄는 즉시 바로 먹어치워 버린다니까요."

앨리스는 또다시 실수를 했다는 것을 깨달았다. 함께 있던 몇 마리의 새가 단숨에 날아가 버렸고, 늙은 까치도 앨리스 눈치를 살피며 주섬주섬 일어서고 있었다.

"이젠 집에 돌아가야겠어. 밤공기는 몸에 해롭거든."

카나리아가 떨리는 목소리로 새끼들을 불러 모았다.

"아가들아, 어서 일어나 집에 가자. 잘 시간이야."

다른 동물들 역시 그럴듯한 구실을 대며 그곳을 떠나버

렸다.

앨리스는 다시 혼자가 되었다.

"다이너 이야기는 하지 말았어야 했어……!"

앨리스는 울먹이며 자신에게 타이르듯 말했다.

"모두가 다이너를 좋아하지 않는구나. 그래도 내겐 다이너는 아주 귀여운 고양이인걸! 아, 귀여운 다이너! 널 다시 볼 수 있다면 정말 좋겠어!"

앨리스는 또다시 외로워졌다. 참았지만 마침내 울음을 터뜨리고 말았다. 한참 동안 소리 내어 울던 앨리스는 멀리서 다가오는 발자국 소리를 들었다. 앨리스는 서둘러 눈물을 닦고 소리가 나는 쪽을 애절하게 바라보았다. 생쥐가 마음을 고쳐먹고 돌아와 하던 이야기를 마저 해주기를 간절히 바라면서…….

4
토끼의 심부름

그러나 앨리스의 바람과 달리 그 발자국 소리는 생쥐가 아니라 하얀 토끼가 내는 거였다. 뚜벅거리며 걸어오던 토끼는 주위를 두리번거리며 중얼거렸다.

"아, 이러다간 정말 공작 부인에게 혼이 나겠어. 가만있지 않을 거야……. 아, 그런데 대체 이것들을 어디에 떨어뜨린 거지?"

앨리스는 토끼가 부채와 장갑을 찾고 있다는 것을 알아채고 그것들을 찾기 시작했다. 그러나 아무리 둘러봐도 보이지 않았다. 눈물 바다에 빠진 뒤로 모든 것이 변해버린 것이다. 길고 널따란 홀, 유리 테이블, 조그만 문……. 모두가 감쪽같이 사라져버렸다.

잠시 후 물건을 찾느라고 이곳저곳을 기웃거리는 앨리스

를 본 토끼가 화난 목소리로 소리쳤다.

"아니, 메리 앤! 여기서 뭘 하는 거야? 빨리 집으로 가서 내 장갑과 부채를 가져와, 당장!"

너무 놀란 앨리스는 메리 앤이 아니라는 말도 못하고 토끼가 가리키는 방향으로 달리기 시작했다.

"나를 자기 집 하녀로 착각한 모양이야."

앨리스는 달리면서 투덜거렸다.

"내가 누구란 걸 알게 되면 무척 놀랄걸! 하지만 우선은 장갑과 부채를 가져다주자."

앨리스는 '하얀 토끼'라는 문패가 붙은 작고 산뜻한 집에 다다랐다. 진짜 메리 앤과 맞닥뜨리면 장갑과 부채를 찾기도 전에 쫓겨날 거라 생각하면서도 앨리스는 문을 두드리지 않고 집 안으로 들어가 2층으로 올라갔다.

"참, 어이가 없군!"

앨리스는 혼잣말을 했다.

"아니, 내가 토끼 심부름을 하다니! 이러다간 우리 다이너까지 나한테 심부름을 시키겠어."

그리고 그런 일들을 머릿속에 떠올려보았다.

"앨리스 양, 산책할 준비 부탁해요."

다이너가 거드름을 피우며 명령하는 모습이 떠올랐다.

그것뿐인가.

"쥐가 도망가지 못하도록 내 대신 쥐구멍을 막아!"

"하지만 그런 식으로 고양이가 내게 명령을 하면 당장 쫓겨날걸?"

이런 엉뚱한 생각을 하는 사이에 앨리스는 창문과 탁자가 잘 정리된 방에 이르렀다. 탁자 위에는 그녀가 찾던 부채 하나와 장갑 몇 켤레가 놓여 있었다. 부채와 장갑을 집어 들고 막 방을 나가려던 앨리스는 걸음을 멈췄다. 거울 옆에 놓여 있는 작은 병에 눈길이 갔다.

그 병에는 '마시세요'라는 글씨가 붙어 있지 않았지만, 앨리스는 망설이지 않고 마개를 열고 들이마셨다.

"분명히 뭔가 재미있는 일이 일어날 거야. 여태껏 마시거나 먹기만 하면 그랬으니까. 아, 어떤 일이 일어날지 궁금한걸."

앨리스는 재빨리 바라는 것을 말하기 시작했다.

"다시 커졌으면 좋겠어. 이런 작은 모습이라니, 정말 싫어!"

반 병쯤 마셨을 때 꿈같은 일이 일어났다. 앨리스 머리가 천장까지 닿을 만큼 키가 커졌던 것이다. 하마터면 목이 부러질 뻔해서 앨리스는 고개를 숙인 채 당황하며 병을 내려놓았다.

"이제 그만! 더 커지면 이 집에서 나갈 수도 없다고. 그런

데 너무 많이 마신 건 아닐까?"

걱정했던 대로 앨리스는 이미 너무 커져서 마침내 무릎을 꿇어야 했고, 그것으로도 모자라 드러누워야 했다. 팔도 길어져서 한쪽 팔꿈치는 문을 누르고 다른 쪽 팔은 머리를 감싸고 있어야 했다. 그래도 멎지 않고 자라 결국 한 팔은 창밖에 내밀고, 한 발은 굴뚝 위에 얹을 수밖에 없었다. 앨리스가 힘없이 말했다.

"아, 이젠 어쩌지? 포기해야 하는 거야?"

약의 효능이 다했는지 더 이상 커지지 않는 것이 그나마 다행이었다. 그렇다고 좋아할 일도 아니었다. 거인이 되는 바람에 이 집에서 빠져나갈 방법이 없었던 것이다.

"집에 가만히 있었으면 아무 일도 없었을 텐데……."

한숨이 절로 나왔다.

"툭하면 커졌다 작아졌다 하질 않나, 토끼나 하다못해 쥐 같은 짐승이 명령을 하질 않나……. 처음에 토끼 굴로 들어오는 게 아니었어. 괜한 짓을 한 거야. 하지만 괴로운 일보다는 재미있는 일이 더 많잖아? 앞으로 또 무슨 일이 일어나는 거지? 신기하고 재미있는 동화를 읽을 때도 이런 일은 세상에서는 절대로 일어나지 않을 거라고 생각했어. 그런데 지금 내가 바로 그 주인공이 되어버렸는걸! 내가 자라서 어른이 되면 내가 겪은 이 일을 쓸 거야. 하지만……, 난 벌써 이렇게 커버렸잖아!"

그러고는 슬픔에 가득 찬 목소리로 덧붙였다.

"하지만 이 방에서는 더 자랄 수 없으니까 다행이야. 그렇다면……?"

앨리스의 생각은 엉뚱한 곳으로 방향을 바꾸었다.

"더 이상 자라지 않으면 나이도 먹지 않는 거잖아? 우와, 재미있는데! 아무리 나이를 먹어도 할머니가 되지 않을 테니까 말이야. 아, 그러면 언제까지나 학교에 다니고 공부를 해야 되는구나. 아냐, 안 돼! 그럴 순 없어. …… 나도 참 바보야!"

그녀는 자신의 생각을 나무랐다.

"여기서 어떻게 공부를 해! 책도 한 권 없고, 제대로 앉아 있을 만한 방도 한 칸 없는데!"

그녀는 혼자 묻고 답하기를 되풀이했다. 생각이 다른 두 사람이 되어서 묻고 대답하는 사이에 밖에서 무슨 소리가 들려와 귀를 기울였다.

"메리 앤! 메리 앤!"

하얀 토끼였다.

"장갑과 부채를 가져오라니까 대체 뭘 하고 있는 거야?"

쿵쿵 계단을 올라오는 발소리, 점점 가까워지는 화난 목소리. 그 순간 앨리스는 자기 몸이 엄청나게 커져서 토끼 따위는 두려워할 이유가 없다는 것도 잊고 집이 흔들릴 만큼 덜덜 떨었다.

문에 다다른 토끼는 문을 열려고 했다. 그러나 문은 앨리스의 팔꿈치가 닿아 있어 꿈쩍도 하지 않았다. 왜냐하면 그 문은 안으로 밀게 되어 있었기 때문이다. 화가 난 토끼가 투덜거리는 소리가 들렸다.

"내가 못 들어갈 줄 알아? 밖으로 나가 창문으로 들어갈 거라고!"

'하하, 미안하지만 그렇게는 안 될걸!'

앨리스는 이렇게 생각하고 토끼가 창문 밑에 올 때까지 기다렸다가 이때다 싶었을 때 오른손을 불쑥 창밖으로 내밀어 휘저었다. 손에 잡히는 건 없었는데 작은 비명과 함께 무엇인가 떨어지는 소리가 들렸다. 토끼가 오이를 재배하는

온실로 떨어진 것이다.

이어 토끼가 소리를 질렀다.

"피터, 피터! 어디 있는 거지?"

그러자 이제껏 들어본 적이 없는 목소리가 들려왔다.

"네, 저 여기 있어요, 나리. 사과 굴을 파고 있어요."

"사과 굴을 판다고? 기가 막힐 노릇이군!"

토끼는 울화가 치민다는 듯이 소리쳤다.

"어서 와서 날 꺼내달라고!"

그리고 이어서 유리창 깨지는 소리가 들렸다.

"피터! 저기 창문에 나와 있는 게 뭐지?"

"그야 물론 팔이죠, 나리."

"헛소리 그만해! 아니, 저렇게 큰 팔이 어디 있어? 창에 가득 찼잖아!"

"물론 그렇기는 하죠. 하지만 저건 틀림없는 팔인데요, 나리."

"좋아. 저게 뭐든 상관없어! 당장 치우라고!"

그러고는 한동안 조용했다. 들리는 소리라고는 가끔씩 둘이 멀리서 떠드는 소리뿐이었다.

"나리, 저는 이 일은 못하겠어요. 제발……."

"시키는 대로 얼른 해!"

듣고 있던 앨리스는 다시 한 번 팔을 뻗어 휘저었다. 이번에도 무엇인가가 부서지는 소리가 들리더니 조금 전보다 더 요란하게 유리 깨지는 소리가 들렸다.

'온실이 아주 많은가 보네? 이제 쟤들이 어떻게 할까? 날 여기서 끌어낼 테면 뭐, 그러라지. 나도 더 이상 이러고 있는 게 싫으니까, 잘됐어.'

이제 어떤 소리도 들리지 않았다. 앨리스는 잠시 조용히 기다렸다. 그러자 수레바퀴 소리와 웅성거리는 목소리가 동시에 들렸다.

"다른 사다리는 어디 있어?"

"아니, 내가 왜 두 개를 가져와야 하지? 하나는 빌이 가지고 오잖아."

"빌, 사다리 이리 가져와. 여기 이 구석에 세우라고. 아니, 먼저 두 개를 이어야 해. 하나로는 어림도 없겠어."

"됐어. 자, 이제 올라와. 조심해!"

"빌! 밧줄 던진다!"

"헐거운 저 슬레이트 조심해!"

"야, 떨어진다! 머리 숙여!"

이어서 요란하게 부서지는 소리가 들렸다.

"누구야?"

"누구긴 누구야, 빌이지!"

"왜 그런 거야?"

"굴뚝 속으로 누가 들어갈 건데?"

"나? 싫어!"

"그럼 빌이 가야지, 뭐."

"이것 봐, 빌! 모두 다 네가 들어가야 한다고 말하는데? 어서 들어가!"

'으흠, 그럼 빌이 내려오겠군.'

앨리스는 누군지 모르지만 참 불쌍하다고 생각했다.

'아니, 왜 모든 일을 빌에게 시키는 거야? 이곳에 못 오게 해야겠어. 벽난로가 너무 좁아서 다칠 거야. 빨리 조치를 취해야지.'

앨리스는 굴뚝 아래로 다리를 뻗고 기다렸다. 이윽고 조그만 동물이 굴뚝으로 내려오는 소리가 들렸다. 무슨 동물인지는 짐작이 가지 않았다.

'분명히 빌이야.'

이렇게 생각한 앨리스는 순간 발을 냅다 뻗었다. 무엇인가 부딪치는 것 같기도 했다. 그러고는 밖에서 들려오는 소리에 귀를 기울였다. 그녀의 귀에 들려온 소리는 비명에 가까운 동물들의 고함 소리였다.

"빌이 하늘에 떴다! 날아간다!"

이어 다급한 토끼의 고함소리가 들려왔다.

"뭣들 하고 있는 거야? 빨리 받으라고. 빌이 땅에 떨어지기 전에!"

그러고는 어찌된 일인지 잠시 조용하더니 다시 웅성거리는 소리가 들렸다.

"고개를 받쳐줘! 어서 브랜디를 가져오라고! 숨 막히겠다, 조심해! 어떻게 된 거야, 빌? 정신 들어? 대답 좀 해봐!"

마침내 가냘픈 목소리가 들렸다. 숨이 가쁜지 자꾸만 말이 끊겼다.

"있잖아, 나도 뭐가 뭔지……, 모르겠어. 정신이 없어서……. 됐어, 그만해! 이제 괜찮아. 그러니까 시키면 바윗덩어리 같은 게 다 가왔는데, 그 다음 순간 난 로켓처럼 하늘로 떠올랐던 것 같아."

"그래서 솟아올랐다가 떨어졌구나!"

동물들이 겁에 질린 듯 수군거렸다.

"이 집을 태워야겠다!"

토끼가 단호하게 외쳤다. 앨리스는 깜짝 놀라 있는 힘을 다해 소리쳤다.

"그렇게만 해봐! 다이너를 불러 모두 혼내줄 거야!"

그러자 갑자기 쥐 죽은 듯 조용해졌다. 앨리스는 여전히 불안했다.

'이젠 어쩌지? 저것들 머리가 조금만 돌아가도 지붕을 걷어낼 텐데······.'

얼마쯤 지났을까? 한동안 잠잠하던 동물들의 웅성거리는 소리와 함께 토끼의 명령이 들렸다.

"손수레 한 대면 충분해. 자, 시작해."

앨리스는 궁금했다. 바로 그 순간 창으로 조그만 돌멩이들이 빗발치듯 쏟아져 들어왔다. 그중 몇 개는 그녀의 얼굴을 맞혔다.

"더 이상은 안 되겠어."

이렇게 중얼거리고 앨리스는 조금 전처럼 악을 썼다.

"그만두지 못해! 계속 이러면 가만두지 않겠어!"

그러자 다시 주위는 찬물을 끼얹은 듯 조용해졌다.

문득 방 안을 둘러보던 앨리스는 깜짝 놀랐다. 방바닥에 떨어진 돌멩이들이 하나같이 조그만 과자로 변해 있었던 것이다. 놀라움이 좀 가라앉자 재미있는 생각이 떠올랐다.

'이 과자를 먹으면 또 무슨 변화가 생길 거야. 틀림없어!'

망설일 일이 아니었다. 앨리스는 재빨리 과자 하나를 먹었다. 곧바로 자신의 몸이 줄어드는 것을 깨달은 앨리스는 뛸 듯이 기뻤다. 몸이 문을 빠져나갈 수 있을 만큼 줄어들자 앨리스는 서둘러 그 집에서 빠져나왔다.

뒤뜰에는 조그만 동물들과 새들이 떼를 지어 웅성거리고 있었다. 두더지 두 마리가 누워 있는 도마뱀 빌의 머리를 받쳐 들고 병에 든 것을 입 속에 넣어주고 있었다.

앨리스를 발견한 그들이 우르르 쫓아왔다. 앨리스는 울창한 숲을 향해 도망쳤다.

한참 후 안전하다는 것을 안 앨리스는 한숨을 내쉬었다.

'자, 이제부터 무엇을 해야 하지?'

앨리스는 숲 속을 걸으면서 생각했다.

'우선 본래의 모습으로 커져야 하겠지? 그리고 그 아름다운 정원으로 가는 길을 찾아야겠어.'

앨리스는 그렇게 확신했다. 웬일인지 만사가 술술 풀릴 것만 같았다. 무슨 좋은 수가 없을까 하고 숲 속을 기웃거리며 헤매고 있을 때 머리 위에서 커다란 괴물이 그녀를 내려다보며 날카롭게 짖어댔다. 자세히 보니 몸집이 큰 강아지였다. 커다랗고 동그란 눈으로 그녀를 보며 앞발을 뻗어 잡으려고 애쓰고 있었다.

"귀엽게 생겼구나!"

앨리스는 부드러운 목소리로 어르며 휘파람을 불어주려 했지만 그게 잘되지 않았다. 위험할지도 모른다는 생각이 그녀를 불안하게 했던 것이다. 만약 강아지가 몹시 배가 고프다면 아무리 어른다 하더라도 그녀를 잡아먹을지 모르기 때문이었다.

당황한 앨리스는 나뭇가지 몇 개를 집어 들고 정신없이 강아지를 향해 휘둘렀다. 깜짝 놀란 강아지는 엎드려 있다

가 벌떡 일어나 마구 짖어대며 달려들었다. 금방이라도 물
어 삼킬 기세였다.

　당황한 앨리스는 커다란 엉겅퀴 덤불 뒤로 몸을 숨겼다.
그러나 강아지가 뛰어 넘어올지도 몰라 불안했다. 앨리스
가 한쪽으로 몸을 내밀자 강아지가 다시 달려들었다. 얼른

몸을 숨긴 앨리스는 그때부터 숨바꼭질을 하듯 이쪽저쪽으로 번갈아가며 몸을 내밀어 강아지를 놀려대기 시작했다. 앨리스를 쫓던 강아지는 한동안 이쪽저쪽으로 뛰어다니다가 뒤로 멀찍이 물러나 혀를 빼물고 헐떡거리며 주저앉아 버렸다.

'이때다' 하고 생각한 앨리스는 있는 힘을 다해 달리기 시작했다. 얼마나 뛰었을까? 숨이 턱에 차고 몸을 움직이지 못할 만큼 지쳤을 때 강아지가 짖는 소리가 멀리서 들려왔다.

"날 괴롭히긴 했지만 무척 귀여운 강아지였어."

그제야 마음을 놓은 앨리스는 미나리아재비 줄기에 몸을 기대고 그 잎으로 부채질을 하며 한숨을 돌렸다.

"아, 내 모습으로 돌아갈 수 있다면, 그 강아지를 귀여워해주고 남에게 속지 않는 법도 가르쳐줄 수 있을 텐데……. 아, 다시 커져야 한다는 걸 깜빡 잊고 있었다! 어쩌지? 뭔가를 먹거나 마시면 될 텐데, 뭘 먹어야 하지? 이를 어쩌면 좋아!"

바로 그 '무엇'을 찾는 게 큰 문제였다. 앨리스는 꽃이나 나무, 풀잎 등 주위를 샅샅이 살펴보았다. 그런데 아무리 둘러보아도 먹거나 마실 만한 것은 없었다.

그래도 포기하지 않고 살피던 앨리스는 마침내 자신의 키와 비슷한 커다란 버섯을 발견했다. 우선 둘레와 밑 부분을 빠짐없이 살핀 뒤 버섯의 머리 위를 살피기 위해 까치발을 하고 섰다. 바로 그때였다. 앨리스는 그 위에 앉아 있는 커다란 쐐기벌레와 눈이 딱 마주쳤다.

팔짱을 낀 채 한가하게 앉아 물담배를 빨고 있던 쐐기벌레는 앨리스의 출현이나 주위의 일들에 대해선 아무런 관심이 없어 보였다.

5
쐐기벌레의 충고

둘은 한동안 말없이 서로 바라보고 있었다. 마침내 입에서 물담배를 떼고 쐐기벌레가 귀찮다는 듯 나른하고 졸린 목소리로 말했다.

"넌 누구냐?"

앨리스는 처음 인사치고는 적당하지 않다고 생각했지만 그래도 공손하게 대답했다.

"저……, 지금은 제가 누구인지 잘 모르겠어요. 오늘 아침까지는 제가 누구라는 걸 알고 있었지만, 그 후에 워낙 여러 번 변해서 이젠 제가 누구인지…….."

"도대체 무슨 말이냐?"

쐐기벌레가 짜증스럽다는 듯이 말했다.

"넌 누구냐니까?"

"죄송한데요. 내가 누구인지 몰라요."

앨리스는 기어들어가는 목소리로 대답했다.

"당신이 보고 있는 저는 원래의 제가 아니기 때문이에요."

"무슨 말인지 통 모르겠군."

쐐기벌레가 퉁명스럽게 말했다.

"분명하게 대답하지 못해 정말 죄송해요."

앨리스가 정중하게 말했다,

"저 자신을 제대로 알 수 없기 때문이에요. 하루에 몇 번씩이나 커졌다 작아졌다 했어요. 정신이 하나도 없다고요."

"그렇지 않아."

쐐기벌레가 담담하게 말했다.

"무슨 뜻인지 잘 모르시는 모양이군요?"

앨리스도 조금 짜증스러웠지만 참을성 있게 설명했다.

"하지만 갑자기 번데기로 변했다가 조금 후에는 나방으로 변해버린다면 아마도 정신을 못 차릴 거예요. 그렇잖아요?"

"그렇지 않을 게다."

쐐기벌레는 무덤덤하게 대답했다.

"그렇다면 당신의 신경은 저와는 다른 모양이죠?"

앨리스의 말투는 비꼬는 듯했다.

"그럴 경우엔 누구나 제정신이 아닐 거라고 생각되는데요?"

"이것 봐! 도대체 넌 누구냐니까?"

쐐기벌레가 이번에는 아주 경멸하는 투로 소리쳤다.

이렇게 되자 그들의 이야기는 다시 원래대로 돌아갔다. 똑같은 말을 한동안 반복하던 앨리스는 쐐기벌레의 거만하고 성의 없는 태도에 화가 치밀었다. 그래서 정색을 하고 말했다.

"누구냐고 묻기 전에 당신이 누구인지 밝혀야 하지 않나요?"

"왜?"

"왜냐하면……."

앨리스는 쐐기벌레를 설득할 말이 생각나지 않았다. 그리고 이런 상태라면 더 이야기할 필요가 없을 것 같았다. 앨리스는 등을 돌려 걸음을 옮기기 시작했다.

"이봐, 돌아와!"

쐐기벌레가 그녀의 등에 대고 소리쳤다.

"중요한 이야기가 있어."

쐐기벌레에게 정말 무언가 할 이야기가 있는 것 같아 앨리스는 다시 돌아왔다.

"그렇게 화를 내면 안 돼."

쐐기벌레가 엘리스에게 제법 정색을 하고 말했다.

"아니, 겨우 그 얘기예요?"

앨리스는 또다시 화가 치밀어 오르는 것을 가까스로 참았다.

"아냐."

쐐기벌레가 이렇게 말하자 앨리스는 잠자코 기다렸다. 다른 할 일도 없었지만 들을 만한 가치가 있는 말을 할지도 모른다고 생각했다.

한동안 담뱃대만 뻐끔거리던 쐐기벌레는 마침내 팔짱을 풀고 담뱃대를 옆으로 치워놓더니 입을 열었다.

"그래, 너 자신이 변했다 이거지?"

"네, 사실이에요."

앨리스가 머뭇거리면서 대답했다.

"전에 알고 있던 것들을 지금은 기억하지 못하겠고, 게다가 단 10분 동안도 몸의 크기를 유지하지 못하니⋯⋯!"

"뭘 기억하지 못했는데?"

쐐기벌레가 다그치듯 물었다.

"'꼬마별의 노래'를 외우려고 했는데 '새끼 악어의 노래'가 나오고 말았어요."

앨리스는 그 일을 생각하니 눈물이 나올 것 같았다.

"그럼 '이젠 늙으셨어요, 신부님'을 외워봐라."

쐐기벌레가 깐깐한 선생님 말투로 말했다. 앨리스는 시키는 대로 손을 모으고 외우기 시작했다.

"이젠 늙으셨네요, 윌리엄 신부님"
젊은이가 말했네.

"머리카락도 하얗게 세고요.
하지만 여전히 물구나무를 서시네요.
신부님의 나이에 그런 일이 어울린다고 생각하세요?"
윌리엄 신부가 젊은이에게 말했네.
"젊었을 때는
이렇게 하면 머리를 다칠까 겁을 냈지.
하지만 이제 그런 걱정 따위는
필요 없다는 것을 알게 됐단다.
그래서 하는 거야."

젊은이가 말했네.

"방금 말씀드렸지만

이젠 너무 늙으셨어요.

그리고 너무 뚱뚱해지셨고요.

그런데도 공중제비를 하시다니,

맙소사!

왜 그러시는 거죠?"

백발의 슬기로운 분은

머리를 흔들며 다시 말했네.

"젊었을 때는

갈비뼈를 유연하게 하려고

이 약을 발랐지.

한 상자에 1실링이란다.
두어 개 사지 않을래?"

젊은이가 또다시 말했네.
"이젠 늙으셨어요.
턱이 약해져서
비계처럼 부드러운 것만 드셔야 해요.
그런데도 거위를 통째로 드시다니,
맙소사!
그 비결이 무엇이죠?"
신부님이 다시 말했네.

"젊었을 때
재판을 맡았지.
사사건건 마누라와 입씨름을 하다 보니
턱이 튼튼해졌단다."

젊은이가 말했네.
"이젠 늙으셨어요.
하지만 시력이 그렇게 좋으시다니,
사람들은 상상도 못할 거예요.
코끝의 땀방울도 보실 수 있잖아요.
어떻게 그러실 수 있죠?"

신부님이 화를 냈네.

"세 가지나 대답을 했으니 그만하렴.

더 이상 귀찮게 하지 마.

그 따위 바보 같은 소리를

하루 종일 지껄일 생각은 아니겠지?

돌아가! 말을 듣지 않으면

아래층으로 힘껏 차버릴 테다!"

"아니야, 틀렸어."

쐐기벌레가 고개를 저었다.

"알아요, 죄송해요."

앨리스는 기가 죽어 작은 소리로 대답했다.

"단어 몇 개가 바뀐 것 같아요."

"무슨 소리야? 처음부터 끝까지 다 틀렸다고."

쐐기벌레가 냉정하게 잘라 말했다. 그리고 한동안 조용했다. 얼마 후 침묵을 깨고 쐐기벌레가 말했다.

"그래, 얼마나 커지고 싶은 거지?"

"특별히 원하는 크기는 없어요. 자기 몸이 자주 변하는 걸 좋아할 사람은 없잖아요? 그렇지 않나요?"

앨리스가 급히 대답했다.

"모르겠어."

쐐기벌레가 다시 퉁명스럽게 대답했다.

앨리스는 입을 다물었다. 여태껏 이렇게 안 통하는 대화를 한 적은 없었다. 그녀는 점점 화가 났다.

"지금의 키는 어때?"

쐐기벌레가 다시 물었다.

"가능하다면 조금만 더 커졌으면 좋겠어요. 키가 7.5센티미터밖에 안 된다는 것은 속상한 일이잖아요."

앨리스가 조심스럽게 말했다.

"쓸데없는 소리 하지 마! 아주 적당한 키야!"

쐐기벌레는 화가 나서 소리를 지르며 몸을 벌떡 일으켰다. 그의 키는 정확하게 7.5센티미터였다.

"하지만 난 이렇게 작은 게 불편해요. 공격을 당할까 봐 불안해서 못 견디겠어요. 이건 사람 키가 아니잖아요?"

앨리스는 애절하게 말했다.

"곧 익숙해질 거야."

쐐기벌레는 아무렇지 않게 말한 후 다시 물담배를 입으로 가져가서는 피우기 시작했다,

앨리스는 쐐기벌레가 다시 말할 때까지 참을성 있게 기다렸다. 쐐기벌레는 잠시 후 입에서 담뱃대를 떼더니 하품을 두어 번 늘어지게 한 후 몸을 부르르 떨었다. 그러고는 버섯에서 내려와 고물고물 기어서 풀숲으로 가면서 중얼거렸다.

"한쪽은 네 키를 크게 할 거고, 다른 한쪽은 작아지게

할 거다."

'아니, 무슨 말이야?'

앨리스는 속으로 물었다.

"버섯 말이다."

쐐기벌레는 앨리스의 마음속을 읽기라도 한 듯 이렇게 말했다. 그러고는 잠시 후 어딘가로 완전히 모습을 감췄다.

또다시 혼자가 된 앨리스는 버섯을 바라보았다. 한쪽은 어디고 또 다른 한쪽은 어디인지 알 수가 없었다. 왜냐하면 버섯은 둥그런 모양이었기 때문이다. 한동안 궁리하던 앨리스는 양팔을 한껏 벌려 버섯 몸통을 껴안은 뒤 오른손과 왼손으로 각각 한 움큼씩 버섯 살을 뜯어냈다.

'이렇게 하면 어느 쪽이 어느 쪽인지 알아낼 수 있겠지.'

앨리스는 우선 오른손으로 뜯어낸 버섯의 살을 조금씩 입에 넣었다. 그 순간 앨리스의 턱이 밑으로 내려가 자신의 발과 맞닿을 정도가 되었다.

앨리스는 갑작스러운 변화에 놀랄 새가 없었다. 변화가 순식간에 일어났기 때문이었다. 부리나케 왼손에 든 버섯 살을 입에 넣으려 했으나 어느새 턱이 발에 맞붙어 있었기 때문에 쉬운 일이 아니었다. 그러나 안간힘을 써서 마침내 입 안에 버섯을 밀어 넣었다.

"아, 이제야 머리를 자유롭게 움직일 수 있구나!"

앨리스는 기뻐서 소리쳤다. 그러나 다음 순간 그 소리는 비명 소리로 변했다. 왜냐하면 자신의 어깨조차 보이지 않았기 때문이었다. 보이는 거라고는 저 멀리 아득한 곳에 바다처럼 푸른 숲과 그 위로 등대처럼 솟아오른 엄청나게 긴 자신의 목뿐이었다.

"저 아래 펼쳐진 푸른 것들이 다 뭐야?"

앨리스는 불안에 떨며 말했다.

"그리고 내 어깨는 도대체 어디에 있는 거지? 아, 불쌍한 내 손! 왜 보이지 않니?"

앨리스는 이렇게 말하며 어깨와 손을 움직여보았으나 아득한 숲 한쪽에서 언뜻 움직임이 보였을 뿐이었다.

앨리스는 문득 손을 들어 올릴 수 없다고 생각했다. 그래서 얼른 머리를 숙여보았다. 목은 예전보다 유연해 마음대로 굽힐 수 있었다. 그나마 다행이라는 생각이 들었다. 그녀는 목을 구부려 숲으로 머리를 집어넣어 손을 찾으려 했다. 그러나 머리를 들이밀다 잘못해서 제일 높게 자란 나뭇가지에 얼굴을 찔렸다. 그때 그 가지 위 새둥지에 있던 비둘기 한 마리가 그녀에게 달려들었다.

"이 더러운 뱀아, 썩 없어져!"

비둘기가 비명을 지르듯 소리쳤다.

"난 뱀이 아니야! 날 방해하지 마!"

앨리스도 화가 나서 소리쳤다.

"뱀이 아니라고?"

비둘기의 목소리는 조금 누그러진 듯했다. 이어서 비둘기는 울먹이는 목소리로 덧붙였다.

"아무리 찾아봐도 적당한 장소가 없어 큰일이야. 나무뿌리, 강둑, 언덕…… . 모두 둘러보았지만 어딜 가나 뱀, 뱀! 뱀을 피할 방법이 없어!"

비둘기는 그녀는 상관없다는 듯 중얼거렸다.

앨리스로서는 갈수록 알 수 없는 말이었으나 비둘기가 이야기를 끝낼 때까지는 무슨 말을 해도 소용이 없을 듯했다.

"어디나 알을 품어도 괜찮을 것처럼 안전하게 보였지만 …… ."

비둘기는 생각만 해도 치가 떨리는지 몸을 부르르 떨었다.

"뱀이란 놈은 어디에나 숨어 있거든. 밤낮 그놈을 지키느라고 3주 동안이나 눈 한번 못 붙였어."

"안됐구나."

앨리스는 그제야 이해가 되어서 위로해주었다.

"그래서 가장 높게 자란 나무에 둥지를 만들어 알을 품고 있었던 거야."

그러면서 비둘기는 이번에는 날카로운 목소리로 계속했다.

"이렇게 높으니까 뱀들도 여기까지는 못 오리라고 생각했어. 하늘에서 밧줄이 내려오기 전에는 올라오지 못하리라고 믿었던 거야. 그런데 여기까지 쫓아오다니! 이 나쁜 뱀 같으니라고!"

"난 뱀이 아니라고 했잖아!"

이렇게 고함을 치긴 했지만, 앨리스는 갑자기 자기가 누구인지 확신이 서지 않았다.

"난, 나는……."

"어서 말해봐. 그럼 너는 뭐지?"

비둘기가 다그치기 시작했다.

"거짓말 꾸며대지 말고!"

"난, 난 평범한 여자애야."

앨리스는 이렇게 말했지만 사실 하루에 몇 번씩이나 변하고 있는 지금 이런 말이 맞는지 스스로도 의심스러웠다.

"그럴듯한데."

비둘기는 믿지 못하겠다는 표정이었다.

"그 말을 믿으라고? 난 이제껏 여자애들을 수없이 보아왔지만 너처럼 목이 긴 아이는 본 적이 없어. 난 안 속아. 아무리 아니라고 우겨도 소용없어. 이 다음엔 새알 같은 건 입에 대본 적도 없다고 말할 거지?"

"아니, 그렇지 않아. 난 새알이나 달걀은 많이 먹었어."

앨리스는 솔직하게 말했다.

"나같이 한창 크는 어린아이들은 그런 걸 많이 먹어야 해."

"흥! 그러니까 넌 뱀이야."

비둘기는 단호하게 말했다.

"만약 네가 뱀이 아니라 하더라도 새알을 먹으니까 너는 뱀이랑 비슷한 거라고."

앨리스가 너무 어이없어 아무 말도 못하니까 비둘기가 다시 소리치듯 말했다.

"넌 새알을 찾고 있었지? 내 눈은 못 속여. 네가 뱀이든 여자아이든 나와는 상관없어. 중요한 것은 네가 새알을 찾고 있었다는 거야."

"음, 물론 난 새알을 좋아해. 하지만 그걸 찾고 있진 않았어. 눈에 띄었다 하더라도 그 알을 먹지는 않았을 거야. 난 날것은 먹지 않으니까."

앨리스가 서둘러 말했다.

"어쨌든 빨리 사라져버려!"

비둘기는 거칠게 쏘아붙이며 다시 둥지로 날아가 버렸다. 머쓱해진 앨리스는 덤불에 얼굴을 찔려가며 가능한 한 머리를 낮게 숙여 그 자리를 피했다. 숲 속을 헤매던 앨리스는 자신의 손에 아직까지 버섯 살이 남아 있는 것을 발견했다. 앨리스는 양손에 있는 것들을 조금씩 번갈아 먹어가며 키를 조절하기 시작했다. 커지고 작아지기를 몇 번이고 되풀이한 뒤 마침내 원래 자신의 키로 돌아가게 되었다.

몸이 하도 여러 번 변해서 평소의 크기가 오히려 이상하고 어색했다. 하지만 시간이 조금 흐르자 다시 익숙해졌다. 일단 몸의 크기가 제대로 되자 앨리스는 이제 버릇이 된 듯 자신에게 이야기하기 시작했다.

"자, 이제 계획의 반은 이루어졌어! 세상에! 이렇게 자유 자재로 몸이 변하다니, 정말 놀라워. 또 몇 분 후에는 어떻게 변할지 모르지만 이제 원래대로 돌아왔으니까 다음 일을 생각해야지. 그래, 이제 그 아름다운 정원으로 들어가자. 그런데 어떻게 해야 하는 걸까?"

이렇게 말한 순간 앨리스는 어느새 넓고 탁 트인 공터로 나오게 되었다. 더구나 그녀 앞에는 1미터쯤 되어 보이는 자그마한 집이 한 채 있었다.

'저곳에 누가 살든지 이렇게 커다란 나를 보면 엄청 놀라겠지? 하지만 놀라게 해서는 안 돼.'

이렇게 생각한 앨리스는 오른손에 든 버섯의 살을 조금씩 뜯어먹었다. 그리고 키가 30센티미터 정도로 줄어들자 그 집을 향해 걸어갔다.

6
돼지와 후춧가루

그 집을 쳐다보며 이제부터 어떻게 할까 궁리하고 있을 때였다. 병정 한 사람이 빠른 걸음으로 숲에서 나와 주먹으로 문을 두드렸다. 급한 걸음걸이를 보고 병정이라고 생각했지만, 정작 그의 얼굴을 본 앨리스는 그 병정을 '물고기'라고 부르기로 결정했다.

문을 열고 나온 것은 얼굴이 둥글고 눈이 개구리처럼 불거져 나온 병정이었다. 그들은 모두 기름 바른 머리를 단정하게 뒤로 빗어 넘긴 모습이었다. 또다시 호기심이 생긴 앨리스는 그들의 이야기를 엿들으려고 숲에서 살금살금 기어 나왔다.

물고기 병정이 품안에서 자신의 몸집만큼 큰 편지를 꺼내 개구리 병정에게 건네주며 근엄하게 말했다.

"공작 부인을 여왕 폐하께서 크로케 게임에 초대하신답니다."

"여왕 폐하께서 공작 부인을 크로케 게임에 초대하시는 초대장을 받겠소."

개구리 병정도 제법 엄숙한 목소리였다. 그러나 말의 순서는 바뀌어 있었다.

그런 다음 두 병정은 서로에게 머리를 깊숙이 숙여 인사를 했다. 그 바람에 두 병정의 머리가 서로 부딪치고 뒤로 빗어 넘긴 머리카락이 앞으로 흘러내려 엉망이 되고 말았다.

이런 모습을 바라보던 앨리스는 터져 나오는 웃음을 참고는 그들에게 들킬까 봐 급히 숲 속으로 몸을 숨겼다. 앨리스가 다시 숲에서 내다보았을 때 물고기 병정의 모습은 어느새 사라지고 없었다. 개구리 병정은 현관에 주저앉아 멍하니 하늘을 올려다보고 있었다.

앨리스는 조심스럽게 한 발 한 발 다가가 문을 두드렸다.

"그럴 필요 없어!"

개구리 병정이 그녀를 향해 말했다.

"왜냐하면 우선 내가 너처럼 밖에 나와 있기 때문이고, 집 안이 시끄러워 문 두드리는 소리를 아무도 듣지 못하기 때문이야."

그러고 보니 집 안에서는 몹시 소란스러운 소리가 들려오고 있었다. 누군가 아우성치는 소리와 짖어대는 소리, 우는 소리와 웃는 소리, 그릇 깨지는 소리, 무엇인가 부서지고 무너지는 소리가 끊이지 않고 들려왔다.

"그렇다면 집 안으로 들어가려면 어떻게 해야 하죠?"

앨리스가 개구리 병정에게 사정하듯 말했다.

"언제든 노크한다고 들어갈 수 있을 줄 아니?"

개구리 병정은 그녀를 쳐다보지도 않고 말했다.

"노크는 우리 사이에 문이 가로막혀 있을 때 하는 거야. 예를 들면 네가 안에 있고, 내가 밖에 있을 때 노크하면 널 밖으로 나오게 할 수 있지. 알겠어? 노크란 그럴 때 하는 거야."

개구리 병정은 그렇게 말하면서 여전히 하늘만 쳐다보고 있었다.

"도대체 무슨 소릴 하는 거지?"

앨리스는 어이가 없어 잠시 동안 병정을 보며 '참 예의 없네'라고 생각했다.

'저런 사람이 내게 도움이 될까? 눈이 저렇게 머리 꼭대기에 붙었으니 무슨 도움이 되겠어? 하지만 대답은 제대로 할 수 있지 않을까?'

그녀는 이렇게 생각했다.

"그럼 어떻게 해야 안으로 들어갈 수 있는 거죠?"

앨리스는 다시 한 번 큰 소리로 물었다.

"난 계속 여기 있을 거야. 내일까지라도……."

개구리 병정은 여전히 딴소리를 했다.

바로 그 순간이었다. 문이 벌컥 열리더니 커다란 접시 하나가 그의 얼굴을 향해 날아왔다. 다행히 코를 살짝 스치고 지나가 뒤에 있는 나무에 부딪쳐 산산조각이 나버렸다.

"어쩌면 모레까지라도……."

개구리 병정은 조금도 동요하지 않고 태연하게 말했다.

"어떻게 하면 안으로 들어갈 수 있나요?"

앨리스가 다시 한 번 큰 소리로 물었다.

"그렇게 들어가고 싶어?"

개구리 병정이 놀리는 말투로 물었다.

"그게 문제라니까!"

앨리스는 이곳의 짐승들은 사람을 흥분시키는 데 뛰어난 재주를 가졌다는 생각이 들었다. 그리고 사람을 답답하게 하는 데도 아주 탁월한 재주를 지닌 것 같았다.

앨리스가 이런 생각을 하고 있는 사이에 개구리 병정은 말할 기회를 얻었다는 듯 같은 소리만 반복하고 있었다.

"난 여기 앉아 있을 거야, 영원히!"

"하지만 난 무얼 하죠?"

"마음대로 해."

개구리 병정은 여전히 빈정거리는 투로 말하더니 휘파람을 불어대기 시작했다.

'이 병정과 이야기해봐야 소용이 없겠어. 바보가 분명해.'

이렇게 생각한 앨리스는 스스로 문을 열고 안으로 들어섰다. 그 문은 부엌으로 연결되어 있었다.

식당을 겸한 부엌은 자욱하게 연기가 차 있었고, 공작 부인은 그 한가운데 놓여 있는 다리가 세 개뿐인 둥근 의자에 앉아 아기를 어르고 있었다. 요리사는 벽난로에 기댄 채

수프가 든 커다란 솥을 젓고 있었다.

"수프 속에 후춧가루를 너무 많이 넣었나 봐!"

앨리스는 재채기를 하며 중얼거렸다.

공작 부인 역시 이따금씩 재채기를 하는 것으로 보아 앨리스의 생각이 맞는 것 같았다. 아기는 잠시도 쉬지 않고 재채기와 기침을 번갈아 했다.

그런데 요리사와 벽난로 사이에 앉아 한쪽 귀에서 다른 쪽 귀까지 입이 찢겨져라 웃고 있는 커다란 고양이는 재채기나 기침을 하지 않았다.

"저, 죄송합니다."

앨리스는 혹시 자기가 먼저 말을 거는 게 예의에 어긋나지 않을까 걱정하며 조심스럽게 말했다.

"저 고양이는 왜 저렇게 웃고 있나요?"

"체셔 고양이라서 그렇지. 알겠니, 이 돼지야!"

공작 부인이 대꾸했다.

그녀가 마지막 단어에 느닷없이 힘을 주어 말했기 때문에 앨리스는 펄쩍 뛸 정도로 놀랐다. 그러나 다음 순간 그것이 자기에게가 아니라 아기에게 하는 말이라는 것을 알고 용기를 내었다.

"체셔 고양이는 항상 웃는다는 걸 몰랐어요. 아니, 사실 전 고양이가 웃을 수 있다는 것조차 몰랐는걸요."

"모든 고양이는 웃을 수 있어. 그리고 거의 모든 고양이는 웃고 있지."

공작 부인이 말했다.

"고양이가 웃는다는 이야기는 처음이에요."

앨리스는 공손하게 말했다. 누군가와 대화를 할 수 있다는 것이 기뻤기 때문이었다.

"아직 모르는 게 많구나. 당연하지."

공작 부인이 쌀쌀하게 말했다.

앨리스는 공작 부인의 말투가 영 마음에 들지 않았다. 하지만 화제가 바뀌면 나아질지도 모른다고 생각해서 다른 화제를 찾고 있었다. 그때 난로에서 수프 솥을 내려놓은 요리사가 느닷없이 닥치는 대로 물건을 집더니 공작 부인과 아기를 향해 던지기 시작했다. 먼저 부젓가락이 날아왔고, 이어 프라이팬, 쟁반, 접시가 소나기비처럼 날아왔다.

그런데도 공작 부인은 조금도 상관하지 않았다. 날아온 물건에 맞아도, 아기가 금방이라도 숨이 넘어갈 듯이 기침을 해대도 눈썹 하나 까딱하지 않았다.

"제발 그만두세요!"

눈앞에서 벌어지고 있는 무서운 광경에 질린 앨리스가 소리쳤다.

"이봐요, 코에 맞겠어요!"

어마어마하게 큰 프라이팬이 그녀의 코를 향해 날아오다가 아슬아슬하게 비껴갔다.

"세상 모든 사람이 남의 일에 간섭하지 않고 자기 일에만 열심이라면 이 지구가 좀 더 빨리 돌아갈 수 있을 거야."

공작 부인이 오히려 화가 치민 듯이 그녀에게 고함치며 말했다.

"지구가 빨리 도는 게 무슨 상관이죠?"

공작 부인의 말에 자신의 작은 지식이나마 보일 수 있게 되어 기쁜 앨리스가 서둘러 말했다.

"밤과 낮이 뒤바뀌면 어떻게 하나요? 지구가 지축을 중심으로 한 바퀴 도는 데 스물네 시간이 걸려야……."

"지축이 어떻다고? 건방지구나! 목을 쳐버려."

공작 부인이 화를 벌컥 냈다.

놀란 앨리스는 겁에 질려 요리사를 바라보았다. 그러나 요리사는 공작 부인의 말을 못 들었는지 열심히 수프를 젓고 있었다. 조금 안심이 된 앨리스는 용기를 내어 다시 말을 이었다.

"스물네 시간이 걸릴 거예요. 아니, 열두 시간이든가?"

"시끄러워!"

공작 부인이 또다시 소리쳤다.

"난 숫자 따위에는 관심 없어!"

그러고는 품에 안은 아이를 다시 어르기 시작했다. 그녀는 자장가 같은 노래를 아기에게 불러주면서 한 구절이 끝날 때마다 아기를 끔찍할 정도로 세게 흔들어댔다. 그리고 그 자장가라는 것도 들어보니 어처구니없는 내용이었다.

아기에게는 큰 소리로 말하라.
그리고 기침을 하면 실컷 때려줘라.
기침을 하면 어른들이 놀랄 줄 알고
일부러 그러는 거니까.

(그러자 요리사와 아이가 입을 모아 따라 불렀다.)
오우! 오우! 오우!

2절을 부르면서 공작 부인은 계속 아이를 위아래로 거칠게 흔들어댔다. 불쌍한 아기는 자지러질 듯이 울어댔다. 그 울음 소리가 어찌나 큰지 앨리스는 노랫소리를 거의 들을 수 없었다.

아기에게는 큰 소리로 말하라.
그리고 기침을 하면 실컷 때려줘라.
늘 즐겁게 하기 위해
후춧가루를 잔뜩 먹여라.

(모두 합창했다.)
오우! 오우! 오우!

"자, 원한다면 네가 한번 아기를 얼러봐!"
노래를 마친 공작 부인은 이렇게 말하며 안고 있던 아기를 앨리스에게 내밀었다.
"난 여왕 폐하의 크로케 게임에 갈 준비를 해야 해."
그러고는 서둘러 식당에서 나가버렸다. 그녀가 나갈 때 요리사가 또다시 프라이팬을 던졌으나 다행히 부인을 맞히지는 못했다.
앨리스는 아기가 이상하게 생긴 데다 팔과 다리를 제멋대로 버둥거려서 안고 있기가 불편했다. 그런 아기를 보며 앨리스는 불가사리 같다는 생각을 했다.

불쌍한 아이는 증기 기관차의 엔진처럼 거칠게 숨을 몰아쉬고 있었다. 아기를 제대로 안게 되자 앨리스는 공기가 맑은 집 밖으로 나섰다.

'이 아기를 내가 데리고 가지 않으면⋯⋯.'

앨리스는 아기를 바라보며 이런 생각을 했다.

"이 아기는 곧 죽고 말 거야. 그럴 줄 알면서도 그냥 모른 체하고 가는 것도 아기를 죽이는 것이나 다름없겠지?"

앨리스의 말이 끝나자마자 아기는 대답이라도 하듯 꿀꿀거렸다. 어느새 아기의 기침과 재채기는 멎어 있었다.

"그런 소리 내지 마!"

거북한 소리에 앨리스가 얼굴을 찡그리며 나무랐다.

"그런 소리로 자기 생각을 표현하는 건 나빠."

그러자 아기가 다시 꿀꿀거렸다. 앨리스는 이상한 생각이 들어 아기의 얼굴을 자세히 살펴보았다. 하늘을 향한 들창코에 눈도 다른 아기들과는 달리 아주 작아 매우 미운 얼굴이었다.

'어쩌면 너무 울어서 이렇게 됐는지도 몰라.'

이렇게 생각한 앨리스는 아기가 눈물을 흘리는지 궁금해 다시 한 번 얼굴을 들여다보았다. 그러나 눈물을 흘린 흔적은 어디에도 보이지 않았다.

"만약 네가 돼지로 변하고 있는 거라면⋯⋯."

앨리스가 아기에게 말했다.

"난 너에게 아무것도 해줄 수 없어. 알겠니?"

그러자 불쌍한 아기가 다시 훌쩍거렸다. 어쩌면 꿀꿀거리는 것 같기도 했다.

앨리스는 한동안 말없이 걷기만 했다. 마음속에 별별 생각이 다 떠올랐다.

'이 괴상한 아기와 함께 집으로 가면 식구들이 뭐라고 할까?'

아기가 또다시 요란스럽게 꿀꿀거리기 시작했다. 앨리스는 근심 어린 눈으로 아기를 들여다보았다. 아무리 아니라고 생각해도 소용없었다. 아기는 틀림없는 새끼 돼지였다. 그렇다면 돼지를 더 이상 안고 갈 이유가 없다는 생각이 들었다.

새끼 돼지를 땅에 내려놓자 그것은 숲 속으로 뛰어 들어갔다. 앨리스는 비로소 마음이 홀가분해졌다.

"저 아이가 자라면 보나마나 굉장히 못생긴 아이가 될 거야. 차라리 돼지라면 잘생긴 돼지가 되겠지."

앨리스는 혼잣말로 중얼거렸다. 그러고 나서 앨리스는 친구들 중에 돼지같이 구는 아이들이 누구였던가를 생각

해보았다.

'만약 누군가 변하게 할 줄 아는 사람이 있다면, 그들도……'

이런 생각을 하던 앨리스는 걸음을 멈추었다. 바로 몇 미터 앞 나뭇가지에 체셔 고양이가 앉아 있었던 것이다. 사실 약간 겁이 나기도 했다.

그러나 앨리스를 바라보는 고양이는 여전히 웃고 있었다. 발톱이 길고, 이빨도 날카로워 보였다. 그러나 앨리스는 웃는 모습을 보고는 마음씨 좋은 고양이일 것이라고 짐작하며 가까이 다가갔다.

"체셔 고양이야!"

앨리스는 조심스럽고 다정하게 불렀다. 그래도 고양이는 입을 좀 더 벌리고 웃을 뿐이었다. 앨리스는 용기가 났다.

'거 봐, 아무 일도 안 생기잖아!'

그렇게 생각한 앨리스는 말을 이었다.

"이젠 어디로 가야 좋을지 말해주지 않겠니?"

"그거야 네 마음대로지."

고양이가 우습다는 듯 말했다.

"하지만 난 어디가 어딘지 잘 모르겠어."

앨리스가 안타까운 마음으로 말했다.

"네가 가고 싶은 데로 가."

"그렇지만 가야 할 곳이 있다고. 그곳이 어떤 곳인지는 모르지만."

이렇게 말하면서 앨리스 자신도 우스운 말이라고 생각했다.

"재미있는 이야기로구나!"

고양이가 깔깔거리며 웃어댔다.

"그럼 빨리 그곳으로 가보라고."

길게 이야기해봤자 소용이 없다는 걸 깨달은 앨리스는 다른 것을 물어보았다.

"이곳엔 어떤 사람들이 살고 있니?"

"이쪽으로 가면……."

고양이가 오른쪽 발을 들어 가리키며 말했다.

"모자를 만드는 해터가 살고 있고, 저쪽으로 가면……."

이번엔 왼쪽 발을 들어 가리켰다.

"3월의 토끼가 살고 있어. 둘 다 미쳤지만 그래도 좋다면 가봐."

"미친 사람들은 싫어."

앨리스는 머리를 흔들며 말했다.

"아, 어쩔 수가 없어. 여기 있는 자들은 다 미쳐 있으니까. 나도 미쳤고, 너도 그렇잖아?"

고양이는 여전히 빙글거리며 말했다.

"내가 미쳤다고? 왜 그렇게 생각하는데?"

앨리스는 화가 났지만 애써 참으며 물었다.

"틀림없이 미쳤어. 아니라면 왜 이런 데에 온 거지?"

고양이는 자신 있게 말했다.

"너는 미친 걸 어떻게 알았지?"

대꾸할 말이 얼른 떠오르지 않았지만 앨리스는 지지 않고 말을 이었다.

"미치지 않은 개를 예로 들어보자고. 괜찮겠지?"

"좋아."

앨리스가 궁금하게 여기며 대답했다.

"그럼 시작하지."

고양이는 무슨 중요한 이야기라도 되듯 말했다.

"개는 화가 나면 으르렁대고 기분이 좋으면 꼬리를 흔들어. 그런데 난 기분이 좋으면 으르렁대고 화가 나면 꼬리를 흔들어. 그러니까 난 미친 거야."

"넌 으르렁댄 게 아니야. 좋아서 '야옹'거리는 거지."

"그런 건 아무래도 좋아."

고양이는 신경질적으로 말하며 화제를 바꿨다.

"오늘 여왕님의 크로케 경기에 갈 거니?"

"그 경기를 나도 좋아해. 하지만 난 초대받지 못했는걸."

앨리스는 풀이 죽은 목소리로 대꾸했다.

"그곳으로 오면 날 볼 수 있을 거야."

그러고는 고양이는 사라져버렸다. 그러나 이상한 일들에 익숙해진 앨리스는 별로 놀라지도 않았다. 어떻게 해야할지 몰라 고양이가 앉아 있던 자리를 뚫어지게 바라보고서 있는데, 무슨 조화인지 고양이의 모습이 다시 불쑥 나타났다.

"아, 깜빡 잊었다. 그런데 아기는 어떻게 됐지?"

"아기가 돼지로 변해버렸어."

앨리스도 고양이가 사라졌다 다시 나타난 게 그다지 놀랍지도 않다는 듯 무덤덤하게 대답했다.

"그럴 줄 알았어."

고개를 끄덕이며 고양이는 다시 사라져버렸다.

앨리스는 은근히 고양이가 다시 나타나기를 바라며 그 자리에서 잠시 기다렸으나, 고양이는 나타나지 않았다. 앨리

스는 포기하고 3월의 토끼가 산다는 쪽으로 걷기 시작했다.

"해터는 본 적이 있으니까……."

그녀는 혼잣말로 중얼거렸다.

"3월의 토끼를 만나는 게 더 재미있을 거야. 그리고 지금이 4월이니까 아무래도 3월처럼 헛소리를 할 정도로 미치진 않았겠지.(토끼는 3월이면 발정기가 되어 행동이 거칠어지고 사나워진다.)"

이렇게 말하며 문득 위를 쳐다보자 나뭇가지 위에 고양이가 앉아 있었다.

"아까 '돼지pig'라고 했어, '무화과fig'라고 했어?"

고양이가 물었다.

"돼지라고 했어."

앨리스는 짜증이 났다.

"그리고 갑자기 나타났다 사라졌다 하지 마! 보고 있는 사람이 정신없으니까!"

"좋아, 알았어."

고양이는 눈 녹듯이 서서히 꼬리부터 사라지기 시작하더니 웃는 얼굴을 끝으로 완전히 사라졌다. 고양이의 미소는 모습이 사라진 후에도 한동안 그대로 남아 있는 것 같았다.

'웃지 않는 고양이, 아니 고양이 없는 웃음은 이 세상에서 가장 이상할 거야.'

이런 생각을 하면서도 앨리스는 자기의 말이 뒤바뀌었음을 깨닫지 못하고 있었다. 그렇다면 앨리스는 고양이 말대로 미쳐버린 게 아닐까?

그녀는 얼마 지나지 않아 3월의 토끼가 살고 있는 집을 발견했다. 토끼 귀 모양 굴뚝과 토끼털 같은 풀로 덮여 있는 지붕 때문에 그녀는 쉽게 그곳이 토끼의 집이라는 걸 알았다. 그 집이 아주 커 보였으므로 앨리스는 지금의 작은 모습으로는 위험할 것 같아 키가 60센티미터 정도가 될 때까지 왼손의 버섯을 뜯어 먹었다.

키가 커지긴 했어도 앨리스는 불안해서 조심스럽게 주위를 살피며 다가갔다.

"토끼가 미쳤다면 몹시 사나울지 몰라! 해터의 집으로 갈 걸 그랬나?"

7
미치광이들의 티 파티

집 앞 커다란 나무 밑에는 식탁이 마련되어 있었다. 식탁에서는 3월의 토끼와 해터가 차를 마시고 있었다. 그들은 도어마우스(동면하는 쥐의 일종)를 쿠션처럼 자기들 사이에 끼어 앉게 하고, 그 위에 팔꿈치를 얹고 이야기를 하고 있었다.

"도어마우스가 얼마나 힘들까?"

앨리스는 가여운 생각이 들어 이렇게 중얼거렸다.

"하지만 잠이 들어 모를 테니까 그나마 다행이야."

식탁은 널찍했지만 그들 셋은 한쪽에 몰려 앉아 있었다. 앨리스가 다가오는 것을 본 그들은 이렇게 소리쳤다.

"자리가 없어. 앉을 자리가 없어!"

"거짓말! 이렇게 자리가 많은데."

앨리스가 화를 내며 식탁 주변을 빙 둘러보다가 식탁 한쪽에 놓여 있는 안락의자에 앉았다.

"그럼 포도주를 마셔."

3월의 토끼가 미안한 듯이 말했다. 그러나 아무리 둘러봐도 식탁 위에 차 말고는 마실 게 없었다.

"포도주는 안 보이는데."

앨리스가 이상하다는 얼굴로 토끼를 바라보았다.

"그야 없으니까 안 보이지."

토끼가 이죽거리며 대답했다.

"사람을 놀리는 건 실례야."

앨리스가 화를 냈다.

"권하지도 않았는데 멋대로 식탁에 앉는 건 실례가 아닌 가?"

토끼도 만만한 상대는 아니었다.

"너희들만을 위한 식탁인 줄 몰랐어."

앨리스가 미안해하며 말했다.

"그리고 식탁엔 빈자리가 많았고."

"머리를 잘라야 되겠구나."

해터가 입을 열었다. 호기심 어린 눈길로 계속 앨리스를 바라보고 있던 그의 첫말이었다.

"신상에 관한 문제를 직접적으로 말하는 건 교양에 어긋 나는 일이야. 큰 실례지."

앨리스가 따끔하게 한마디 했다.

이 말을 들은 해터의 눈이 잠시 휘둥그레졌으나 정작 그 가 한 말은 엉뚱했다.

"갈가마귀와 책상의 유사점이 뭔지 알아?"

'뭐야, 수수께끼를 하는 거잖아? 재미있겠는걸.'

앨리스는 마음이 가벼워졌다.

"알 것 같아."

앨리스가 자신 있게 말했다.

"그럼 답을 알아맞힐 수 있다는 뜻이야?"

토끼가 깔보는 투로 소리쳤다.

"그렇다니까!"

앨리스가 이렇게 말하자 토끼가 다그쳤다.

"그럼 어서 정답을 말해봐."

"좋아. 적어도 아는 걸 말하는 거나, 아니 말하는 걸 아는 거나 마찬가지 아니겠어?"

앨리스가 서둘러 대답했다.

"그건 다르지! 먹는 걸 좋아하는 것과 좋아하는 것을 먹는 것이 같을까?"

해터가 강하게 머리를 흔들며 말했다.

"그래, 네 말이 맞아. 얻는 걸 좋아하는 것과 좋아하는 걸 얻는 것이 다른 것처럼 말이야."

3월의 토끼도 거들었다.

"그러니까 이런 얘기지. 내 경우엔 '잠잘 때 숨을 쉰다'는 것은 '숨을 쉴 때 잔다'와 다를 게 없거든."

잠자던 도어마우스까지도 잠꼬대를 하듯 끼어들었다.

"그건 너한테나 같은 거지!"

해터가 짜증을 내는 바람에 대화는 중단되고 말았다. 한동안 어색한 침묵이 흘렀다. 그 사이 앨리스는 갈가마귀와 책상의 공통점을 찾느라 골몰해 있었다.

그 침묵을 깬 것은 해터였다.

"오늘이 며칠이지?"

앨리스를 향해 이렇게 물으며 주머니에서 시계를 꺼내 흔들어보기도 하고 귀에 대고 소리를 들어보기도 했다.

앨리스는 잠깐 생각해보고 나서 대답해주었다.

"4일이야."

"이틀이나 잘못됐군. 그것 봐, 버터가 이 시계에 맞지 않는다고 했잖아!"

해터가 한숨을 내쉬고 토끼에게 화를 냈다.

"그래도 최고급 버터라고."

토끼가 잦아드는 소리로 대답했다.

"그건 알아. 하지만 그걸 시계 속에 넣을 때 불순물이 들어갔겠지. 빵 자르는 칼로 집어넣은 게 잘못이야!"

해터는 여전히 화가 안 풀린 말투였다.

토끼는 해터에게 시계를 받아 들고 한동안 불만스러운 시선으로 바라보다가 찻잔 속에 집어넣었다. 그러나 변명할 말이 떠오르지 않는지 조금 전에 한 말을 다시 되풀이했다.

"그래도 그 버터는 최고급품이었어."

잠자코 그들을 바라보던 앨리스가 호기심 어린 눈빛으로 말했다.

"참 이상한 시계도 있네. 시간은 나타나지 않고 날짜만 나타나네."

"그게 뭐가 이상하지? 그럼 네 시계에는 올해가 몇 년이라는 것도 나와 있단 말이야?"

해터가 볼멘소리를 했다.

"물론 그런 건 없어. 1년은 매우 기니까 나타낼 필요가 없

기 때문일 거야."

앨리스는 순순히 대답했다.

"그렇다면 내 시계는 어떤 경우지?"

해터의 말에 앨리스는 어리둥절했다. 그는 분명 영어로
말했지만 무슨 뜻인지 도무지 이해할 수가 없었던 것이다.

"무슨 뜻인지 잘 모르겠어."

앨리스는 조심스럽게 반문했다.

"도어마우스가 또 잔다."

해터는 앨리스의 말에 대꾸도 하시 않고 엉뚱한 소리를 하고는 잠든 도어마우스의 코에 뜨거운 찻물을 부었다. 도어마우스는 놀라서 잠시 머리를 흔들어댔으나 여전히 눈을 뜨지 않은 채로 말했다.

"그래, 난 내가 누구라는 걸 보여주려는 거야!"

"아직도 수수께끼를 생각하고 있니?"

해터가 다시 앨리스를 향해 물었다.

"아니, 포기했어. 그런데 답이 뭐지?"

앨리스가 되물었다.

"나도 몰라."

해터가 이렇게 말하자 토끼도 맞장구를 쳤다.

"나도 그래."

앨리스는 기가 막혔다.

"시간이 아깝다. 해답도 모르는 수수께끼를 한다는 건 시간 낭비야."

"너도 나만큼 시간에 대해 잘 안다면 낭비니 뭐니 하는 소리는 할 수 없을 거야. 그건 시간에 대한 모독이야."

해터가 화를 벌컥 냈다.

"무슨 소리야?"

앨리스는 해터의 말을 이해할 수가 없었다.

"알 턱이 있나."

해터가 고개를 치켜들고 으스댔다.

"시간과 이야기를 나눠본 적도 없을 테니까."

"그럴지도 몰라."

앨리스가 조심스럽게 대답했다.

"하지만 음악 시간이면 시간에 맞추기 위해 박자를 쳐."

"아, 바로 그거야!"

해터가 알 만하다는 듯 말했다.

"그는 치는 걸 싫어해. 그러니까 시간에게 말만 잘하면 네가 원하는 것을 들어줄 거야. 자, 만약 9시가 되어서 네가 공부를 해야 하는데 하기 싫다면 시간에게 살짝 부탁하는 거야. 그럼 시간은 눈 깜짝할 사이에 점심시간을 가리키게 된다고!"

"그렇게만 되면 얼마나 좋을까! 난 하루 종일 먹을 수 있을 텐데."

토끼가 작은 소리로 중얼거렸다.

"그렇게 된다면 정말 멋지겠는데? 하지만……."

앨리스가 미심쩍은 투로 말했다.

"그 시간엔 배가 고프지 않을 텐데, 어떡하지?"

"그거야 간단하지. 진짜 점심시간이 될 때까지 시간을 붙잡아두면 되지, 뭐."

해터가 빙글거리며 말했다.

"그럼 너도 그렇게 하고 있니?"

해터는 고개를 저었다.

"난 아냐!"

안타까운 표정이었다.

"왜냐하면 지난 3월에 싸웠거든. 바로 저 친구가 미치기 직전에 말이야."

해터는 이렇게 말하면서 찻숟갈로 토끼를 가리켰다.

"하트 나라의 여왕이 개최한 음악회에서 노래를 하다 그렇게 됐어. 이런 노래를 했거든."

반짝반짝 작은 박쥐!
무얼 하며 날아가니?

"아마 너도 이 노래를 알걸?"

"글쎄, 그 비슷한 노래는 들어본 적이 있지만……."

"그 다음을 계속해볼까?"

해터가 다시 노래를 부르기 시작했다.

동쪽 하늘 저편에
서쪽 하늘 저편에
반짝반짝…….

잠에서 덜 깬 도어하우스가 끼어들었다.

"반짝반짝 반짝반짝……."

말리지 않으면 이 소리는 언제까지나 이어질 것 같아 도어하우스를 꼬집어 노래를 그만하게 했다.

"난 1절도 다 부르지 못했는데, 여왕이 마구 소리를 지르잖아? '너 때문에 시간만 버리고 있어. 썩 꺼져버려!' 하고 말이야."

해터가 말했다.

"어머, 너무했다!"

앨리스는 자기도 모르게 소리쳤다.

"그리고 그 다음부터는……."

해터가 서글픈 목소리로 말을 이었다.

"시간은 내가 부탁하는 건 하나도 들어주지 않아. 그래서 나에겐 항상 6시뿐이야."

그 말을 듣고 나자 앨리스는 문득 떠오르는 게 있었다.

"아, 그래서 여기에 찻잔이 이렇게 많은 거구나!"

"그래, 맞아."

해터가 한숨을 쉬며 말했다.

"하루 24시간이 내내 차 마시는 시간이거든. 그릇을 닦을 시간이 없으니까 자꾸만 그릇이 쌓인다고."

"아, 그래서 탁자에서 자리를 바꿔 이리저리 옮겨 앉는구나."

앨리스가 딱하다는 듯이 말했다.

"그래."

해터는 또다시 한숨을 쉬었다.

"언제나 변함없이 되풀이해야 해."

"하지만 그렇게 자리를 옮겨 앉다 보면 제자리로 돌아올 텐데, 그땐 어떡하지?"

앨리스가 용기를 내어 물었다.

"이야깃거리를 바꾸는 게 좋겠어."

3월의 토끼가 늘어지게 하품을 하더니 대화를 멈추게 했다.

"이 이야기는 이제 지겨워. 이제 아가씨가 재미있는 이야기를 들려줘."

"난 아는 게 별로 없어. 어떡하지?"

앨리스는 갑작스러운 부탁에 생각나는 이야기가 없었다.

"그럼 도어마우스가 해줄 거야."

두 짐승이 동시에 소리쳤다.

"도어마우스, 일어나! 일어나라고!"

그러고는 양쪽에서 도어마우스를 꼬집었다.

잠자던 도어마우스가 슬그머니 눈을 뜨며 말했다.

"난 자지 않았거든."

잠이 덜 깬 나른한 목소리였다.

"너희들이 하는 말은 하나도 빼놓지 않고 다 들었어."

"재미있는 이야기 좀 해줘!"

미친 토끼가 졸랐다.

"그래, 부탁이야!"

앨리스도 거들었다.

"빨리 해! 우물쭈물하면 또 잠들게 될 테니까!"

해터가 덧붙였다. 겁에 질린 도어마우스가 급히 이야기를 시작했다.

"옛날 옛날에 엘시, 레시, 틸리라는 세 자매가 우물 밑에서 살았어……."

"그런 데서 살면 뭘 먹어?"

"당밀을 먹고 살지."

잠시 생각을 하고 나서 도어마우스가 대답했다.

"그런 걸 먹으면 안 되잖아. 그런 걸 먹으면 배탈 나."

앨리스가 걱정스럽게 말했다.

"그래, 맞아."

도어마우스가 재빨리 인정했다.

"그래서 병에 걸리고 말았지."

앨리스는 우물 밑에서 산다는 게 어떤 것일지 궁금했다. 그러나 먼저 걱정이 앞섰다.

"그애들은 어쩌다가 우물 밑에서 살게 된 거지?"

"차를 좀 더 마시지 그래."

토끼가 앨리스에게 차를 권했다. 이번에는 놀리는 게 아니라 진심이었다.

"지금까지 아무것도 마시지 않았는데, 무얼 더 마시라는 거지?"

앨리스가 토끼에게 핀잔을 주었다.

"네 말대로 아무것도 안 먹었다면 더 먹을 수야 없어. 하지만 더 먹는 것은 쉬운 일이지."

"너한테 이야기한 게 아니니까 끼어들지 마!"

앨리스가 짜증을 내며 말했다.

"지금 이야기 도중에 끼어든 게 도대체 누군데?"

해터가 더 화가 나서 말했다. 아까 앨리스가 핀잔한 것에 대한 반격이었다.

대꾸할 말이 궁색해진 앨리스는 별수 없이 차를 좀 마시고 버터 바른 빵을 먹고 나서 잠꾸러기 쥐에게 또 물었다.

"그애들은 왜 우물 밑에서 살았지?"

도어마우스는 한참 생각에 잠기더니 대답했다.

"그 우물이 바로 당밀이 솟아 나오는 우물이었거든."

"그런 게 어디 있어?"

앨리스는 말도 안 되는 소리에 화가 나 물었다. 해터와 미친 토끼가 그녀에게 조용히 하라고 소리쳤다. 그러자 잠꾸러기 쥐는 의기양양한 목소리로 앨리스를 몰아세웠다.

"조용히 이야기를 들을 생각이 없으면 나머지 이야기는 네가 해!"

"아니, 미안해. 계속해! 다시는 방해하지 않을 거야. 하지만 나 말고도 누군가 방해할 거야."

난처해진 앨리스가 말했다.

"방해할 거라고?"

도어마우스는 화를 벌컥 내고는 다행히 바로 만족한 표정으로 이야기를 이어나갔다.

"그 세 자매는 그곳에서 그림을 배웠어……."

"뭘 그렸는데?"

조금 전에 한 약속을 까맣게 잊은 앨리스가 또 물었다.

"당밀을 그렸어."

도어마우스가 이번엔 망설이지 않고 바로 대답했다.

"난 깨끗한 찻잔이 필요해. 한 자리씩 옆으로 옮기자."

해터가 이렇게 말하면서 벌써 자리를 옮겨가고 있었다. 도어마우스가 그 뒤를 따랐다. 그렇게 되니 토끼는 도어마우스의 자리로, 앨리스는 내키지 않았지만 미친 토끼의 자리로 옮겨 앉게 되었다. 자리를 바꿔서 이득을 얻은 건 해터뿐이었다. 특히 앨리스가 가장 나빴다. 울며 겨자 먹는 식으로 미친 토끼가 잔뜩 어지럽혀놓은 자리로 가야 했기 때문이었다.

다시 도어마우스가 화내는 것을 원치 않았기 때문에 앨리스는 조심스럽게 입을 열었다.

"말도 안 돼. 도대체 그애들이 어디에서 당밀을 그린 거야?"

"이런 바보 같으니라고! 물 밖에서 물을 그릴 수 있는 것처럼 당연히 우물 밖에서도 당밀을 그릴 수 있다고. 알겠어?"

"하지만 그애들은 우물 속에서 살았다며?"

앨리스는 해터와 다투기 싫어 도어마우스에게 말했다.

"물론이지."

이 대답에 앨리스는 더욱 어리둥절해졌다. 그래도 다음 이야기를 들어보는 수밖에 도리가 없었다.

잠꾸러기 도어마우스는 다시 졸음을 견디지 못해 하품을 하고 눈을 비벼가며 이야기를 이어나갔다.

"그애들은 그림 그리는 걸 잘 배워서 M자로 시작하는 건 뭐든지 그려냈지……."

"왜 하필 M자로 시작하는 걸 그렸어?"

"왜냐고? 그러면 안 된다는 법이라도 있어?"

3월의 토끼가 짜증스레 말했다.

앨리스는 잠자코 있기로 했다.

잠꾸러기 쥐는 어느새 눈을 감고 꾸벅꾸벅 졸기 시작했다. 그러다가 해터가 꼬집는 바람에 놀라 깨어나더니 몸을 부르르 떨고서 이야기를 계속했다.

"그래서 M자로 시작하는 거, 음, 쥐덫mouse traps, 달moon, 추억memory 따위를 그렸지. 넌 그림으로 그린 추억을 본 적이 있니?"

"어머나, 이제 내게 묻기까지 하네! 난 그런 그림은 본 적

이 없어. 있을 리도 없잖아."

질문을 받은 앨리스는 어리둥절했다.

"그래? 그렇다면 넌 이 대화에 낄 자격이 없어."

해터가 그녀의 말을 가로막았다.

앨리스는 그들의 무례한 행동을 더 이상 참지 못하고 자리에서 벌떡 일어났다. 그리고 그대로 자리를 떠나 걷기 시작했다. 그러는 사이에 잠꾸러기 도어마우스는 세상모르게 잠이 들었고, 나머지 두 동물도 앨리스가 자리에서 떠나는 걸 모르는 것 같았다.

앨리스는 걸어가면서 그들이 붙잡아주길 은근히 기대하면서 두어 번 뒤돌아보았다. 그러나 그들이 앨리스를 불러줄 리가 없었다. 마지막으로 돌아봤을 때 그들은 도어마우스를 찻주전자에 처넣으려고 애를 쓰고 있었다.

"무슨 일이 있어도 이곳에는 두 번 다시 오지 않아!"

숲 속으로 들어가며 앨리스는 다짐했다.

"내가 이제껏 본 티 파티 중에서 이런 바보 같은 파티는 처음이야!"

이렇게 말하는 바로 그 순간 그녀는 속으로 들어갈 수 있는 문이 달린 나무를 발견했다.

"세상에! 별 이상한 나무도 다 있네."

앨리스는 또다시 호기심이 생겼다.

"어차피 오늘은 모든 일이 다 이상하잖아. 당장 들어가 봐야지."

그러고는 망설이지 않고 문을 열고 나무 속으로 들어갔다. 앨리스는 예의 길고 커다란 홀에 들어와 있었다. 또 그 두꺼운 유리 테이블도 그대로 있었다,

"그래, 이번에는 실수하지 말고 제대로 하자."

앨리스는 여전히 테이블 위에 놓여 있는 조그만 황금 열쇠를 집어 들었다. 그리고 정원으로 연결된 커튼 뒤의 자그마한 문을 열었다. 그러고는 키가 30센티미터쯤 될 때까지 버섯을 조금씩 뜯어 먹었다. 주머니에 버섯을 한 조각 남겨

놓은 덕분이었다.

　이젠 별 어려움이 없었다. 그녀는 문을 열고 좁고 낮은 통로를 거침없이 지나 마침내 산뜻한 꽃 향이 가득한, 분수가 뿜어져 나오는 아름다운 정원에 도착했다.

8

여왕의 크로케 경기장

정원 입구 커다란 장미 나무에는 눈이 부실 정도로 하얀 장미가 잔뜩 피어 있었다. 그런데 이상하게 도 정원사 셋이 하얀 장미를 붉은 페인트로 칠하고 있었다.

앨리스는 왜 그런 짓을 하는지 궁금해서 견딜 수가 없었다. 일꾼들에게 가까이 다가가자 두런거리는 소리가 들렸다.

"어이, 다섯! 페인트를 나한테 튀기면 어떻게 해."

"일부러 그런 게 아니야."

'다섯'이라고 불린 정원사가 퉁명스럽게 대꾸했다.

"일곱이 내 팔꿈치를 쳤다고."

그러자 아래에 있던 '일곱'이라는 정원사가 그를 올려다 보며 소리쳤다.

"다섯! 넌 다 좋은데 가끔 남의 탓을 하더라."

"넌 입 다물고 있는 게 좋을걸!"

다섯이 일곱을 찍어 누르듯 소리쳤다.

"여왕님께서 어제 바로 너 같은 놈은 목을 베어야 한다고
하셨다고."

"왜?"

맨 처음 말한 정원사 목소리였다.

"이것 봐, 둘! 너랑 상관없는 일이니까 나서지 마."

일곱이 둘에게 말했다.

"그래, 그건 이 친구 일이야."

다섯이 나섰다.

"내가 그 이유를 말해줄게. 요리사한테 양파를 가져다줘야 하는데 일곱이 튤립 뿌리를 가져다줬어."

일곱은 들고 있던 페인트 솔을 던져버리고 푸념을 늘어놓았다.

"모든 게 부당해……."

그러다가 앨리스의 모습을 발견하고는 얼른 입을 다물었다. 그의 동료들도 앨리스를 발견하고는 모두 함께 고개 숙여 인사를 했다.

"실례가 아니라면 하나만 물어볼게요."

앨리스는 조심스럽게 말을 건넸다.

"장미를 왜 빨간색으로 칠하는 거죠?"

다섯과 일곱은 대답 대신 둘만 바라보고 있었다. 그러자 둘이 목소리를 낮추어 대답했다.

"왜냐하면 아가씨, 이곳에는 붉은 장미꽃이 피는 나무를 심어야 했는데 우리가 실수로 그만 하얀 장미 나무를 심었거든요. 여왕님께서 이걸 아시는 날엔 우리는 그 자리에서 목이 날아가요. 그래서 들키기 전에 최선을 다해……."

바로 그때 불안한 눈길로 주위를 살피고 있던 다섯이 소리쳤다,

"여왕님, 여왕님이시다!"

순간 정원사들은 모두 얼굴을 땅바닥에 대고 납작 엎드렸다. 저벅거리는 발소리를 들으며 앨리스는 여왕을 보기 위해 주위를 살폈다.

맨 처음 크로케 장갑을 손에 든 열 명의 병사가 나타났다. 그들은 정원사들처럼 하나같이 길고 넓적한 직사각형 몸에, 네 귀퉁이에 팔과 다리가 달려 있었다. 그 뒤를 따라 열 명의 신하가 나타났다. 병사들처럼 둘씩 짝을 지어 나란히 걷고 있는 그들은 온몸이 다이아몬드 장식으로 덮여 있었다. 그들 뒤를 이어 열 명의 아이가 나타났다. 귀여운 그 아이들은 둘씩 손을 마주 잡고 즐겁게 뛰고 있었는데, 모두 하트 모양 장식을 달고 있었다. 다음에 나타난 것은 초대받은 손님들인 듯했는데, 대부분 여왕들이었다.

앨리스는 그들 사이에서 낯익은 모습을 발견했다. 바로 그 하얀 토끼였다. 토끼는 억지 미소를 지으며 불안한 듯 중얼거리고 있었는데, 앨리스를 알아보지 못하고 지나쳤다. 그 뒤를 진홍색 벨벳 쿠션 위에 왕관을 받쳐 든 하트 나라의 시종 무관이 따랐다. 긴 행렬의 가장 끝에 하트 나라 여왕과 왕이 모습을 나타냈다.

바로 그때 앨리스는 갈등하고 있었다. 정원사들처럼 땅

바닥에 넙죽 엎드려야 할지 말아야 할지 정할 수가 없었던 것이다. 그러나 여왕의 행렬 앞에서 꼭 엎드려야 한다는 법은 없다고 생각했다.

'모두 엎드리면 아무도 행렬을 볼 수 없잖아. 아무도 볼 수 없다면 행차를 할 필요가 없고!'

그래서 앨리스는 그대로 선 채 행렬이 지나가기를 기다렸다.

앨리스의 모습을 발견한 일행이 그 자리에서 멈춰 서자 여왕이 엄격한 목소리로 물었다.

"이 아이는 누구냐?"

여왕이 시종 무관에게 물었으나 그는 머리를 조아리고 있을 뿐 아무 말도 하지 못했다.

"바보 같은 놈!"

여왕은 화가 치미는 듯 소리치고는 돌아서서 앨리스에게 물었다.

"얘야, 네 이름이 뭐냐?"

"제 이름은 앨리스입니다, 여왕 폐하."

앨리스는 공손하게 대답하면서도 속으로는 이런 생각을 하고 있었다.

'아무리 큰소리를 쳐봐야 소용없어. 한낱 트럼프의 카드일 뿐이야. 두려워할 것 없어!'

"그리고 이것들은 뭐냐?"

여왕이 장미 나무 주위에 엎드려 있는 정원사 셋을 가리키며 다시 물었다. 왜냐하면 땅바닥에 얼굴을 대고 납작하게 엎드려 있어서 뒷모습만으로는 정원사인지 병사들인지 신하들인지, 아니면 아이들인지조차 알 수가 없었기 때문이었다.

"세가 그걸 어떻게 알겠습니까?"

이렇게 말하면서 앨리스는 자신의 용기에 놀랐다.

"저와 상관없는 일이에요."

그 말을 듣고 화가 나서 얼굴이 새빨개진 여왕은 잠시 앨리스를 노려보고는 마침내 성난 사자처럼 악을 썼다.

"당장 이것의 목을 베! 목을 베란 말이다!"

"안 돼요! 어리석은 짓이에요."

앨리스의 크고 당당한 목소리에 여왕은 순간 멈칫했다.

그러자 칼의 손잡이에 손을 얹은 왕이 겁먹은 목소리로 여왕에게 말했다.

"너그렇게 봐줘요. 어린아이니까요."

여왕은 화가 치밀었으나 하는 수 없다는 듯 몸을 돌려 시종 무관에게 명령했다.

"저것들을 일어나게 해라!"

여왕의 명령이 떨어지자 정원사들은 불에 덴 것처럼 벌떡 일어나 일행을 향해 꾸벅꾸벅 절을 하기 시작했다.

"그만두지 못해!"

여왕이 다시 소리쳤다.

"니들 때문에 어지럽다고."

그러고는 장미 나무 쪽을 바라보며 물었다.

"도대체 여기서 무슨 짓들을 하고 있었던 거지?"

"여왕 폐하, 용서해주십시오."

정원사 중 둘이 무릎을 꿇으며 떨리는 목소리로 말했다.

"저희는 최선을 다해……."

"흠, 듣지 않아도 알겠어."

그 사이 장미 나무를 자세히 살펴본 여왕이 다시 날카롭게 소리쳤다.

"저들의 목을 베라!"

명령이 떨어지자 병사 셋이 목을 베기 위해서 나섰고, 불쌍한 정원사들은 너무 놀라 앨리스 뒤로 몸을 숨겼다.

"목을 베게 할 수는 없어!"

앨리스는 이렇게 소리치며 정원사들을 가까이에 있는 커다란 화분 속에 숨겨주었다. 그런 줄도 모르고 한참 그들을 찾던 병사들은 포기하고 제자리로 돌아갔다.

어느새 행렬은 다시 서서히 움직였다.

병사들이 돌아오는 것을 본 여왕이 소리쳐 물었다.

"목을 베었느냐?"

"명령대로 했습니다, 여왕 폐하!"

병사들이 소리 높여 대답했다.

"좋아!

여왕은 만족스러워하며 다시 물었다.

"크로케를 할 줄 아느냐?"

병사들은 대답을 하지 않고 앨리스를 바라보았다. 앨리스는 그제야 비로소 여왕이 자신에게 질문했다는 것을 알았다.

"네, 여왕 폐하!"

여왕과의 거리가 제법 멀었기 때문에 앨리스는 큰 소리로 대답했다.

"그래? 그럼 따라와라."

앨리스는 이제 무슨 일이 생길지 기대하면서 행렬을 따라 걸었다.

"날씨가 아주 좋아."

누군가가 앨리스에게 머뭇거리며 말을 걸어왔다. 하얀 토끼였다. 토끼는 불안한 표정으로 앨리스를 바라보고 있었다.

"그래, 날씨 정말 좋아. 그런데 공작 부인은 어디 계시니?"

앨리스도 반갑게 대답했다.

"쉿! 조용히!"

하얀 토끼는 목소리를 아주 낮춰 말하고 불안한 눈길로 주위를 살폈다. 그러고 나서 까치발로 그녀의 귀에 대고 속삭였다.

"공작 부인이 사형선고를 받았어."

"무슨 일로?"

앨리스가 놀라서 묻자 토끼의 눈이 똥그래졌다.

"방금 '안됐다'고 했니?"

"아니, 그런 말한 적 없어. '무슨 일로' 하고 물었어."

"공작 부인이 여왕의 뺨을 때렸거든."

토끼 이야기를 들은 앨리스는 깔깔대며 웃었다.

"쉿, 조용히 해!"

토끼가 겁먹은 목소리로 속삭였다.

"여왕이 들으면 어쩌려고 그러니?

그때였다.

"모두 제자리로!"

여왕의 명령이 떨어졌다. 그들은 어느새 경기장에 다다랐던 것이다.

사람들은 여왕의 명령이 떨어지자마자 앞 다투어 제자리로 달려가기 시작했다. 서로 엉키고 부딪쳐서 경기장은 완전히 아수라장이 되고 말았다.

그래도 몇 분 되지 않아 모두 제자리를 찾아갔고 경기는 바로 시작되었다.

앨리스는 이제껏 이런 크로케 경기는 본 적이 없었다. 경기는 한마디로 끔찍했다. 크로케 공은 살아 있는 고슴도치였고, 방망이는 살아 있는 홍학이었다. 게다가 병정들이 몸을 굽혀 손과 발로 땅을 짚고 아치를 만들어 철문을 대신하고 있었다.

가장 힘든 일은 나무 방망이 대신 홍학을 다루는 일이었다. 홍학은 틈만 나면 도망치려고 했다. 그래서 버둥대지

못하도록 홍학 몸통을 겨드랑이 꼭 끼운 채 긴 목을 방망이처럼 펴서 쳤다. 하지만 공이 고슴도치이다 보니 홍학은 공과 닿을 때마다 고개를 비틀어 돌리곤 했다. 게다가 우스꽝스러운 표정으로 앨리스의 얼굴을 빤히 올려다보았다. 그 때문에 앨리스는 번번이 웃음을 터뜨렸다. 또 홍학의 머리를 겨우 돌려서 공을 치려고 하면 고슴도치가 어디론가 달아났다. 달아난 고슴도치를 겨우 잡아다가 치려고 하면 이번에는 철문인 병사들이 어디론가 가버리고 없었다. 앨리스는 이건 정말이지 이상하고 힘든 경기라고 생각했다.

또 경기장은 경기장대로 정신이 없을 정도로 소란스러웠다. 참가 선수들이 순서도 없이 한꺼번에 나섰다. 또 서로가 고슴도치를 차지하려고 악을 썼다. 심지어는 주먹으로 싸우기까지 했다. 마친 전쟁터 같았다.

이 꼴을 보고 있던 여왕이 마침내 화가 나서 명령을 내렸다.

"저놈의 목을 베라!"

"저 계집의 목을 베!"

여왕의 입에서는 잇달아 끔찍한 명령이 떨어지고 있었다.

상황이 이렇게 되자 앨리스는 점점 불안해졌다. 자신은 아직 여왕의 심기를 건드리지 않았지만 언제 어느 때 불벼락이 떨어질지 모르는 일이었다.

'그렇게 되면……'

앨리스는 으스스해져 몸을 떨었다.

'난 어떻게 되는 거지? 아, 여기는 목을 베는 걸 엄청 좋아하나 봐. 그렇게 죽이는데도 아직 살아남은 이들이 이렇게나 많다니, 놀라운데!'

앨리스는 빠져나갈 궁리를 하기 시작했다. 그런데 누구의 눈에도 띄지 않고 슬그머니 빠져나가기는 어려울 것 같았다.

사방을 살피던 그녀는 공중에 떠 있는 이상한 걸 발견했다. 처음에는 그게 무엇인지 알 수 없었는데 그것이 미소 짓는 것을 발견하고는 안심이 되었다.

  '체셔 고양이구나! 이제 이야기할 상대가 생겼어.'

  이렇게 생각하고 있을 때 고양이의 목소리가 들렸다.

  "어때? 크로케는 재미있어?"

  놀랍게도 말을 하고 있는 고양이 입만 보일 뿐 나머지는 아무것도 보이지 않았다.

  앨리스는 고양이의 눈이 나타날 때까지 기다렸다가 고개를 끄덕이며 생각했다.

  '아직 귀가 보이지 않으니 말해봐야 소용없겠어. 둘 중 하나라도 나타날 때까지 기다려야 해.'

  잠시 후 고양이의 얼굴이 모두 나타났다. 앨리스는 이야기할 상대가 생긴 게 기뻐서 안고 있던 홍학을 내려놓았다. 그리고 크로케 경기 이야기를 시작했다. 머리를 드러낸 고양이는 그 정도면 충분하다는 듯 더 이상의 모습을 나타내지 않았다.

  "경기는 순 엉터리야."

  앨리스는 못마땅한 말투였다.

  "서로 알지도 못하고 싸움만 하고 있어. 규칙도 없나 봐. 만약 있어도 아무도 지키지 않는데 무슨 소용이겠어? 그리고 살아 있는 동물로 크로케 경기를 한다는 게 얼마나 힘든지 아마 상상도 못 할 거야. 공 노릇을 하는 고슴도치는 제멋대로 도망치지, 철문을 해야 할 병사들은 걸핏하면 어디로 사라지지, 방망이인 홍학은 홍학대로 말을 안 듣지 …… . 한마디로 여왕처럼 엉망진창이야!"

"여왕은 마음에 드니?"

고양이가 낮은 목소리로 물었다.

"말도 안 돼!"

앨리스는 머리를 흔들었다.

"그 여자는 거의 미친 것같이……."

바로 그때 여왕이 그녀 뒤에 바짝 다가와 이야기를 듣고 있다는 것을 알게 된 앨리스는 재빨리 말을 바꿔 계속했다.

"……이기려고 하고 있어. 그러니까 이 어려운 경기도 할 만하다고."

이야기를 들은 여왕은 미소를 지으며 앨리스 곁을 지나 갔다.

"도대체 넌 누구에게 이야기를 하는 거지?"

왕이 다가오며 묻다가 허공에 떠 있는 고양이의 얼굴을 발견하고는 화들짝 놀랐다.

"소개해드리겠습니다."

앨리스가 조심스럽게 말했다.

"제 친구 체셔 고양이예요."

"생긴 게 영 마음에 안 드는구나."

왕이 고양이를 힐끔거리며 말했다.

"하지만 원한다면 내 손에 키스해도 좋아."

"그럴 생각 없습니다."

고양이는 한마디로 딱 잘라 말했다.

"건방지군!"

그러나 이렇게 말하는 왕의 목소리는 주눅이 들어 있었다.

"그리고 그런 눈으로 날 쳐다보지 마!"

왕은 앨리스의 뒤로 슬금슬금 몸을 숨겼다.

"고양이에게도 왕을 쳐다볼 자유는 있대요. 어느 책에서인지는 잊었지만 읽은 기억이 나요."

앨리스가 말했다.

"어쨌든 기분 나빠. 치워버려야 해!"

왕은 단호하게 말하고 마침 다가오는 여왕을 불렀다.

"여보, 저 건방진 고양이를 안 보게 해주었으면 좋겠어요."

여왕의 해결 방법은 들으나마나였다.

"당장 목을 베, 어서!"

여왕은 주위를 돌아보지도 않은 채 명령을 내렸다.

"내가 망나니를 직접 데려오지."

왕은 신이 나서 달려갔다.

앨리스는 차라리 흥분한 여왕의 목소리가 잘 들리지 않

는 경기장으로 돌아가 경기를 구경하는 게 좋지 않을까 하고 생각했다. 게임에서 실수를 한 선수 세 명이 처형당하는 걸 보았기 때문에 더는 끔찍한 일들을 보기 싫었던 것이다.

그녀가 경기장에 들어가니 마침 고슴도치 두 마리가 서로 엉켜 싸우고 있었다. 치기에 안성맞춤인 기회였다. 둘 중 어느 것이라도 맞을 것이기 때문이었다. 그러나 막상 치려고 하니 방망이인 홍학의 모습이 보이지 않았다. 한참 만에 경기장 건너편 나무 위로 날아가는 홍학을 찾아냈다.

그녀가 홍학을 잡아 돌아왔을 때는 이미 싸움은 끝나 고슴도치의 모습이 사라져버린 후였다.

"할 수 없지, 뭐."

앨리스는 한숨을 내쉬면서도 자신을 달랬다.

"어차피 병사들도 없는걸."

앨리스는 별수 없이 잡아온 홍학을 도망치지 못하도록 겨드랑이에 바짝 끼고 이야기를 좀 더 하려고 친구에게 돌아갔다.

앨리스가 나타나자마자 문제를 해결해달라는 듯 여럿이 한꺼번에 악을 써대기 시작했다. 좀 전까지 입씨름을 벌이고 있었는지 모두 흥분한 상태였다. 한꺼번에 떠드는 바람에 제대로 알아들을 수도 없었다.

망나니인 병사는 고양이가 머리만 있고 몸통이 없으니 자기는 목을 벨 수 없다고 했다. 이런 경우는 처음 당하는

일이라며 모든 책임이 앨리스에게 있다는 듯 악을 썼다.

　왕은 "세상에 머리가 붙어 있는 생물은 어느 것이나 목을 벨 수 있는 거다. 그런데 무슨 억지소리를 하느냐?"고 했다.

여왕이 소리치는 말은 더욱 끔찍했다. 당장 고양이 목을 베지 않으면 모두의 목을 베어버리겠다는 것이었다. 여왕의 이 끔찍한 호통 때문에 주변은 무덤 속 같은 무거운 침묵과 불안감으로 가득했다.

앨리스도 무어라 해야 할지 몰라 잠시 생각에 잠겼다. 그리고 잠시 후 이렇게 대답했다.

"저 고양이는 공작 부인의 것이에요. 그러니까 그분에게 물어보는 게 좋겠어요."

"그 계집은 감옥에 있어!"

이렇게 소리친 여왕은 망나니에게 명령을 내렸다.

"당장 가서 끌고 와!"

명령을 받은 망나니는 쏜살같이 달려갔다.

망나니가 멀어지니까 고양이의 머리도 사라졌다. 마침내 공작 부인이 끌려 돌아왔을 때는 이미 흔적도 없이 사라진 뒤였다.

그러자 당황한 왕과 망나니가 고양이 머리를 찾으러 미친 듯 이리저리 뛰어다녔고, 그러는 사이 나머지는 크로케 경기를 계속하기 위해 경기장으로 돌아가 버렸다.

9
못생긴 자라 이야기

"**귀**여운 것, 다시 만나게 되어 얼마나 기쁜지 넌 아마 모를 거야."

공작 부인이 다정스레 앨리스를 껴안으며 말했다. 잠시 후 그들은 함께 미치광이들이 아우성치는 크로케 경기장을 떠났다.

앨리스는 공작 부인이 지난번과 다르게 다정하게 대해 주는 것이 기뻤다. 처음 식당에서 만났을 때 그렇듯 거칠게 행동한 것은 매운 후춧가루 때문이었을 것이라는 생각이 들었다.

'뭐, 그다지 간절하게 바라는 것은 아니지만 만약 내가 공작 부인이 된다면 부엌에 후춧가루를 두지 않을 거야. 수프에도 후춧가루를 안 넣는 게 더 맛있거든. 아마도 후춧가

루에는 사람을 과격하게 만드는 성분이 들어 있는 게 틀림없어.'

앨리스는 새로운 사실을 알게 되어 기뻤다. 그리고 다시 생각에 잠겼다.

'식초는 사람을 시게 만들고, 소금은 짜게 만든다고. 꿀이나 설탕은 아이들의 성격을 부드럽고 달콤하게 만들고 말이야. 사람들이 이런 사실을 안다면 세상이 훨씬 여유로울 텐데…….'

생각에 잠긴 그녀는 공작 부인이 옆에 있다는 것도 깜빡 잊고 있었다. 그래서 귓가에 공작 부인의 목소리가 들려오자 조금 놀랐다.

"귀여운 아이야. 이야기를 안 하는 것을 보니 딴생각을 하고 있었지? 확실한 내용은 기억할 수 없지만 그러면 안 된다는 법칙이 있단다."

"그런 법칙이 어디 있죠?"

앨리스는 용기를 내어 반박했다.

"무슨 소리를 하는 거니, 애야? 모든 일에는 법칙이 있단다. 우리가 모를 뿐이지."

공작 부인이 혀를 찼다. 그녀는 이렇게 말하면서 앨리스에게 바짝 다가왔다.

앨리스는 그녀가 가까이 오는 것이 그다지 달갑지 않았다. 공작 부인은 아주 흉측하게 생긴 데다가 키가 작았다.

때문에 앨리스 어깨에 공작 부인의 뾰족한 턱이 닿아 아팠던 것이다. 그래도 앨리스는 상대방에게 무안을 주지 않기 위해 가까스로 참았다.

앨리스는 크로케 경기장을 돌아보았다. 멀리서 보니 제법 그럴듯했다.

"이제 경기가 좀 나아진 것 같아요."

대화를 계속하기 위해 앨리스가 먼저 말했다.

"그렇구나."

하지만 공작 부인의 관심은 다른 데 있었다.

"이런 법칙이 있어. '사랑은 이 세상을 아름답게 만든다'라는 법칙."

"누가 그런 소리를 했죠? 각자 자기가 맡은 일에 충실하면 아무 문제 없는 거예요."

앨리스가 반박하듯 말했다.

"그래, 그것도 마찬가지 이야기야."

공작 부인은 뾰족한 턱으로 앨리스의 어깨를 눌러대며 말했다.

"'호랑이에게 물려가도 정신만 차리면 산다'는 말도 있어. 결국 같은 뜻이야."

'어쩜 저렇게 잘 둘러대지?'

앨리스가 감탄하고 있는데 공작 부인이 말을 이었다.

"내가 왜 네 허리에 팔을 두르지 않는지 궁금하지?"

앨리스가 아무 말도 안 하자 그녀가 다시 말했다.

"그건 네가 안고 있는 홍학 때문이야. 한번 모험을 해볼까?"

"어쩌면 물지도 몰라요."

앨리스는 그녀가 제발 모험을 하지 않기를 빌면서 조심스럽게 대답했다.

"정말 그럴 것 같구나."

공작 부인이 겁을 먹고 망설였다.

"홍학이나 겨자는 모두 물거든. 그럴 땐 이런 말을 하는 거야. '초록은 동색'이라고."

"하지만 겨자는 새가 아니잖아요."

앨리스가 눈치를 살피며 반박했다.

"그래, 네 말이 맞아."

공작 부인이 고개를 끄덕였다.

"그럼 겨자는 무슨 성분일까?"

"광물성일 거예요."

앨리스는 자신이 없었으나 망설이지 않고 대답했다.

"맞아, 그럴 거야."

공작 부인은 앨리스가 무슨 말을 해도 맞다고 할 것 같았다.

"이 근처에 겨자가 많이 나는 광산이 있어. 이 경우엔 이런 속담이 어울릴 것 같아. '광산이 많으면 많을수록 너의 것은 줄어든다'는 어때?"

"아, 이제 생각났어요."

앨리스는 조금 전에 자기가 한 말이 잘못된 걸 알았다.

"그래 보이지는 않지만 겨자는 사실 채소잖아요?"

"맞아, 네 말이 옳아!"

공작 부인은 이번에도 그녀의 말에 맞장구를 친 뒤 이어서 말했다.

"아, 그건 이 속담이 어울리겠다. '되고 싶다고 생각하는 것이 되라'. 더 간단히 말하자면 '남이 보는 나와 나 자신이 다르지 않다고 상상하라. 지금 나도, 또 보이지 않는 먼 훗날의 나도 다른 것이 될 수 없기 때문이다'라는 뜻이지."

"무슨 말인지 제가 알아들을 수 있었으면 좋겠어요. 글로 써주신다면 몰라도 그렇게 말씀하시는 건 도저히 못 알아듣겠어요."

앨리스가 공손하게 말했다.

"괜찮아, 멋대로 지껄인 거니까 상관없어."

공작 부인은 앨리스의 표정이 재미있다는 듯이 웃으며 말했다.

"앞으로는 그렇게 길게 말하느라고 고생하지 않으셨으면 좋겠어요."

"아, 그런 걱정은 하지 마!"

공작 부인은 당치 않은 이야기라는 듯 손을 내저었다.

"지금까시 이야기한 것은 모두 다 선물이야, 알겠니?"

'별 선물도 다 있네!'

앨리스는 어이가 없었다.

'생일 선물로 그런 것을 주지 않으면 좋겠어!'

그녀는 이런 생각을 하면서도 소리를 내지는 않았다.

"또 뭘 생각하고 있네!"

공작 부인이 다시 날카로운 턱으로 어깨를 누르며 나무랐다.

앨리스는 공작 부인이 성가시게 느껴졌다. 그래서 자신도 모르게 날카로운 목소리로 말했다.

"저는 생각할 권리가 있어요!"

"물론이야!"

공작 부인이 신경질적으로 말했다.

"돼지도 하늘을 날 수 있는 권리가 있으니까. 그런 것에는 이런 속담이……!"

공작 부인이 갑자기 입을 다물었다.

'왜 그 좋아하는 속담을 그만두는 거지? 나를 잡고 있던 팔을 덜덜 떨고 있잖아!'

놀란 앨리스는 공작 부인의 시선을 따라가 보았다. 아, 그곳에는 뭐가 못마땅한지 얼굴을 잔뜩 찌푸린 여왕이 팔짱을 낀 채 버티고 있었다.

"폐하, 안녕하십니까?"

공작 부인이 기어들어가는 목소리로 겨우 말했다.

"좋아, 이번에는 확실히 명령을 내리겠다!"

여왕이 발로 땅을 치며 소리쳤다.

"네 목숨과 목, 둘 중 한 가지를 베겠다. 어떤 걸로 택하겠느냐?"

피할 수 없는 명령이었다. 공작 부인은 전자를 택했고, 순식간에 흔적도 없이 사라져버렸다.

"자, 이제 우리는 경기장으로 가자."

여왕이 앨리스에게 말했다.

눈앞에서 벌어진 일에 놀란 앨리스는 말 한마디 못하고 여왕의 뒤를 따라 크로케 경기장으로 돌아갔다.

여왕이 자리를 비운 틈을 타 경기장의 손님들은 그늘에서 쉬고 있었다. 그러다가 여왕의 모습이 나타나자마자 재빨리 경기를 시작했다. 그러나 여왕은 그들의 목숨이 위태로울 뻔한 잠깐의 휴식을 눈치 채지 못한 것 같았다.

경기는 여전히 우왕좌왕 아우성이 그치지 않았다.

"저놈의 목을 베어라! 저 계집의 목을 쳐라!"

여왕의 고함은 계속되었다. 여왕의 명령이 떨어지면 죄인을 처형하기 위해 아치를 만들고 있던 병사들이 하나 둘 자리를 뜨는 바람에 30분쯤 지나자 운동장은 텅 비어버렸다.

그러자 여왕은 고함을 멈추고 거친 숨을 몰아쉬며 앨리스에게 물었다.

"못생긴 자라를 본 적이 있느냐?"

"저요? 전 자라가 무엇인지도 몰라요."

앨리스는 두려운 생각이 들어 조심스럽게 대답했다.

"자라 수프를 만드는 재료지."

"본 적도 들은 적도 없어요."

"그럼 따라오너라. 그가 너에게 자기 이야기를 해줄 게다."

여왕이 앞장서며 말했다.

여왕과 함께 그곳을 떠나려던 앨리스는 왕이 죄수들에게 나지막한 소리로 말하는 걸 들었다.

"너희 모두를 용서한다."

앨리스는 진심으로 기뻐하며 한숨을 내쉬었다.

여왕과 앨리스는 얼마 가지 않아 햇볕 속에 잠들어 있는, 머리와 날개는 독수리고 몸통은 사자인 그리핀을 보게 되었다.

"일어나, 이 게으름뱅이!"

여왕이 소리쳤다.

"이 아이를 자라에게 데리고 가라. 그리고 자라가 살아온 이야기를 듣게 해라. 난 돌아가 내가 명령한 대로 처형했는지 봐야 하니까."

여왕은 앨리스를 그 괴상한 동물 옆에 남겨두고 사라져버렸다.

앨리스는 그 동물의 생김새가 마음에 들지 않았지만 무

서운 여왕을 따라가는 것보다는 그 옆에 남아 있는 게 훨씬 안전할 것 같았다.

그리핀은 마침내 졸린 눈을 비비며 일어나 앉았다. 그리고 여왕의 모습이 완전히 사라질 때까지 바라본 다음 혀를 찼다.

"나 원, 우스워서……."

"뭐가 우습다는 거지?"

그리핀이 중얼거리는 게 이상해서 앨리스가 물었다.

"몰라서 묻는 거야? 여왕 말이지."

그리핀이 퉁명스럽게 말했다.

"모든 게 여왕의 환상일 뿐이야. 처형 같은 건 없어. 알겠어?"

앨리스는 얼른 납득이 가지 않았다.

"그렇게 많은 사형선고를 내리는 건 꿈에도 본 적이 없어!"

앨리스와 그리핀은 걷기 시작했다. 그리고 얼마 후 바위에 혼자 앉아 있는 못생긴 자라를 보았다. 가까이 다가가자 자라가 땅이 꺼질 듯이 한숨을 내쉬는 소리가 들렸다. 자라가 안쓰러운 생각이 들어 그리핀에게 물었다.

"왜 저렇게 슬퍼하는 거야?"

앨리스가 묻자 그리핀은 비꼬듯 말했다.

"역시 자라의 환상이지. 슬픈 일은 아무것도 없어. 알겠어?"

'음, 알겠어라는 소리를 잘하는군.'

앨리스는 그리핀을 바라보며 생각했다.

그들이 다가갔는데도 자라는 커다란 눈에 눈물이 그렁그렁한 채 바라보기만 할 뿐 아무 말도 없었다.

"여기 이 어린 아가씨가 자네의 이야기를 듣고 싶대."

그리핀이 자라에게 무뚝뚝하게 말했다.

"그래? 그럼 이야기를 해주지."

못생긴 자라가 한숨을 쉬며 공허한 목소리로 말했다.

"둘 다 앉아요. 그리고 내 이야기가 끝나기 전에는 아무 말도 하지 말아요."

자라의 말대로 둘은 입을 다물고 한동안 가만히 있었다. 한참을 기다리던 앨리스는 짜증이 났다.

'아니, 이렇게 뜸을 들이다가 언제 이야기를 하겠다는 거지?'

하지만 앨리스는 참을성 있게 기다리는 수밖에 없었다.

"옛날 옛날엔……."

마침내 깊은 한숨을 내쉰 자라가 이야기를 시작했다.

"나도 진짜 자라였단다."

그러나 이 한마디를 한 뒤 다시 아무 말도 하지 않았다. 들리는 소리라고는 그리핀이 이따금 울먹거리는 소리와 못생긴 자라가 끊임없이 훌쩍거리는 소리뿐이었다.

앨리스는 당장 일어나고 싶었다.

"재미있는 이야기 잘 들었어. 그럼 이만 갈게" 하면서 말이다.

그러나 일어나 봐야 갈 데가 없었기 때문에 그녀는 아무 말 없이 앉아 있었다.

"내가 어렸을 적에는……."

자라가 이윽고 말을 이었다. 아직도 이따금 훌쩍거리긴 했으나 조금 전보다 진정된 듯했다.

"바다 속 학교에 다녔지. 선생은 늙은 자라였어. 우리는 그분을 거북이라고 불렀지."

"거북이니까 거북이라고 부른 거잖아?"

앨리스가 끼어들었다.

"그분이 우리를 가르쳤기 때문에 거북이라고 부른 거야!"

자라가 화를 벌컥 내며 말했다.

"넌 정말 그것도 몰라?"

"그렇게 뻔한 걸 묻다니 부끄럽지도 않아?"

그리핀이 이렇게 덧붙였다.

괴상하게 생긴 짐승 두 마리가 한동안 말없이 바라보고 있자 앨리스는 쥐구멍에라도 들어가고 싶었다. 잠시 후 그리핀이 다시 입을 열었다.

"이것 봐, 친구. 어서 계속해. 이러다가 해 저물겠어."

자라의 이야기가 계속되었다.

"우리는 바다에 있는 학교에 다녔지. 너는 믿지 않겠지만 ……."

"믿지 않는다고 말하지 않았어!"

앨리스가 자라의 말을 가로막고 단호하게 말했다.

"그랬어!"

못생긴 자라도 지지 않고 말했다.

"입 다물지 못해!"

앨리스가 다시 대들려고 하자 그리핀이 먼저 소리쳤다.

자라는 이야기를 계속했다.

　"우리는 정말 훌륭한 교육을 받았어. 매일 학교에 다니면서 말이야."

　"나도 학교에 다니고 있어. 그러니까 너무 자랑할 것 없다고."

　앨리스가 따지듯 말했다.

"특별활동노 있어?"

자라가 조금은 멋쩍어하면서 물었다.

"물론이지. 특별활동으로 프랑스어와 음악을 배워."

앨리스가 자랑스럽게 대답했다.

"세수하는 법도?"

이렇게 묻는 자라는 풀이 죽어 있었다.

"그런 게 어디 있어?"

자라가 놀리는 것 같아 앨리스는 화가 나서 소리쳤다.

"그렇다면 너희 학교는 정말 좋은 학교가 아니야!"

자라가 살았다는 듯 신이 나서 말했다.

"우리 학교에서는 과외로 세수하는 법도 가르치거든!"

"바다 속에서는 그런 게 필요 없을 텐데?"

앨리스가 비꼬는 투로 말했다.

"내 마음대로 골라서 배울 수는 없었어. 정규 과목은 무조건 다 배워야만 했으니까."

자라가 다시 한숨을 쉬며 말했다.

"그게 어떤 것들인데?"

호기심이 생긴 앨리스가 물었다.

"비틀거리기, 몸부림치기부터 시작해서……."

자라가 내키지 않는 듯 대답했다.

"갖가지 수학, 즉 야심, 정신 혼란, 추화, 그리고 비웃음 등이야."

"추화라는 과목은 들어본 적이 없는데……, 그게 뭐야?"

앨리스는 이번에도 창피 당할 걸 알면서 물었다.

그리핀이 놀란 듯 앞발을 쳐들어 흔들면서 되물었다.

"아니, 그것도 모른단 말이야? 설마 '미화'라는 말도 모른다고 하진 않겠지?"

그리핀은 어처구니가 없다는 표정이었다.

"그건 알아. 그건……, 어떤 것을 예쁘게 만드는 걸 말하는 거야."

앨리스는 별로 자신이 없어서 작은 소리로 대답했다.

"그걸 알면서도 '추화'를 모른다니, 넌 바보야!"

그리핀이 결론을 짓듯 말했다.

앨리스는 더 이상 물어볼 용기가 나지 않아 다시 자라에게로 시선을 돌렸다.

"그런 것 외에 또 뭘 배웠지?"

"글쎄……. 아, 신비를 배웠어."

이렇게 대꾸한 자라는 날개처럼 생긴 손을 꼽아가며 과목을 세기 시작했다.

"고대와 현대의 신비, 그리고 바다 밑의 지리, 그 다음에는 잡아 늘리기를 배웠어. 잡아 늘리기 선생은 늙은 뱀장어였는데, 일주일에 한 번씩 와서 잡아 늘리기, 뻗치기, 구부려 속이기 등을 가르쳤어."

"어떻게 하는 건데?"

"지금 여기서 보여줄 수는 없어. 난 서툴러서 안 되고, 그리핀은 배우지 못했거든."

자라가 안타까운 듯 말했다.

"시간이 없었어. 하지만 난 그 대신 고전을 배웠지. 선생님은 늙은 게였고."

그리핀이 변명하듯 말했다.

"난 그걸 못 배웠는데, 그 선생님은 웃는 법과 슬퍼하는 법을 가르치셨다면서?"

자라가 또다시 한숨을 쉬며 말했다.

"그랬지."

이렇게 대답하고 난 그리핀도 한숨을 쉬었다. 생각해보니 못 배운 게 많다는 사실을 깨달은 두 짐승은 풀이 죽어 앞발에 머리를 묻었다.

"하루에 몇 시간씩 공부했지?"

그들이 불쌍했던 앨리스가 재빨리 화제를 바꿔 물었다.

"첫날은 열 시간 공부했고, 다음 날은 아홉 시간, 그 다음 날은 여덟 시간, 이런 식으로 한 시간씩 줄어들었어."

자라가 대답했다.

"그것 참 이상한 시간표다!"

앨리스가 놀라 말했다.

"조금도 이상하지 않아. 선생님들이 날이 갈수록 줄어들었거든."

그리핀이 대답했다.

앨리스는 그럴듯하다는 생각이 들었다. 그래도 이상한 게 있어 잠시 후 다시 물었다.

"그럼 열하루째 되는 날은 쉬었겠네?"

"물론 그렇지."

자라가 자신 있는 목소리로 대답했다.

"그럼 열이틀째 되는 날은 어떻게 하는 거지?"

앨리스는 대답이 궁금해 바짝 다가앉으며 물었다.

"공부에 관한 이야기는 그것으로 충분해."

그리핀이 앨리스의 말을 가로막듯 단호하게 말했다.

"이제 운동에 관한 이야기를 들려주도록 해."

10
왕새우의 카드릴 춤

긴 숨을 내쉰 자라는 손등으로 눈을 비비며 앨리스를 바라보았다. 이야기를 시작하려는 모양이었다. 그러나 계속 훌쩍거리다 사레가 들려 캑캑거렸다.

"목에 가시라도 걸렸나 보네."

그리핀은 이렇게 말하면서 자라 등을 두드려주었다.

잠시 후 겨우 진정된 자라가 눈물을 흘리며 이야기를 시작했다.

"너는 바다 속에서 살아본 적이 없을 테니까……."

'그래, 살아보기는커녕 가본 적이 없다고.'

앨리스는 이렇게 말하고 싶은 걸 꾹 눌러 참았다.

"왕새우와 인사할 기회가 없었던 거야."

'먹어보기는 했지.'

이렇게 생각하던 앨리스는 자기의 생각을 들킬까 봐 얼른 고개를 저었다.

"웅, 그런 적 없어!"

"그러면 왕새우가 추는 카드릴 춤이 얼마나 멋있는지 짐작도 못하겠지?"

"응. 그래, 카드릴이 어떤 춤인데?"

앨리스는 궁금했다.

"가르쳐주지."

그리핀이 나섰다.

"먼저 바닷가에 죽 늘어서는 거야."

"두 줄로 말이야! 물개, 자라, 연어 등이 모이지. 우선 바닥의 해파리 따위를 깨끗이 치워내고서……."

자라가 이어서 말했다.

"그러자면 시간은 좀 걸리지."

그리핀이 다시 나섰다.

자라도 질세라 얼른 나서며 말했다.

"두 걸음 앞으로 나가서……."

"각자가 왕새우와 짝을 짓는 거야!"

그리핀이 고함치듯 말했다.

"물론이지. 자기 짝인 왕새우와 두 번 돌고 나서……."

"짝을 바꾸고……."

"그러고 나서……."

자라와 그리핀이 서로 뒤질세라 번갈아가며 말했다.

"던져버리는 거야."

"왕새우를!"

그리핀이 신이 나서 외쳤다.

"바다 멀리 힘껏 던지는 거야!"

"그런 다음 그것을 쫓아 헤엄쳐 가는 거야!"

그리핀이 다시 발을 구르며 소리쳤다.

"물 위에서 공중제비를 돌면서……."

자라도 지지 않고 소리쳤다.

"다시 짝을 바꾸는 거야!"

그리핀이 목청껏 외쳐댔다.

"그런 다음 육지로 돌아오면 돼. 여기까지가 춤의 끝이야."

자라가 갑자기 힘이 빠진 목소리로 말했다.

지금까지 미친 듯 소리를 지르던 두 짐승은 무너지듯 주저앉았다. 그리고 슬픈 표정을 지으며 묵묵히 앨리스를 바라보았다.

"아름다운 춤이겠구나!"

그들이 안쓰럽다는 생각이 들었기 때문에 앨리스는 그다지 내키지 않았으나 이렇게 말했다.

"조금이라도 보여줄까? 보고 싶니?"

"그래, 보고 싶어."

"좋아, 그럼 시작해볼까?"

자라가 그리핀을 바라보았다.

"왕새우가 없어도 할 수 있겠지? 그런데 노래는 누가 하지?"

"네가 해. 난 가사를 잊어버렸거든."

그리핀이 서둘러 말했다.

이렇게 하여 두 짐승은 춤을 추기 시작했다. 그들은 진지한 표성을 싯고 있었다. 앨리스의 발등을 밟아가며, 자라의 노래에 앞발로 박자를 맞추며, 주위를 돌고 돌았다. 노래는 느리고 슬픈 느낌이었다.

좀 더 빨리 걸을 수 없니?
뱅어가 달팽이에게 말했다.
돌고래가 내 꼬리를 밟겠어.
저기 새우와 자라가 춤추는 게 보이지!
조약돌 해변에서 우리를 기다리고 있어.
가서 함께 어울려 춤추지 않겠니?
싫어? 좋아? 싫어? 좋아? 싫어? 좋아?
함께 어울려 춤추지 않겠니?

춤추는 것이 얼마나 즐거운 일인지
넌 아마 모를 거야.
번쩍 들려 바다 저 멀리로
떨어질 때 느낄 수 있는
그 기쁨, 쾌감을 넌 모를 거야.
그러나 달팽이는 고개를 저었지.
너무 멀어. 너무 멀어.
뜻은 고맙지만
춤추지 않겠다고 말했네.

추기도 싫고, 출 수도 없고,
추기도 싫고, 출 수도 없고,
그래서 추지 않겠다고 말했지.

바다 멀리 나가는 건 신나는 일이야.
비늘 달린 친구가 말했네.
바다 저쪽에 또 다른 해변이 있지.
영국에서는 멀고 프랑스에서는 가까운 곳이지.
그렇다고 겁내지는 마, 사랑스런 친구야.
자, 우리 춤이나 추자고!
좋아? 싫어? 좋아? 싫어? 좋아? 싫어?
춤이나 추자고!

"고마워. 아주 멋진 춤이야."
춤이 끝난 게 다행이라 여기며 앨리스가 말했다.
"그 뱅어의 노래도 재미있고."
"아, 뱅어에 관한 거라면……. 물론 뱅어는 본 적이 있겠
지?"
자라는 말할 거리가 생겨서 기쁘다는 듯 달려들었다.
"당연하지. 가끔 저녁 식탁……."
앨리스는 무심코 여기까지 말하다가 얼른 입을 다물었다.
"그게 어디인지는 모르겠지만."

다행히 자라는 눈치 채지 못한 것 같았다.

"가끔 봤다면 어떻게 생겼는지 잘 알겠네?"

"응, 그래. 꼬리가 입에 달려 있고, 온몸에 빵가루를 뒤집어쓰고 있지."

앨리스가 조심스럽게 대답했다.

"빵가루라니? 그건 아냐."

자라가 고개를 저었다.

"그렇다면 바닷물에 씻겨버리지 그대로 있겠어? 하지만 꼬리가 입에 달렸다는 건 맞아. 왜냐하면……."

여기까지 말하던 자라는 늘어지게 하품을 하고는 눈을 감았다.

"그 이유와 나머지 이야기는 네가 좀 해줘."

자라가 그리핀을 향해 말했다.

"그 이유는……."

그리핀이 의젓하게 이야기를 시작했다.

"새우와 춤추기를 좋아해서 그래. 맨 처음 바다 멀리 던져졌을 때 너무 놀라 꼬리를 입에 물었는데 빼낼 수가 없어서 그렇게 된 거지. 이제 알겠어?"

"그렇구나."

황당한 이야기였지만 앨리스는 고개를 끄덕여주었다.

"재미있는 이야기구나. 사실 뱅어에 대해선 잘 몰랐거든."

"원한다면 이야기를 더 해줄게."

그리핀이 신이 나서 말했다.

"뱅어를 왜 백어(白魚)라고 하는지 아니?"

앨리스는 호기심이 솟아나는 걸 느끼며 말했다.

"왜 그렇지?"

"구두 때문이야."

그리핀이 매우 진지하게 말했다.

앨리스는 이상한 생각이 들었다.

"구두 때문에?"

"그래, 네 구두는 뭘로 닦지?"

그리핀이 당연한 걸 모르느냐는 듯 되물었다.

"무슨 색으로 구두약을 닦느냐고?"

앨리스는 자기 구두를 내려다보았다. 그리고 잠시 생각한 다음 대답했다.

"검은 구두약으로 닦지."

"그렇겠지. 하지만 바다 밑에서는……."

그리핀이 이번에도 목청을 가다듬어 목소리를 깔고 말했다.

"백어와 같은 백색으로 닦거든. 이제 알겠어?"

"그럼 구두는 뭘로 만들지?"

앨리스는 도무지 이해가 되지 않았다.

"뱀장어 가죽으로 만들지 뭘로 만들어."

그리핀이 짜증스럽다는 듯 대답했다.

"그런 시시한 이야기는 아기 새우한테 물어도 알려줄 거야. 그러니까 그렇게 뻔한 건 나한테 묻지 말라고."

멋쩍어진 앨리스는 아까 자라가 노래하던 내용을 생각해 냈다.

"내가 만약 뱅어라면 도망칠 게 아니라 돌고래에게 이렇게 말하겠어. '따라오지 마! 우리는 너와 함께 가기 싫어!'라고."

"그렇게는 안 돼! 돌고래가 없으면 곤란하다고."

자라가 놀라서 말했다.

"말한 그대로야. 나는 여행하는 동안 물고기를 만나면 '어떤 돌고래와 함께 가는 거니?'라고 묻거든."

"그럼 이제껏 '목적purpose'에 대해 말했던 거야?"

앨리스의 이 말에 뒤늦게야 자기의 실수를 깨달은 자라는 얼굴을 붉히고 벌컥 화를 냈다.(돌고래 떼porpoise와 목적purpose은 발음이 비슷해 자라가 착각한 것.)

"난 정확히 말했어! 네가 잘못 들은 거야!"

그때 그리핀이 둘 사이에 끼어들었다.

"자, 이제 그 이야기는 그만두고 이 아가씨의 이야기를 들어보자. 괜찮겠지?"

"오늘 아침부터 시작된 모험 이야기라면 얼마든지 할 수 있어."

앨리스가 머뭇거리며 대답했다.

"그전의 이야기는 해도 소용없을 거야. 난 그때와는 다른 사람이 되고 말았으니까……."

"처음부터 이야기해줘."

자라가 호기심 어린 눈길로 바짝 다가앉으며 말했다.

"아냐, 아냐, 모험 이야기를 먼저 해."

그리핀이 자라를 밀쳐내며 말했다.

"처음부터 이야기하면 무척 지루할 텐데……."

이렇게 해서 앨리스는 오늘 아침 하얀 토끼를 만나면서부터 시작된 모험 이야기를 시작했다.

처음엔 괴상하게 생긴 두 짐승이 눈을 동그랗게 뜨고 입을 벌린 채 바짝 다가앉는 바람에 불안했다. 그러나 이야기를 하는 동안에 차분해졌다.

두 청취자는 앨리스가 쐐기벌레에게 '이젠 늙으셨군요, 윌리엄 신부님'이란 시를 외웠다는 이야기를 할 때까지 군소리 없이 열심히 듣고 있었다. 그러나 그 시를 외우는 데 어찌된 셈인지 자꾸만 엉뚱한 말이 섞여 나오더라는 이야기를 하자 자라가 길게 한숨을 내쉬고 입을 열었다.

"그것 참 이상한 일이군!"

"그래, 참 이상해."

그리핀도 맞장구를 쳤다.

"엉뚱한 말이 나왔다고? 다른 것도 그런지 궁금하구나. 한번 외워볼래?"

자라가 생각에 삼긴 채 이렇게 말하고 그리핀을 돌아보며 동의를 구하는 듯했다. 그리핀은 반대할 이유가 없었다.

"일어서서 '그것은 게으름뱅이의 소리야'를 외워봐. 정신 차리고!"

'아니, 짐승이 사람에게 명령을 하다니, 제멋대로군. 차라리 당장 학교로 돌아가는 게 낫겠어!'

앨리스는 속으로 괘씸했으나 어쩔 수 없었다.

앨리스는 일어서서 외우는 수밖에 없었다. 그런데 막상 외우려고 하자 왕새우의 카드릴 춤 생각으로 머릿속이 가득 찼다. 그녀의 입에서는 엉뚱한 말들이 튀어나오고 있었다.

왕새우의 외침을
나는 들었네.
'날 너무 바짝 구워서
머리카락에 설탕을 쳐야겠네.'
눈꺼풀이 있는 어느 오리처럼
그는 코로
벨트와 단추를 단정히 잠그고
발을 예쁘게 꾸몄지.
백사장이 바짝 마르면
그는 종달새처럼 즐거워하며
거만한 목소리로 상어에게 말했지.

그러나 조수가 밀려오고

상어가 나타나면

그의 목소리는 겁에 질려

떨기까지 했다네.

"그건 내가 어릴 때 외우던 것과 아주 다른 것 같아."

그리핀이 고개를 갸우뚱했다.

"난 전에 들은 적은 없지만 뭔가 앞뒤가 안 맞아."

자라도 만족하지 못한 표정이었다.

앨리스는 아무 대꾸도 하지 않았다. 그리고 두 손에 얼굴을 묻었다. 이제 다시 예전의 자신으로 돌아갈 수 없을 것 같아 두려웠던 것이다.

"어떻게 해서 그렇게 됐는지 설명해주면 좋겠구나."

자라가 말했다.

"이 아이는 설명할 수 없을 거야."

그리핀이 자라의 말을 막으며 말했다.

"다음 구절이나 계속해봐."

"하지만 너무 말이 안 돼."

자라도 물러서지 않았다.

"아니, 어떻게 코로 발을 꾸밀 수 있겠어?"

"춤을 추려면 발부터 꾸며야지."

이렇게 말하면서도 앨리스는 자신이 말하는 것과 또 모

든 일이 뒤죽박죽되어 정신이 없었다. 어서 화제가 바뀌기
만을 바랐다.

"다음 구절을 계속해봐."

그리핀이 끈덕지게 되풀이했다.

"나는 그의 정원을 지나쳤네. 이렇게 시작되거든."

앨리스는 틀릴 것을 뻔히 알면서도 그리핀의 명령을 어
길 수 없어 떨리는 목소리로 외울 수밖에 없었다.

나는 그의 정원을 지나쳤네.
부엉이와 표범이 파이를 나누고 있는 걸
한 눈으로 훔쳐보면서.
부엉이는 자기 몫을 기다리며
접시만 바라보고 있는 사이에
표범은 파이 껍질과 고기와
국물을 먹어치웠네.
파이가 없어진 다음에야
부엉이는 스푼을 들게 되었지.
하지만 접시는 비어 있었네……

"제발 그런 잠꼬대 같은 소리는 집어치워!"

자라가 가로막았다.

"계속하려면 부연 설명을 하든지! 도무지 무슨 소리린지

알 수가 없어!"

"그래, 이제 그만두는 게 좋겠어."

그리핀이 이렇게 말했을 때 앨리스는 진심으로 기뻤다.

"그럼 왕새우의 카드릴 춤을 다시 한 번 출까?"

그리핀이 원하지도 않는 친절을 보였다.

"아니면 자라에게 다른 노래를 시켜볼까?"

"아, 노래가 좋겠어. 자라가 좋다면 말이야."

앨리스가 신이 나서 대답하자 그리핀이 거역할 수 없는 위엄을 갖추며 자라에게 명령했다.

"음, 입맛과는 상관없지만 이 아가씨에게 '자라 수프' 노래를 해주지 않겠나, 친구?"

자라는 긴 한숨을 내쉬고 나서 노래를 시작했다. 이따금 흐느끼느라 중단되었지만 노래는 계속되었다.

푸짐하고 맛깔스러운 초록빛

기막힌 수-프

냄비 속에서 끓고 있네.

그 누가 거절할 것인가?

성대한 만찬의 수-프

아름다운 수-프

만-찬의 수프

아-름다운 수프

기막힌 수-프!
어느 고기에 비길까?
어느 채소에 비길까?
누가 돈을 아끼리.
누가 돈을 아끼리.
기막힌 수-프
만찬의 수-프!

"후렴 다시!"

그리핀이 소리치자 자라가 다시 반복하기 시작했다. 그때 멀리서 '재판을 시작한다!'는 외침이 들려왔다.

"따라와!"

그리핀이 이렇게 소리치고는 앨리스의 손을 이끌고 노래가 끝나기도 전에 허겁지겁 그 자리를 떠났다.

"무슨 재판인데?"

앨리스가 뛰느라 숨을 헐떡이며 물었다. 그러나 그리핀은 "따라와!" 소리만 계속할 뿐이었다. 그들이 달리면 달릴수록 살랑바람에 실린 자라의 노랫소리는 점점 희미해져가고 있었다.

만찬의 수-프,
기막히게 맛있는 수-프!

11
누가 파이를 훔쳤지?

그들이 도착했을 때 재판정은 온갖 새들과 짐승들, 그리고 한 세트의 트럼프 병정들로 빽빽이 들어차 있었다. 맨 앞 옥좌에는 하트 나라 왕과 여왕이 앉아 있고, 그 앞엔 사슬에 묶인 시종 무관 '하트의 잭'이 서 있었다. 그리고 두 명의 병사가 양쪽에서 그를 지키고 있었다. 왕 옆에는 하얀 토끼가 한 손에는 트럼펫, 다른 손엔 양피 두루마리를 쥐고 서 있었다.

재판정 한복판의 테이블에는 커다란 파이 접시가 놓여 있었는데, 그 파이가 어찌나 먹음직스러운지 앨리스는 그것을 보자마자 입에 침이 고였다.

'재판이 빨리 끝나면 좋겠어.'

앨리스는 입 안에 고인 침을 꿀꺽 삼켰다.

'그럼 저 파이를 골고루 나누어줄지도 모르잖아!'

그러나 재판은 쉽게 끝날 것 같지 않았다. 앨리스는 지루한 시간을 견디기 위해 주변을 살펴보았다.

재판정 같은 곳에는 한 번도 가본 적이 없었지만 책에서 봤기 때문에 상황을 대충 알 것 같았다.

'저쪽이 판사야! 가발을 썼잖아.'

앨리스는 속으로 소리쳤다.

왕이 판사 역을 맡고 있었다. 커다란 가발 위에 왕관을 얹고 있었는데, 어울리지도 않았고 매우 불편할 것 같았다.

'저곳이 배심원석일 거야. 그리고 저 열두 마리 동물이 아마 배심원들일 거야.'

앨리스는 배심원이란 말을 소리 내어 몇 번인가 되풀이했다. 자기 또래 아이들이나 동물들 중에서 그런 것까지 아는 존재는 극히 드물 것 같아 어깨가 절로 으쓱거렸다.

"저들은 무엇을 하고 있는 거지? 재판이 시작되기 전까지는 아무것도 쓸 수 없게 되어 있을 텐데……."

앨리스가 그리핀에게 속삭였다.

"자기 이름을 쓰고 있는 거야. 재판이 끝나기 전에 자기 이름을 잊어버릴까 봐 걱정되어서."

그리핀이 나직한 목소리로 대답했다.

"바보들이네!"

무심코 이렇게 소리친 앨리스는 얼른 입을 다물었다. 하얀 토끼가 "법성에서는 성숙하시오!" 하고 소리쳤기 때문이었다.

왕이 안경을 꺼내 쓰고 떠든 이를 찾으려는 듯 불안한 시선으로 두리번거렸다.

앨리스는 어깨너머로 배심원석을 훔쳐보았다. 모두 '바보들이네!'라고 쓰고 있었고, 그중에는 더러 '바보'라는 글자를 쓸 줄 몰라 서로 묻기도 했다.

"저렇게 되는 대로 받아쓰면 재판이 끝나기도 전에 엉망이 되겠는걸."

앨리스는 어처구니가 없었다. 그러다 연필로 판자를 벅벅 그어대는 배심원을 발견하고는 더 이상 참을 수가 없어 살금살금 뒤로 돌아가 기회를 틈타 연필을 빼앗았다. 그 행동이 어찌나 빨랐는지 무슨 일이 벌어졌는지 모르는 딱한 어린 배심원 도마뱀 빌은 한참 동안 연필을 찾다 마침내 포기한 듯 손가락으로 판자를 긁적거렸다. 도마뱀 빌은 난감한 표정을 지었다.

"헤럴드, 고소장을 읽어라."

왕이 명령했다.

그러자 하얀 토끼가 들고 있던 트럼펫을 세 번 힘차게 불고는 양피 두루마리를 풀어 목청껏 읽기 시작했다.

하트 나라의 여왕 폐하께서는

172 •

무더운 여름날 하루 종일
과일 파이를 만드셨지.
하트 나라의 시종 무관,
그는 그 파이를 훔쳐
어디론가 멀리 가져갔네!

"판결하라!"
왕이 배심원들을 향해 소리쳤다.
"아직 안 돼요! 아직 이릅니다!"
하얀 토끼가 놀라서 소리쳤다.
"그전에 거쳐야 할 절차가 있습니다. 순서
대로 해야 합니다."
"좋아, 첫 번째 증인을
불러라!"
왕이 다시 명령을 내리
자 헤럴드가 다시 한 번
트럼펫을 힘차게 세 번 불
고 나서 소리쳤다.
"첫 번째 증인!"
첫 번째 증인은 모자
를 만드는 해터였다. 그는
한 손엔 찻잔, 또 다른 손

엔 버터 바른 빵을 들고 있었다.

"용서해주십시오, 전하."

그는 먼저 깍듯하게 예의를 갖추었다.

"부르셨을 때 티 타임이 끝나지 않아 여기까지 이것들을 들고 올 수밖에 없었습니다."

"도대체 지금이 몇 시인데?"

화가 난 왕이 소리쳤다.

"티 타임은 언제부터 시작되었느냐?"

해터는 난처한 얼굴로 이제 막 재판정으로 들어서는 3월의 토끼를 바라보았다. 미친 토끼는 잠꾸러기 도어마우스와 팔짱을 끼고 있었다. 그들을 바라보던 해터는 절망한 듯 입을 열었다.

"제 생각으로는 3월 14일인 것 같습니다."

그러나 미친 토끼가 어림없는 소리라는 듯 외쳤다.

"무슨 소리야? 15일이야!"

"아냐, 16일이지!"

"모두 기록하라!"

왕이 배심원들에게 명령했다. 배심원들은 기다렸다는 듯이 낙서가 가득한 판자에 그들이 말한 세 개의 날짜를 적은 뒤 돈으로 환산이라도 하려는 듯 그 뒤에 실링이나 펜스 따위의 화폐 단위를 붙였다.

"모자를 벗어라."

왕이 해터에게 꾸짖듯 지적했다.

"이건 제 것이 아닙니다."

해터가 머뭇거리며 대답했다.

"훔쳤구나!"

왕이 비명을 지르듯 외치고는 배심원들을 돌아보자 그들은 재빨리 그 사실을 기록했다.

"팔려고 가지고 온 것입니다."

놀란 해터가 부리나케 변명했다.

"제가 가지고 있는 건 모두 제 것이 아닙니다. 저는 모자를 만들고 있습니다."

여왕이 안경을 끼고 그를 날카로운 시선으로 노려보고 있었다. 해터는 더욱 안절부절못하고 새파랗게 질렸다.

"증언을 시작하라!"

왕이 명령했다.

"그리고 시간을 끌지 마라. 만약 우물쭈물하면 당장 목을 베어버리겠다!"

이 말에 해터는 더욱 놀란 모양이었다. 그는 양쪽 다리를 번갈아 들어 올리며 여왕의 눈치를 살피다 빵을 한입 베어 문다는 게 그만 찻잔을 물어뜯고 말았다.

바로 그때 앨리스는 뭔가 이상한 느낌이 들어 주위를 살폈다. 몸이 다시 커지고 있는 것이었다. 순간 몸이 더 커지기 전에 이곳을 빠져나가야 한다는 생각이 들었다. 그러나 곧 마음을 바꿔 견딜 수 있는 한 지켜보기로 작정했다.

"제발 좀 밀지 마! 숨이 막히겠어!"

그녀 옆에 앉아 졸고 있던 도어마우스가 투덜거렸다.

"나로서도 어쩔 수 없어. 나는 지금 커지고 있거든."

앨리스가 미안해서 말했다.

"넌 여기에서 커질 권리가 없어!"

도어마우스가 호통 치듯 말했다.

"어리석은 소리 하지도 마! 누구든지 자라는 법이야. 너
도 그렇고."

앨리스는 지지 않으려고 소리쳤다.

"그래. 하지만 난 정상적인 속도로 크고 있어."

잠꾸러기 도어마우스가 반박했다.

"너처럼 갑자기 크지는 않아."

도어마우스는 이렇게 내뱉듯 말한 뒤 일어서서 재판정의
다른 쪽으로 비틀거리며 가버렸다.

앨리스와 쥐가 다투는 사이 해터에게서 눈을 떼지 않고
노려보고 있던 여왕이 도어마우스가 자리를 옮기자 한 검
찰관에게 명령을 내렸다.

"지난번 음악회에서 노래를 부른 가수들의 명단을 가져
오너라."

이 말을 듣고 해터가 어찌나 심하게 떠는지 구두가 다 벗
겨졌다.

"증언을 하라니까 뭘 꾸물거리는 거냐?"

화가 난 왕이 떨고 있는 해터에게 소리쳤다.

"당장 시작하지 않으면 이번엔 이유를 불문하고 목을 베어버리겠다."

"용서해주십시오, 전하. 저를 불쌍히 여겨주세요."

해터가 떨리는 목소리로 말하기 시작했다.

"티 타임을 시작한 것은 약 일주일 전이고…… 반짝거리기 시작한 것은……."

"반짝거리다니? 뭐가 말이냐?"

"찻잔 속 차가 햇빛에……."

"날 놀릴 작정이냐? 계속해!"

"저를 불쌍히 여겨주세요!"

해터는 바들바들 떨며 계속했다.

"그리고 모든 물건은 햇빛 속에서 반짝인다고 …… 3월의 토끼가 말해서……."

"난 그런 말한 적 없어!"

미친 토끼가 놀라서 소리쳤다.

"네가 그랬잖아."

해터도 목청을 높여 외쳤다.

"아니라니까."

토끼가 힘을 다해 악을 썼다.

왕이 배심원들에게 명령했다.

"그 부분은 삭제하라."

"아, 그럼 도어마우스가 그렇게 말했나 봅니다."

이렇게 둘러댄 해터는 불안한 시선으로 도어마우스를 찾았다. 또 아니라고 할까 봐 떨고 있었다. 그러나 잠에 취해 있는 그가 알 리가 없었다.

"그래서 난 버터 바른 빵을 조금 잘라서……."

해터가 안심하고 계속하자 배심원 하나가 가로막듯 물었다.

"도어마우스가 뭐라고 했나?"

"기억이 나지 않습니다."

"기억을 해야 한다."

왕의 근엄한 목소리가 재판정을 울렸다.

"그렇지 않으면 네 목을 벨 것이다."

초죽음이 된 해터는 들고 있던 찻잔과 빵을 떨어뜨리고 한쪽 무릎을 꿇었다.

"저를 불쌍히 여겨주세요, 전하!"

"너는 말하는 것조차도 형편없구나."

왕이 딱하다는 듯 혀를 찼다.

이때 모르모토 한 마리가 박수를 쳤으나 즉시 검찰관에게 제지를 당했다. 검찰관은 두꺼운 천으로 된 자루를 모르모토의 머리에서부터 뒤집어씌워 묶어버렸다.

'어머나! 저렇게 하는 거구나.'

앨리스는 그 광경을 보게 된 게 기뻤다. 신문에서 이런 기사를 가끔 읽을 때마다 어떻게 하는 건지 몹시 궁금했기 때문이다.

증언이 끝나자 방청석에서 환호와 폭소가 터졌으나 역시 검찰관에 의해 즉각 제지되었다.

"지금까지 증언한 것이 네가 아는 전부라면 내려가도 좋다."

왕이 다시 명령을 내렸다.

"저는 내려갈 수 없습니다."

겁에 질린 해터가 간신히 대답했다.

"여기가 바……닥인걸요, 전하."

"그럼 앉으면 될 게 아니냐? 이 불쌍한 것아."

이번에도 또 모르모트 한 마리가 폭소를 터뜨렸다가 역시 같은 방법으로 제지를 당했다.

'어머나! 저러다 모르모트를 모두 죽여야겠네.'

앨리스는 안타까웠다.

'저래선 안 되지. 보다 인도적으로 해야지. 더구나 여기는 재판정이잖아.'

"저, 저는 빨리 가서 티 타임을 끝냈으면 하는데요?"

해터가 불안한 시선으로 가수들의 명단을 들여다보고 있는 여왕을 흘끗거리며 왕에게 애걸하다시피 말했다.

"그래, 가도 좋다."

왕의 허락이 떨어지기가 무섭게 해터는 구두를 신을 생각도 못하고 재판정에서 뛰쳐나갔다.

"저이를 따라가 목을 베어라!"

마침내 가수의 명단에서 해터의 이름을 찾아낸 여왕이 한 검찰관에게 소리쳤다. 그러나 죽을힘을 다해 도망친 해터는 검찰관이 재판정의 문에 이르기도 전에 흔적도 없이 사라졌다.

"다음 증인을 불러라."

왕의 명령이 다시 장내를 울렸다.

다음 증인은 공작 부인의 요리사였다. 그녀는 후춧가루 상자를 들고 있었다. 앨리스는 그녀가 재판정에 들어서기 전부터 짐작하고 있었다. 문가에 앉아 있는 동물들과 트럼프 병정들이 일제히 재채기를 하기 시작했기 때문이었다.

"증언을 시작하라!"

왕이 명령을 내렸으나 왠지 요리사는 머뭇거리고만 있었다.

"싫습니다."

요리사가 말했다.

왕은 어찌할 줄 몰라 서기 격인 하얀 토끼 해럴드를 바라보았다. 그러자 그가 재빠르게 나직한 목소리로 귀띔했다.

"전하, 반대 심문을 하셔야죠?"

"그래? 그렇다면 하고말고."

이렇게 말한 왕은 눈이 보이지 않을 정도로 잔뜩 얼굴을 찌푸린 채 요리사를 노려보고 있었다. 그런 다음 심각한 어조로 물었다.

"파이는 무엇으로 만들지?"

"대부분 후춧가루로 만듭니다."

요리사가 거침없이 대답했다.

"틀렸어. 당밀로 만드는 거야."

그녀의 뒤에서 잠이 덜 깬 목소리가 들려왔다. 도어마우스였다.

"저것을 당장 끌어내라!"

여왕이 날카롭게 소리를 질렀다.

"당장 끌어내 두들기고, 짓밟고, 수염을 잘라버려라."

이때부터 잠시 동안 재판정은 아직도 잠에서 덜 깬 잠꾸러기 도어마우스를 끌어내느라 한바탕 소동이 일어났다. 겨우 다시 잠잠해졌을 때 살펴보니 이미 요리사의 모습은 보이지 않았다.

"상관없어."

왕은 오히려 잘됐다는 듯이 말했다.

"다음 증인을 불러라."

이렇게 명령을 하고 난 왕은 여왕에게 귓속말을 했다.

"여보, 다음 증언의 반대 심문은 당신이 하구려. 난 이런 건 골치가 아파 딱 질색이거든."

명단을 부지런히 넘기고 있던 토끼가 날카롭고 가느다란 목청을 있는 대로 뽑아 다음 증인의 이름을 불렀다.

"앨리스!"

그 증인은 다름 아닌 바로 앨리스였다.

12
앨리스의 증언

"네."

놀란 앨리스는 엉겁결에 대답을 하며 벌떡 일어섰다. 너무 놀라서 자신이 얼마나 커졌는지 까맣게 잊고 있었다. 또한 급하게 일어나는 바람에 옷자락이 배심원석을 휘감아 열두 명의 배심원이 그 아래에 있는 방청객의 머리 위로 몽땅 굴러 떨어졌다. 눈 깜빡할 사이에 방청객의 머리 위에 떨어져 버둥거리는 배심원들의 모습은 언젠가 어항을 쏟았을 때 보았던 금붕어들 같았다.

"정말 죄송합니다. 고의가 아니었어요."

당황한 앨리스는 얼른 사과를 했다. 그러고는 배심원들을 차례로 집어 배심원석으로 올려놓았다. 바닥에 떨어진

금붕어들을 빨리 어항 속에 집어넣지 않으면 죽게 된다는 생각이 들었던 것이다.

"배심원이 모두 제자리로 돌아가기 전까지는 재판을 진행할 수 없다."

왕은 날카로운 눈길로 앨리스를 노려보며 위엄 있는 목소리로 말했다.

정신없이 배심원들을 집어 올리고 '휴, 이제 됐구나' 하는 생각으로 배심원석을 돌아보던 앨리스는 도마뱀 빌이 아직도 거꾸로 처박혀 꼬리를 흔들어대는 걸 보았다. 어이가 없었다. 그녀는 한심하다는 생각을 하며 빌을 제대로 앉혀놓았다.

'자기 몸 하나 제대로 추스르지 못하는 게 무슨 배심원이야!'

제자리를 겨우 찾은 배심원들은 충격에서 어느 정도 안정되자 판자와 연필을 다시 찾아 들었다. 그리고 그들은 자신들이 당한 사고의 내용을 부지런히 적어 내려가기 시작했다. 그러나 도마뱀 빌은 충격에서 벗어나지 못해 입을 헤벌린 채 재판정의 천장만 올려다보고 있었다.

"이 사건에 대해 아는 게 있나?"

마침내 왕이 앨리스에게 물었다.

"아무것도 아는 게 없습니다."

앨리스는 분명하게 대답했다.

"전혀?"

"네, 아무것도 모릅니다."

"그건 아주 중요한 일이군!"

왕이 배심원들을 돌아보며 말했다.

그러나 그들이 막 기록하려는 순간 하얀 토끼 해럴드가 가로막았다.

"전하께서 하신 말씀은 여러분도 잘 아시겠지만 대수롭지 않다는 뜻입니다."

해럴드의 말씨는 공손했으나 무슨 이유에서인지 잔뜩 인상을 쓰고 있었다.

"물론 대수롭지 않다는 뜻이지."

왕도 황급히 둘러대고는 혼잣말로 중얼거렸다.

"중요하다……, 대수롭지 않다……, 중요하다……, 대수롭지 않다……."

왕은 어떤 단어가 그럴듯하게 들리는지 알아보려는 듯했다. 그러나 앨리스는 배심원석 가까이에 서 있었기 때문에 그들 중 몇은 '중요하다'라고 적는가 하면, 다른 몇은 '대수롭지 않다'고 써넣는 것을 볼 수 있었다.

"아무려면 무슨 상관이야."

앨리스는 혼잣말로 중얼거렸다.

이때 지금껏 노트에 무엇인가를 열심히 쓰고 있던 왕이 "정숙하라!" 하고 외친 다음 노트에 적은 것을 읽어 내려갔다.

"제42조, 누구를 막론하고 키가 1마일 이상 되는 자는 법정에서 떠나야 한다."

재판정 안의 모든 시선이 앨리스에게로 집중되었다.

"제 키는 1마일이 되지 않아요."

앨리스는 당당했다.

"아냐, 1마일이 넘겠는걸."

왕이 억지를 부리자 여왕까지 합세했다.

"거의 2마일쯤 될 거야."

"어쨌든 저는 안 나갈 거예요."

앨리스는 조금도 물러서지 않았다.

"그 규칙은 이제 막 왕께서 만드신 거잖아요."

"무슨 소리를 하는 거냐? 이 법률은 가장 오래된, 그러니까 맨 처음 만들어진 것이야."

"그렇다면 제1조가 아니고 어째서 제42조인 거죠?"

그 말에 왕은 얼굴이 창백해져 황급히 노트를 덮었다.

"판결하라!"

배심원들에게 외쳐대는 왕의 목소리가 떨리고 있었다.

"안 됩니다, 전하. 아직 제출할 증거가 남았습니다."

하얀 토끼 해럴드가 급히 뛰어나와 가로막으며 봉투 한 장을 들어 보였다.

"방금 이 봉투를 주웠습니다."

"그 안에 무엇이 들어 있나?"

이번에는 여왕이 급히 물었다.

"아직 열어보지는 않았습니다만, 이것은 피고가 누군가에게 보내는 편지 같습니다."

해럴드가 대답했다.

"당연할 테지."

앨리스로부터 화제가 바뀐 게 다행이라는 듯 왕이 확신에 차 말했다.

"편지를 받을 사람이 없진 않겠지?"

"받는 사람이 누굽니까?"

배심원 하나가 물었다.

"누구에게 보내는 게 아닙니다. 봉투에는 아무것도 적혀 있지 않거든요."

이렇게 말하며 토끼는 봉투를 뜯어 내용물을 꺼내 들었다.

"이건 편지가 아닙니다. 시가 한 수 적혀 있군요."

"피고가 직접 쓴 거요?"

다른 배심원이 물었다.

"아니요, 그런 것 같지는 않습니다."

무슨 이유에서인지 이렇게 대답하고 난 하얀 토끼가 덧붙여 말했다,

"하지만 이 세상에서 가장 기묘한 시인 것 같습니다."

188 •

배심원 모두가 난처한 표정으로 하얀 토끼와 왕을 번갈아 바라보았다.

"필시 누구의 글씨를 흉내 냈을 테지!"

왕이 뻔하다는 듯 말하자 배심원들의 표정이 밝아졌다.

왕의 말은 묶여 있는 시종 무관을 가리키는 것이었기 때문이었다.

"전하, 아닙니다. 제가 쓴 게 아닙니다. 끝에 서명이 없으니 아무 증거도 안 되지 않습니까?"

피고인 시종 무관이 놀라서 소리쳤다.

"네가 서명을 하지 않은 것은……."

왕은 빙그레 웃으며 덧붙여 말했다.

"네 죄만 더 무겁게 하는 짓이 된다. 떳떳하지 못한 짓을 했기 때문에 서명을 하지 않았던 것이야. 만약 올바른 행동을 하는 정직한 자라면 왜 서명을 하지 않았겠느냐!"

방청석에서 박수 소리가 터져 나왔다. 왕이 처음으로 그럴듯한 말을 했기 때문이었다.

"이제 저자는 분명히 유죄임이 밝혀졌으니 어서 목을 ……."

"잠깐, 그런 건 증거가 되지 못해요!"

앨리스가 여왕의 말을 막았다.

"시가 어떤 내용인지도 모르잖아요?"

"그렇다면 그걸 읽어봐라!"

왕이 마지못해 말했다.

안경을 꺼내 쓴 해럴드가 왕에게 물었다.

"어디서부터 읽을까요, 전하?"

"처음부터 끝까지 모두 읽어라."

왕이 다시 근엄한 목소리로 명령했다.

"그리고 다 읽은 다음엔 멈춰라!"

하얀 토끼 해럴드가 시를 낭송하기 시작하자 재판정은 찬물을 끼얹은 듯 조용해졌다.

그녀에게 다녀오라고 말했네.

그리고 그에게도.

그녀는 나를 보고 근사하다고 했지만

난 수영을 못한다고 고백했지.

내가 가지 않았다고 그가 말했네.

(그것이 사실이라는 걸 알고 있지.)

만약 그녀가 그 일을 내게 미룬다면

그대는 과연 어떻게 될까?

난 그녀에게 하나를, 그들은 그에게 둘을 주었네.

그대는 우리에게 셋 이상을 주었지.

그들은 그에게서 모든 것을 빼앗아 그대에게 주었네.

예전엔 내 것이었던 것을.

만약 그녀나 내가 이 사건에

우연히 말려든다면

그는 예전에 우리가 그랬듯이

그대가 그들을 자유롭게 해줄 것으로 믿네.

내가 아는 것은 그대가 했으리라는 것이네.

(그녀가 그렇게 하기 전에)

그와 우리와 그것 사이를 떼어놓는

장벽이 생기고 말았네.

그녀가 그들을 무엇보다 좋아한다는 걸

그에게는 말하면 안 되네.

이것은 언제까지나 그대와 나

그리고 누구에게도 밝힐 수 없는 비밀이라네.

"이것이야말로 이제껏 듣던 것 중 가장 확실한 증거로 군!"

왕이 만족스럽다는 듯 두 손을 비비며 말했다.

"그러니 이제 배심원들에게……."

"누가 이 시를 알기 쉽게 설명한다면……."

앨리스가 다시 말을 가로막고 나섰다. 그녀는 몇 분 동안 또 커졌기 때문에 아무런 주저 없이 왕의 말을 자를 수 있었다.

"당장 그에게 6펜스를 주겠어요. 이 시에는 아무런 뜻이 없다고 난 믿고 있어요."

배심원들은 부지런히 판자 위에 기록하고 있었다.

'그녀는 이 시에서 뜻이나 핵심이 없다고 믿고 있다.'

그러나 아무도 설명하겠다고 나서지 않았다.

"만약 이 시에 뜻이 없다면 애써 설명할 필요도 없지. 그 뜻을 찾을 고생을 안 해도 될 테니까. 하지만 잘 모르겠어."

왕이 말했다. 왕은 시가 적힌 종이를 토끼로부터 받아 무릎 위에 펴놓고 한쪽 눈으로 들여다보았다.

"내가 보기엔 '수영을 못한다고 고백했지'라는 구절이 마음에 걸리는데, 수영을 할 줄 모르지? 그렇지 않나?"

왕이 묶여 있는 시종 무관에게 묻고 있었다.

피고는 슬픈 표정으로 고개를 저었다.

"제가 그렇게 보입니까?"

사실 온몸이 넓적하고 두꺼운 종이로 만들어진 그가 수영을 한다는 건 상상하기 어려웠다.

"좋아, 여기까지는……."

이렇게 말한 왕은 시를 읽어 내려가며 혼잣말로 중얼거리기 시작했다.

"여기 '그것이 사실이라는 걸 알고 있지'라는 것은 배심원들에게 해당되는 구절이고, '만약 그녀가 그 일을 내게 미룬다면'이라고 한 건 여왕을 가리키는 말이 틀림없고, '그대는 과연 어떻게 될까?'라고? 정말 난 어떻게 되는 거지? '난 그녀에게 하나를, 그들은 그에게 두 개를 주었네'라……. 그래, 바로 이 구절이야. 저이가 파이를 어떻게 했다는 게 나와 있다고!"

"하지만 그 다음은 '그들은 그에게서 모든 것을 빼앗아 그대에게 주었네'라는 구절이 있잖아요?"

앨리스가 반박했다.

"바로 그거야! 그게 저기에 있지 않느냐!"

왕이 승리에 들뜬 목소리로 소리치며 테이블 위에 놓여 있는 파이를 가리켰다.

"저것보다 분명한 증거가 어디 있겠어. 자, 다음을 볼까? '그녀가 그렇게 하기 전에'……. 여보, 여기 나와 있는 대로 당신이 그런 짓을 하지 않으리라고 생각하는데?"

왕이 여왕에게 묻고 있었다.

"절대로 그런 적 없어요. 그 시에도 그렇게 쓰여 있잖아요."

여왕은 이렇게 소리치며 잉크스탠드를 들어 도마뱀 빌에게로 냅다 던졌다.

불쌍한 빌은 이제까지 손가락으로 판자에 글씨를 쓰고 있었다. 그러나 아무런 흔적도 남지 않아 고민 중이었다. 그런데 마침 여왕이 던진 스탠드가 얼굴에 맞아 잉크가 줄줄 흘러내리자 손가락에 찍어 부지런히 쓰기 시작했다,

"자, 이제 배심원들은 판결을 내려라!"

왕은 이제껏 수십 번 되풀이했는데도 번번이 묵살된 명령을 다시 근엄하게 내렸다.

"안 돼! 안 돼! 선고가 먼저야! 판결은 그 다음이야!"

여왕이 소리쳤다.

"선고를 먼저 한다는 건 당치 않아요!"

앨리스가 맞받아쳤다.

"입 닥치지 못해!"

화가 난 여왕이 얼굴이 새빨개져서 소리쳤다.

"그럴 수는 없어요."

앨리스가 마주 대고 악을 쓰자 여왕은 분을 참지 못하

고 있는 힘을 다해 목청껏 외쳐댔다.

"이것의 목을 베라!"

그러나 아무도 움직이려 하지 않았다.

"너희들을 겁낼 사람이 어디 있어?"

앨리스가 코웃음을 쳤다. 그녀는 이제 본래의 그녀 모습으로 되돌아와 있었다.

"너희들은 보잘것없는 트럼프 카드일 뿐이야."

그러자 장내에 있던 모든 트럼프 병정, 아니 트럼프 카드들이 다함께 공중으로 떠올랐다가 그녀를 향해 덤벼들었다. 앨리스는 겁이 나기도 하고, 화도 났다. 그래서 비명을 지르면서 카드를 떨어뜨리기 위해 두 팔을 휘젓기 시작했다.

그러다 문득 눈을 뜬 앨리스는 자기가 양지바른 언덕에서 언니의 무릎을 베고 잠들어 있었다는 것을 깨달았다. 언니는 앨리스의 얼굴 위로 떨어져 내리는 낙엽을 부드러운 손길로 치우고 있었다.

"앨리스, 이제 그만 일어나렴."

언니가 미소를 지으며 부드럽게 말했다.

"웬 낮잠을 그렇게 곤하게 자니? 잠꼬대까지 하면서."

"언니, 너무너무 이상한 꿈을 꾸었어!"

이렇게 말한 뒤 앨리스는 꿈 이야기를 기억하는 데까지 낱낱이 언니에게 들려주었다.

이야기를 모두 들은 언니는 빙그레 웃으며 그녀에게 입

을 맞췄다.

"정말 이상한 꿈이구나. 하지만 빨리 가지 않으면 차 마실 시간에 늦겠는걸."

앨리스는 벌떡 일어나 집을 향해 달리기 시작했다. 뛰면서도 앨리스는 정말 신기하고 이상한 꿈이라고 생각했다.

앨리스가 떠나자 언니는 턱을 고이고 서편의 노을을 바라보고 있었다. 귀여운 동생의 '신기한 꿈속 모험'을 생각하다가 자신도 모르는 사이에 깜빡 잠이 들었다.

먼저 앨리스가 나왔다. 무릎 위에 조그마한 두 손을 얌전히 모으고 앉아 호기심으로 반짝이는 두 눈을 들어 그녀를 올려다보는 앨리스의 모습이었다. 앨리스는 귀여운 입술을 달싹거리며 무슨 말인가를 하고 있었고, 이따금 머리를 치켜들며 이마로 흘러내린 머리카락을 뒤로 넘겼다. 그런 모습을 바라보고 있는 사이에 그녀는 동생의 꿈속에 나온 신기한 동물들이 내는 소리를 들었다.

바쁘게 뛰어가는 하얀 토끼의 발길에 스쳐 바스락거리는 풀잎 소리, 놀란 생쥐가 눈물의 바다에서 헤엄치는 소리, 3월의 토끼와 그의 친구가 찻잔을 부딪치는 소리, 불운한 손님들을 처형하라고 명령하는 여왕의 날카로운 외침, 접시나 쟁반이 요란하게 깨지는 소리와 공작 부인의 품에 안긴 돼지 아기의 재채기 소리, 그리핀의 괴상한 고함 소리, 도마뱀 빌이 연필로 판자를 긁어대는 소리, 자루 속에 갇힌 모르모트의 신음 소리 등이 못생긴 자라가 흐느끼는 소리와 어우러져 멀리서 들려왔다.

그러다가 반쯤 잠에서 깬 언니는 자기가 아직도 앨리스가 다녀온 '이상한 나라'에 있다고 믿고 싶었다. 하지만 눈을 뜨면 모든 것이 현실로 바뀔 것이라는 것도 잘 알고 있었다.

풀잎이 스치면서 스러지는 소리는 바람의 몸짓일 뿐이며, 헤엄치는 소리로 들린 것은 갈대가 바람에 흩날리는 소리다. 또 찻잔 부딪치는 소리는 양 떼의 방울 소리고, 여왕의 호통은 목동의 외침일 뿐이다. 자라의 흐느낌은 멀리서 울어대는 소의 울음소리고, 그 밖의 여러 가지 이상한 동물의 소리들은 바쁜 농장에서 들려오는 떠들썩한 소리인 것이다.

마침내 현실로 되돌아온 그녀는 귀여운 동생이 세월이 흘러 어른이 되었을 때의 모습을 그려보았다.

앨리스가 그때까지도 소박하고 사랑스런 마음을 지니고 있을까? '이상한 나라의 모험' 같은 이야기에 호기심으로 눈을 반짝이며 귀를 기울일까? 그리고 어린 시절 행복했던 여름날을 기억하고, 하찮은 동물들이 슬퍼하면 같이 슬퍼하고 기뻐하면 같이 기뻐하던 아름답고 따뜻한 감정을 그대로 지니고 있을까?

그녀는 이런저런 생각을 했다.

거울 나라의
앨리스

거울 나라의 앨리스
차례

티 한 점 없이 맑고 깨끗한 이마,
꿈을 꾸는 신비로운 눈동자의 아이야!
쏜살같이 세월이 흘러 어쩌면 너와 나의 인생
반쯤 엇갈릴지라도
너는 사랑스러운 웃음으로
사랑의 선물, 요정 이야기를 반겨 맞으리라.

나는 햇살 같은 네 얼굴도 보지 못했고
은방울 같은 웃음소리도 듣지 못했다네.
그리하여 젊은 날의 네 삶에
나에 대한 생각이 자리 잡을 틈은 없겠지만
내가 들려주는 요정 이야기에 귀 기울이는
네 모습만으로도 나는 충분하다네.

여름의 햇살이 이글이글 타오르던 그날,
이야기는 시작되었다네.
시간을 알려주는 단조로운 종소리와
우리가 저어가던 노의 리듬이
기억 속에서 메아리처럼 울려 퍼지네.
질투에 사로잡힌 세월은 그만 잊으라고 하지만.

어서 와서 들어보렴,

세월에 시달린 무서운 목소리가
들어가고 싶지 않은 침대 속으로
너를 억지로 불러들이기 전에.
우리는 잠들 시간이 가까워지면
칭얼거리는 어린아이일 뿐이니.

창밖은 매서운 추위 속에서 눈보라가 앞을 가리고
폭풍이 미친 듯이 몰아쳐도
집 안에는 활활 타오르는 벽난로의 붉은 불빛과
즐거움이 넘치는 아이들의 보금자리가 있다네.
마법의 이야기에 사로잡힌 너는
폭풍과 비바람쯤 금세 잊게 되리라.

행복했던 여름날은 가고,
여름의 영광도 사라진 지금,
한숨의 그림자가
이야기 속에 어슬렁댈지 모르지만
우리 요정 이야기의 즐거움을
방해하지는 못하리라.

1
거울 집

틀림없는 한 가지 사실은 그 일과 흰 새끼고양이는 전혀 상관이 없다는 것이었다. 그 일은 순전히 검은 새끼고양이의 잘못이었다. 지난 15분 동안 흰 새끼고양이는 어미고양이가 얼굴을 닦아주고 있었으므로 (흰 새끼고양이는 꽤나 얌전하게 참아내고 있었다) 장난을 칠 틈이 없었다.

어미고양이 다이너가 새끼고양이의 얼굴을 닦아주는 방식은 이렇다. 일단 불쌍한 새끼고양이의 귀를 한쪽 앞발로 슬쩍 눌러놓고, 나머지 앞발 하나로 코에서부터 반대 방향으로 얼굴을 전체적으로 닦아나가는 것이다. 앞에서 말한 대로, 지금 다이너는 흰 새끼고양이의 얼굴을 닦아주느라 여념이 없었고, 흰 새끼고양이는 이 모든 일이 틀림없이 자신에게 이로울 것이라 생각하며 가만히 누워서 가르랑거리

고 있었다.

　반면에 오후에 일찌감치 세수를 마친 검은 새끼고양이는 앨리스가 커다란 안락의자 한 귀퉁이에 쪼그리고 앉아 혼자 중얼거리다 졸다 하면서 감고 있던 털실 뭉치를 가지고 요리조리 굴리며 장난을 쳤다. 그러다 다시 풀려버린 털실은 난로 앞 깔개에 얼키설키 엉켜버렸고, 검은 새끼고양이는 그 가운데서 자기 꼬리를 잡으려고 빙글빙글 돌았다.

　"아, 이런 못된 장난꾸러기 같으니!"

　이렇게 외친 앨리스는 잘못을 깨우쳐주려고 검은 새끼고양이를 살짝 들어 올려 입을 맞추었다.

　"다이너, 넌 정말 교육을 잘못 시켰어! 바로 너 말이야, 다이너!"

앨리스는 아주 언짢은 얼굴로 어미고양이를 바라보고 꾸짖었다.

앨리스는 새끼고양이와 털실 뭉치를 안고 다시 안락의자에 올라 앉아 털실을 감기 시작했다. 하지만 앨리스는 새끼고양이에게 말을 걸거나 혼자 종알대느라 실을 빨리 감을 수가 없었다. 얌전한 얼굴로 앨리스의 무릎에 앉은 새끼고양이는 실이 감기는 걸 바라보다가 때때로 실 감는 걸 도와주기라도 하는 것처럼 앞발로 실 뭉치를 톡톡 건드리곤 했다.

"내일이 무슨 날인지 알아, 키티? 너도 나하고 함께 창가에 서 있었다면 알 수 있었을 텐데……. 하지만 그때는 다이너가 깨끗하게 씻겨주고 있을 때였으니, 넌 알 도리가 없었겠지. 난 남자아이들이 모닥불을 피우려고 나뭇가지를 모으는 것을 보았어. 모닥불을 피우려면 나뭇가지가 아주 많이 필요하단다, 키티! 그런데 날씨가 추운데다 눈까지 많이 내리는 바람에 다들 집으로 가버렸어. 그래도 걱정하지 마, 키티. 내일은 우리도 모닥불을 구경하러 갈 테니까."

앨리스는 새끼고양이에게 어울리는지 보려고 털실을 두세 번 고양이 목에 감아보았다. 그러다 털실 뭉치가 바닥에 떨어져 굴러가는 바람에 다시 한참이나 풀려버리고 말았다.

"네가 어질러놓은 걸 봤을 때, 내가 얼마나 화가 났는지 알아, 키티?"

다시 편안하게 자리를 잡고 앉은 앨리스가 말을 이었다.

"심지어 창문을 열고 눈 쌓인 바깥에다 너를 던지려고까지 했거든! 넌 그래도 싸, 이 말썽꾸러기 꼬마! 그래도 할 말 있어? 이제 입 다물고 가만히 있어!"

앨리스는 말을 계속하며 손가락 하나를 치켜세웠다.

"네 잘못을 말해주지. 먼저, 오늘 아침 다이너가 얼굴을 닦아줄 때 넌 두 번이나 캑캑거렸어. 안 그랬다고? 거짓말 하지 마, 키티. 내 귀로 확실히 들었거든! 뭐라고? (앨리스는 새끼고양이의 말에 귀를 기울이는 척했다.) 다이너의 앞발이 눈을 찔렀다고? 그래도 그건 눈을 뜨고 있었던 네 잘못이지. 눈만 감고 있었다면 아무 일도 없었을 테니까 말야. 그러니 변명할 생각하지 말고 내 말 잘 들어! 둘째, 내가 스노드롭한테 우유 접시를 놓아주자마자 넌 스노드롭의 꼬리를 물고 잡아당겼어! 뭐, 목이 말라서 그랬다고? 그럼 스노드롭은 목이 마르지 않았단 말이야? 그리고 세 번째, 넌 내가 한눈을 팔 때마다 털실을 도로 풀어놓았어! 네 잘못은 이렇게 세 가지야, 키티. 하지만 넌 아직 한 가지도 벌을 받지 않았어. 벌은 모두 모아두었다가 다음 주 수요일에 한꺼번에 줄 거야. 그런데 사람들이 내가 받을 벌을 모두 모아두고 있다면 어떻게 될까?"

이제 앨리스는 새끼고양이가 아니라 자신에게 말을 걸 듯이 혼잣말을 계속했다.

"그럼 연말에는 어떻게 되는 거지? 감옥에 가게 될지도 몰라. 가만, 한 가지 잘못을 저지를 때마다 저녁을 한 끼씩 굶어야 한다면 어떻게 될까? 그럼 그 끔찍한 날이 오면 저녁을 한꺼번에 50끼나 굶어야 한단 말이잖아! 흥, 그래도 괜찮아! 한꺼번에 50끼를 먹는 것보다는 안 먹는 게 그래도 낫지. 키티, 눈송이가 창에 부딪치는 소리가 들리지 않니? 정말 부드럽고 기분 좋은 소리야. 마치 누군가 창문에 입을 맞추고 있는 것 같아. 혹시 눈이 나무와 들판을 사랑하기 때문에 저렇게 다정히 입을 맞춰주는 게 아닐까? 그런 다음 하얀 눈이불로 포근하게 감싸주면서 '잘 자. 여름이 다시 찾아올 때까지' 하고 속삭이는 거지. 그리고 나무와 들판은 여름에 다시 깨어나 푸른색으로 새 단장을 하고 바람이 불 때마다 춤을 추겠지. 아, 그럼 얼마나 멋질까!"

앨리스는 저도 모르게 외치며 손뼉을 치다가 털실 뭉치를 떨어뜨렸다.

"진짜라면 얼마나 좋을까? 가을에 숲이 갈색으로 변하면 왠지 졸리는 것 같거든. 키티, 체스 둘 줄 아니? 웃지마, 이 녀석아. 난 지금 진지하단 말야. 우리가 체스를 둘때마다 넌 마치 그걸 둘 줄 아는 것처럼 보고 있었잖아. 내가 '체크!' 하고 외칠 때는 가르랑거리기도 하고 말야. 정말 멋진 체크였지. 못된 나이트가 끼어들지만 않았어도 이길수 있었던 판인데……. 키티야, 한번 '생각해보자.'"

'생각해보자'로 시작하는 말들을 앨리스가 얼마나 좋아하는지, 내가 여기서 반만이라도 묘사할 수 있을지 모르겠다. 앨리스는 어제도 언니와 꽤 오랫동안 말다툼을 했다. 앨리스가 '우리가 왕들과 여왕들이라고 생각해보자'라며 말을 꺼냈기 때문이다. 매사에 빈틈이 없는 언니가 '우리 둘밖에 없으니 왕들과 여왕들은 될 수 없다'고 주장하는 바람에 앨리스는 결국 이렇게 말할 수밖에 없었다.

"그럼 언니는 그중에서 하나만 해. 나머지는 내가 다 하지 뭐!"

언젠가 한번은 나이 든 유모의 귀에다 대고 갑자기 소리를 질러 놀래주기도 했다.

"유모! 나는 배고픈 하이에나고 유모는 뼈다귀라고 생각해봐!"

자, 이제 다시 앨리스와 새끼고양이가 대화를 나누는 장면으로 돌아가 보자.

"키티. 네가 붉은 여왕이라고 생각해봐. 허리를 펴고 똑바로 앉아서 팔짱을 끼면 정말 붉은 여왕처럼 보일 거야. 자, 한번 해보자, 요렇게 말야!"

앨리스는 새끼고양이가 제대로 흉내를 낼 수 있도록 탁자 위에 있던 붉은 여왕을 집어서 앞에 놓아주었다. 하지만 뜻대로 되지 않았다. 새끼고양이가 팔짱을 제대로 끼지 않았기 때문이다. 앨리스는 그 벌로 심술궂은 얼굴을 직접 볼 수 있도록 새끼고양이를 거울 앞으로 번쩍 들어 올렸다.

"제대로 하지 않으면 널 거울 속 집으로 집어넣어 버릴 거야. 그래도 좋아?"

앨리스가 덧붙였다.

"얌전히 시키는 대로 하면 거울 속 집에 대해 내가 생각한 것을 모두 들려줄게. 거울을 들여다보면 우선 방이 보일 거야. 반대로 되어 있다는 것만 빼면 우리 거실하고 똑같지. 의자 위에 올라서면 벽난로 뒤만 빼고 그 안에 있는

걸 전부 볼 수 있어. 아, 벽난로 뒤쪽까지 모두 볼 수 있다
면 얼마나 좋을까! 거울 속 집에서도 겨울에 불을 피우는
지 정말 궁금하거든. 우리 집 벽난로에 불을 피울 때 말고
는 알 수가 없어. 여기서 불을 피우면 거울 속에서도 연기
가 피어오르긴 하지만 어쩌면 그건 거울 속에서도 불을 피

우는 것처럼 보이려고 하는 속임수일지도 모르지. 거울 속에 있는 책들도 글자가 정반대로 되어 있다는 것만 빼면 우리 책이랑 거의 똑같아. 언젠가 거울 앞에서 책을 한 권 펴서 보여주었더니 거울 방에 있는 사람도 똑같이 책을 펴서 보여주더라고. 그래서 알았지. 키티야, 거울 속 집에서 살아보고 싶지 않니? 거기서도 너한테 우유를 줄까? 어쩜 거울 속 우유는 마실 수 없는 건지도 몰라. 아, 키티! 거울 속으로 복도가 보이는구나. 우리 거실 문을 활짝 열면 거울 속 집 복도를 살짝 엿볼 수 있단다. 저렇게 슬쩍 보이는 건 우리 집하고 똑같지만, 여기서 보이지 않는 곳은 우리 집하고는 전혀 다를지도 몰라. 아, 키티. 거울 속 집으로 들어가 볼 수 있다면 얼마나 좋을까? 틀림없이 멋진 게 정말 많을 텐데! 키티야, 거울 속으로 들어가는 길이 있다고 한번 생각해보자. 거울이 거즈처럼 부드러워서 통과할 수 있다고 생각해보는 거야. 어, 거울이 안개처럼 변하고 있어. 어쩜 거울을 통과할 수 있을 것 같아!"

앨리스는 자신도 모르는 사이에 벽난로 위에 올라가 있었다. 그리고 거울은 찬란한 은빛 안개처럼 녹아 내렸다.

앨리스는 거울을 통과해 거울 속 방으로 가볍게 뛰어내렸다. 제일 먼저 벽난로에 불이 피워져 있는지부터 살펴본 앨리스는 저쪽 거실만큼 활활 불이 타오르는 걸 알고 무척이나 신이 났다.

 "저쪽 거실만큼 따뜻할 것 같군. 아니, 더 따뜻할 거야.
벽난로 가까이 가지 말라고 간섭하는 사람이 없으니까 말
이지. 거울 속에 있는 나를 보고도 아무도 잡지 못할 거야.
와, 정말 재미있겠다!"
 앨리스는 주변을 살펴보았다. 거실에서 거울을 통해 보

앉던 것들은 저쪽이나 이쪽이나 모두 평범하고 지루했지만 그쪽에서 보이지 않던 부분은 완전히 색다르게 보였다. 예를 들자면, 벽난로 벽에 걸려 있던 그림들이 모두 살아 있는 것만 같았다. 심지어 벽난로 선반에 놓인 (거울에는 뒷부분만 보였던) 시계 앞면의 작은 노인은 앨리스를 보고 빙긋 웃기까지 했다.

앨리스는 벽난로 안 잿더미 속에 여러 개의 체스 말이 떨어져 있는 걸 보고 '우리 방처럼 깨끗하지는 않네' 하고 생각했다. 하지만 앨리스는 곧 놀라서 '아!' 하고 짧은 탄성을 질렀다. 무릎을 꿇고 살펴보니 체스 말들이 둘씩 짝을 지어 걸어 다니고 있었던 것이다!

앨리스는 체스 말들이 놀랄까 봐 속삭이듯이 말했다.

"붉은 왕과 여왕이구나! 부삽 가장자리에 앉아 있는 건 흰 왕과 여왕이네. 그리고 팔짱을 끼고 걷고 있는 건 두 개의 성(城)이고…… 근데, 내 말이 들리지 않나 봐……."

앨리스는 머리를 더 가까이 숙이면서 계속 말했다.

"내가 보이지도 않나 봐."

바로 그때 뒤쪽 탁자에서 삐걱거리는 소리가 들려왔다. 뒤를 돌아보니 흰 병졸 하나가 바닥을 구르며 두 발을 버둥거리고 있었다. 앨리스는 호기심에 가득 찬 채 무슨 일이 벌어지는지 지켜보았다.

"우리 아이의 울음소리야!"

흰 여왕이 소리치며 왕을 밀치고 달려 나갔다. 그 바람에 흰 왕은 잿더미 위에 엎어지고 말았다.

"오, 소중한 릴리! 왕실의 귀여운 새끼고양이!"

그리고 흰 여왕은 뒤도 돌아보지 않고 벽난로의 철망을 타고 오르기 시작했다.

"이런, 어이가 없군!"

흰 왕은 넘어질 때 다친 코를 문질렀다. 온통 재를 뒤집어썼으니 흰 여왕에게 조금 신경질을 낼 만도 했다.

앨리스는 잔뜩 화가 난 채 자지러지게 울고 있는 릴리를 보자 불쌍한 마음이 들었다. 조금이라도 도움을 주고 싶은 마음에 앨리스는 여왕을 집어 탁자 위에서 난리를 치고 있는 어린 딸아이 옆에 놓아주었다.

흰 여왕은 가쁜 숨을 몰아쉬더니 주저앉아버렸다. 눈 깜짝할 사이에 하늘을 날았기 때문에 꽤나 놀란 모양이었다. 말없이 아이를 끌어안은 채 잠깐 숨을 돌린 여왕은 흰 왕에게 소리쳤다.

"화산 조심하세요!"

"화산?"

만일 화산이 있다면 불 속에 있지 않을까 하고 생각한 것인지, 왕은 벽난로 안을 조심스럽게 들여다보았다.

"나를…… 날려…… 버렸어요."

여왕은 아직도 가슴을 진정시키지 못한 듯 숨을 헐떡였다.

"조심…… 해서 …… 올라오세요. 화산 폭풍에 날아서 오지 말고!"

흰 왕이 난로의 철망을 엉금엉금 기어오르는 것을 바라보던 앨리스는 마침내 입을 열었다.

"그렇게 가다가는 몇 시간이 걸리겠네. 제가 도와드리는 게 낫겠어요. 안 그래요?"

하지만 왕은 앨리스의 말을 듣지 못한 것 같았다. 앨리스를 보거나 목소리를 들을 수 없는 것이 확실했다.

앨리스는 왕이 놀라지 않도록 살그머니 들어서 여왕을

옮길 때보다 더 천천히 옮겨주었다. 그리고 온몸에 뒤집어쓰고 있는 재를 조금 털어주어야겠다고 생각했다.

나중에 앨리스는 보이지 않는 손이 자신을 허공으로 들어 올려 재까지 털어줄 때 왕의 표정은 평생 처음 보는 것이었다고 말했다. 왕은 너무나 놀라 아무 소리도 내지 못한 채 두 눈과 입을 점점 더 크게, 동그랗게 벌렸을 뿐이었다. 앨리스는 이 모습을 보고 웃다가 왕을 바닥에 떨어뜨릴 뻔하기도 했다.

앨리스는 왕이 자기 목소리를 듣지 못한다는 걸 깜빡 잊고 큰 소리로 외쳤다.

"제발 그런 표정 짓지 마세요! 너무 우스워서 당신을 잡고 있을 수가 없단 말이에요! 입도 그렇게 크게 벌리면 안 돼요! 재가 입 속으로 다 들어간단 말예요."

앨리스는 왕의 머리를 부드럽게 넘겨주며 "자, 이제 깨끗해졌어요" 하고 덧붙인 뒤 여왕 옆에 내려주었다.

왕은 기절이라도 했는지 납작하게 뻗어버린 채 꼼짝도 하지 않았다. 자신이 저지른 일에 놀란 앨리스는 왕에게 끼얹을 물을 찾기 위해 방 안을 둘러보았다. 하지만 방 안에는 잉크 한 병밖에 없었다. 앨리스가 잉크병을 가지고 와보니 어느새 정신을 차린 왕이 겁에 질린 목소리로 여왕에게 속삭이고 있었다. 어찌나 목소리가 작은지 앨리스는 거의 알아들을 수가 없었다.

"얼마나 놀랐는지 구레나룻까지 얼어버렸소!"

"당신한테는 구레나룻이 없잖아요!"

여왕이 말했다.

"어쨌든, 그 순간의 공포는 절대로, 절대로 잊지 못할 거요!"

"메모해놓지 않으면 잊을지도 모르죠."

여왕이 말했다.

왕은 주머니에서 커다란 수첩을 꺼내 뭔가를 적기 시작했다. 그 모습을 흥미롭게 지켜보다 갑작스레 장난기가 발동한 앨리스는 왕의 어깨너머로 올라온 연필의 끝부분을 잡고 왕 대신 글씨를 쓰기 시작했다.

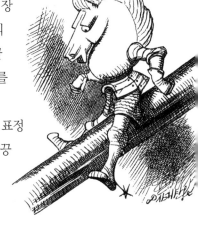

가엾은 왕은 어리둥절한 표정으로 한참 동안 말도 없이 끙끙거리며 연필과 씨름했다. 하지만 왕이 상대하기에는

앨리스의 힘이 지나치게 강했다. 마침내 왕은 숨을 헐떡이며 말했다.

"여보, 이젠 좀 작은 연필로 써야겠소. 이 연필은 내가 다루기엔 너무 힘드오. 제 맘대로 쓰고 있단……."

"어떤 걸요?"

여왕은 수첩을 살펴보았다. (앨리스는 수첩에다 '흰 기사가 부지깽이를 타고 미끄러져 내려온다. 중심을 제대로 잡지 못한다'고 써놓았다.)

"이건 당신의 느낌이 아니잖아요!"

탁자 위에는 앨리스 쪽으로 책이 한 권 놓여 있었다. 앨리스는 (왕이 다시 기절하면 끼얹어주기 위해 잉크병을 든 채) 흰 왕을 지켜보면서 자기가 읽을 수 있는 부분이 있나 책장을 넘겨보았다. '이건 내가 모르는 언어로 씌어 있네' 하고 앨리스는 속으로 중얼거렸다.

책에는 이런 글이 적혀 있었다.

재버워키

굽릴 때, 날썸한 토브들을
비 멀장 한 양민대에서 빙빙 돌며 소곤대며 뚫고 있었네.
너무나 촘쌩한 브로고브들!
집떠간 래스들은 꽥꽥 비지고 있었네.

시를 보고 한참 동안 어리둥절해하던 앨리스는 마침내 무릎을 탁 쳤다.

'그래 이건 거울 속 책이잖아! 거울에 비춰보면 글자들이 제대로 보일 거야.'

재버워키

굽녁 때, 날쌈한 토브들은
비언덕켠에서 한 발로 빙도르하고 멍뚫고 있었네.[1]
너무나 참쌍한 브로고브들!
탈가 라스들은 꽥꽥 비지고 있었네.

재버워크를 조심하렴, 내 아들아!
물어뜯는 턱과 날카로운 발톱!
주브주브 새를 조심하고,
분탱한 밴더스내치를 피할지니![2]

---

[1] 토브는 오소리의 일종. 브로고브는 앵무새의 일종으로 지금은 멸종되었다. 라스는 바다 거북이의 일종. 굽녁은 지글지글 고기를 굽는 저녁이라는 뜻의 합성조어. 비언덕켠은 비를 맞고 있는 언덕의 한켠이라는 뜻의 합성조어. 빙도르는 빙글빙글 돈다는 뜻의 합성조어. 멍뚫고는 어디든 구멍을 뚫어버린다는 뜻의 합성조어. 참쌍한은 비참하고 불쌍하다는 뜻의 합성조어—역주
[2] 주브주브 새는 캐럴의 《스나크 사냥》에서 '욕정에 사로잡힌 채 절망에 빠진 새'로 등장한다. 분탱은 분기탱천했다는 뜻의 합성조어—역주

그는 보팔 검을 잡고,
적을 찾아 맨 섬[3]을 오랫동안 헤매 다녔지.
그러다 텀텀나무 옆에서
생각에 잠긴 채 잠시 쉬었네.

젠만하게 생각에 잠겨 있자니
재버워크가 눈에 불꽃을 튀기며
털지나무 사이에서 흔들흔들
부글부글 뛰어나왔다![4]

하나, 둘! 하나 둘! 푹, 푹
보팔 검으로 찔러찔러
재버워크를 죽이고
머리를 잘라 우쭐양양 돌아왔네. [5]

"네가 재버워크를 죽였다고?
이리 오렴, 빛나는 나의 아들!

---

3 맨 섬은 영국에 있는 섬 이름. 텀텀은 작가의 시대에 흔히 쓰던 의성어로 현악기의 소리를 나타낸다—역주
4 젠만은 젠 체하고 거만한 모습의 합성조어—역주
5 우쭐양양은 우쭐대고 의기양양하다는 뜻의 합성조어—역주

오, 즐멋한 날이로구나! 칼루! 칼레!"

사내는 기쁨에 겨워 호탕웃다네.⁶

굽녘 때, 날쌈한 토브들은

비언덕켠에서 한 발로 빙도르하고 멍뚫고 있었네.

너무나 참쌍한 브로고브들!

탈가 라스들은 꽥꽥 비지고 있었네.

"참 멋진 시 같아."

시를 다 읽고 앨리스가 말했다.

"하지만 조금 어려운걸!" (비록 혼잣말이었지만 앨리스는 자신
이 시를 이해할 수 없다는 사실을 인정하기 싫어.)

"머릿속에 뭔가 생각이 마구 떠오르는데, 그게 뭔지는
콕 집어서 얘기할 수가 없네! 하여튼 누군가가 무언가를 죽
인 것만은 확실해."

그러다 앨리스는 갑자기 펄쩍 뛰며 생각했다.

"참! 서두르지 않으면 이 집의 나머지 부분이 어떻게 생
겼는지 둘러보기도 전에 거울 밖으로 나가게 될지도 몰라!
먼저 정원부터 구경해야지!"

---

⁶ 맨즐멋은 즐겁고 멋지다는 뜻의 합성조어. 호탕웃다는 호탕하게 웃는다는 뜻의 합성조어─
역주

그 방에서 나온 앨리스는 곧장 아래층으로 달려 내려갔다. 아니, 정확히 말하자면 달린 것은 아니었다. 앨리스가 혼자 중얼거린 것처럼 더 쉽고 빠르게 내려가는 새로운 방법을 개발한 것이다. 즉, 손가락 끝을 계단 난간에 살짝 댄채 가볍게 둥둥 떠서 내려갔다. 만일 문설주에 걸리지 않았다면 앨리스는 복도를 가로질러 둥둥 문까지 곧장 날아갔을 것이다. 하지만 너무 오래 공중에 떠 있는 바람에 조금 어지러웠기 때문에 앨리스는 보통 방법으로 걷게 된 것이 오히려 낫다고 생각했다.

2
말하는 꽃들의 정원

앨리스는 혼자서 중얼거렸다.

"저 언덕 위로 올라가면 정원이 훨씬 더 잘 보일 거야. 마침 이것이 언덕까지 곧장 가는 길인 모양이군. 응? 근데, 그게 아닌가……?" (길을 따라 겨우 몇 미터쯤 갔을 뿐인데 앨리스는 심하게 꺾어지는 모퉁이를 벌써 몇 번이나 돌아야만 했다.)

"어쨌든 언덕까지 가기는 할 거야. 그런데 이 길은 정말 꼬불꼬불하구나! 꼭 코르크 병따개 같아. 이번엔 언덕 쪽으로 꼬여 있는 모양이네. 어, 아냐, 아니잖아! 집으로 되돌아와 버렸네! 음, 그럼 이번에는 다른 길로 가봐야지."

자신이 말한 대로 앨리스는 다른 길로 가보았다. 오르락내리락하면서 몇 번이나 돌고 또 돌았지만 결국은 집으로 되돌아오고 말았다. 한번은 이전보다 빠른 속도로 모퉁이를 돌다가 미처 멈출 새도 없이 집에 꽝 부딪치기도 했다.

"그렇게 말해봤자 소용없어."

앨리스는 마치 집이 자기한테 싸움이라도 건 것처럼 얘기했다.

"난 아직 돌아가지 않을 거야. 다시 거울을 통과해서 내 방으로 돌아가야 한다는 건 나도 잘 알고 있어. 하지만 그럼 이 모험 역시 끝나버린다는 것도 잘 알고 있거든!"

앨리스는 언덕에 도착할 때까지 계속 가기로 굳게 마음을 먹고 단호하게 집을 등진 채 언덕으로 향하는 길을 걷기 시작했다. 잠시 모든 일이 뜻대로 흘러가는 듯했다. 앨리스는 중얼거렸다.

"이번에는 기필코 올라가고 말 거야!"

그때, (나중에 앨리스가 설명한 바에 따르면) 길이 갑자기 뒤틀리며 흔들거렸다. 그리고 앨리스는 곧 자신이 문 앞을 걷고 있다는 것을 깨달았다.

"이건 정말 말도 안 돼!"

앨리스는 소리쳤다.

"이렇게 길을 가로막는 집은 한 번도 본 적이 없어, 한 번도!"

하지만 눈앞에 빤히 보이는 언덕을 오르기 위해서는 다시 시작하는 것 외에는 방법이 없었다. 이번에 앨리스가 도착한 곳은 버드나무가 가운데에 서 있고, 가장자리에는 데이지 꽃이 가득 피어 있는 커다란 꽃밭이었다.

"와, 참나리다!"

앨리스는 바람결에 우아하게 흔들리는 꽃을 보고 말했다.

"너희들이 말을 할 수 있으면 얼마나 좋을까!"

"할 수 있어. 대화를 나눌 만한 가치가 있는 사람이라면 말이야."

참나리가 말했다.

앨리스는 너무나 놀라서 잠깐 동안 아무런 말도 할 수 없었다. 숨 쉬는 것도 잊어버릴 지경이었다. 참나리들이 다시 입을 다물고 바람결에 몸을 맡긴 채 흔들리기 시작하자 앨리스는 거의 속삭이듯 작은 목소리로 물었다.

"그럼 꽃들이 모두 말을 할 수 있어?"

"너만큼이나 잘하지! 더 크게 말할 수도 있고."

참나리가 말했다.

"하지만 우리가 먼저 말을 거는 건 예의가 아니거든. 그래서 네가 언제 우리한테 말을 걸지 궁금했어! 나는 속으로 '별로 영리해 보이지는 않지만 눈치는 좀 있어 보이는데……' 하고 생각했지. 어쨌든 넌 색깔이 참 좋구나. 그래서 오래 갈 것 같아."

장미가 말했다.

"난 색깔은 상관없어. 꽃잎이 조금 더 위로 올라가 있으면 훨씬 괜찮을 텐데 말야."

참나리가 말했다.

앨리스는 평가를 받는 게 싫어서 질문을 하기 시작했다.

"돌봐줄 사람도 없는데 여기 있는 게 무섭지 않아?"

"한가운데에 저 나무가 있잖아. 뭐가 더 필요해?"

장미가 말했다.

"만일 위험한 일이 닥친다면 저 나무가 무슨 소용이 있어?"

앨리스가 물었다.

"짖어주지."

장미가 말했다.

"'바우와우!' 하고 짖어준단다. 그래서 나뭇가지를 '바우'라고 부르는 거야!"

데이지가 소리치듯 말했다.

"그런 것도 몰라?"

다른 데이지가 외쳤다. 이 말이 끝나자마자 모두 목청껏 소리를 치는 바람에 주변은 온통 작은 목소리들로 가득 찼다.

"모두 조용히 해!"

흥분한 참나리가 부르르 떨며 몸을 좌우로 심하게 흔들었다.

"내가 자기들한테 가까이 갈 수 없다는 걸 알고서 저러는 거야. 그렇지 않다면, 감히 저럴 수가 없어!"

참나리가 흔들리는 머리를 앨리스 쪽으로 기울이고 헐떡이며 말했다.

"걱정하지 마!"

참나리를 달랜 앨리스는 다시 소란해지기 시작한 데이지들에게 허리를 구부리고 속삭였다.

"조용히 하지 않으면 몽땅 뽑아 버리고 말 거야!"

데이지들은 순식간에 입을 다물었다.

그 가운데 분홍색 데이지 몇 송

이는 하얗게 질려버리고 말았다.

"잘했어. 데이지들이 제일 시끄러워. 누가 입만 열면 전부 한마디씩 하기 시작하거든. 쟤네들 소리를 듣고 있으면 시끄러워서 그만 시들어버릴 지경이라니까!"

참나리가 말했다.

"어쩜 그렇게 말을 잘할 수 있지?"

앨리스는 참나리의 기분이 좀 나아지지 않을까 하고 칭찬을 해주었다.

"꽃밭은 많이 가봤지만 말을 할 줄 아는 꽃은 한 번도 본적이 없어."

"땅에 손을 대고 느껴봐. 그럼 그 이유를 알 수 있을 거야."

참나리가 말했다.

앨리스는 참나리가 시키는 대로 해보았다.

"아주 딱딱하군. 근데 이게 꽃이 말하는 것하고 무슨 상관이야?"

"다른 정원은 말이야. 침대가 너무 푹신푹신하거든. 그래서 꽃들이 늘 잠에 빠져 있는 거야."⁷

참나리가 말했다.

---

7 꽃밭은 영어로 'flower bad'다. 참나리는 말 그대로 bad를 침대라는 뜻으로 써서 말장난을 하는 것이다—역주

앨리스는 참나리의 말이 그럴듯하게 생각되었다. 또한 새로운 걸 알게 되어 매우 기뻤다.

"한 번도 그런 생각은 못해봤어!"

앨리스가 말했다.

"내가 보기에 너는 생각이라고는 전혀 하지 않는 것 같은데?"

장미가 조금 비꼬듯이 말했다.

"너처럼 멍청해 보이는 애는 생전 처음이야."

느닷없이 제비꽃이 입을 열었기 때문에 앨리스는 깜짝 놀랐다. 지금껏 제비꽃은 한마디도 하지 않았던 것이다.

"조용히 해!"

참나리가 큰 소리로 외쳤다.

"지금까지 다른 사람을 본 적이 있기는 있어? 꽃봉오리 때나 지금이나 잎사귀 아래 머리를 파묻은 채 드르렁 코를 골며 잠이나 자는 주제에 알긴 뭘 알아!"

"이 정원에 나 말고 사람이 또 있어?"

앨리스가 장미의 말을 무시한 채 참나리에게 물었다.

"너처럼 돌아다니는 꽃이 한 송이 더 있어."

장미가 다시 참견을 했다.

"그런데 난 너희들이 어떻게 돌아다닐 수 있는지, 그게 궁금해." ('넌 뭐든지 궁금하잖아' 하고 참나리가 핀잔을 주었다.)

"하지만 그 여자는 잎이 너보다 훨씬 무성해."

"나처럼 생겼다고?"

앨리스는 문득 어떤 생각이 떠올라 다시 물었다.

"이 정원을 돌아다니는 또 다른 여자애가 있나 보구나."

"그래. 그 여자도 너처럼 볼품없게 생겼지. 하지만 너보다 더 빨갛고 꽃잎이 조금 더 짧았던 것 같아."

장미가 말했다.

"그 여자는 너처럼 꽃잎이 헝클어져 있지 않고 달리아처럼 위로 바짝 오므라져 있어."

참나리가 끼어들었다.

"하지만 그건 네 잘못이 아니지. 넌 시들기 시작했잖아. 그럴 때는 누구라도 꽃잎이 지저분해지거든."

장미가 상냥하게 덧붙였다.

앨리스는 장미의 말이 못마땅해서 화제를 돌리려고 다시 질문을 했다.

"그 여자애가 여기로 오기도 해?"

"곧 만나게 될 거야. 그런데 그 여자는 가시가 아홉 개 달린 종자야."

장미가 말했다.

"가시가 어디에 달려 있는데?"

앨리스는 호기심을 느꼈다.

"당연히 머리지. 그런데 넌 어떻게 가시가 없어? 다들 가시가 있는 줄 알았는데……."

장미가 말했다.

"그 여자가 온다! 쿵, 쿵, 쿵, 자갈길을 밟는 발소리가 들려!"

참제비고깔이 소리쳤다.

앨리스는 열심히 주위를 둘러보다가 발소리의 주인이 붉은 여왕이라는 것을 알아챘다.

"와! 엄청나게 커졌잖아!"

앨리스가 여왕에게 처음으로 한 말이 바로 그것이었다. 앨리스가 맨 처음 잿더미 속에서 봤을 때 여왕의 키는 8센티미터도 채 되지 않았다. 하지만 어느새 여왕의 키는 앨리스보다 머리 반 개 정도는 더 커져 있었다!

"신선한 공기 덕분이지. 여기 공기는 환상적으로 깨끗하거든."

장미가 말했다.

"가서 만나봐야지."

말하는 꽃들도 재미있지만 여왕과 이야기를 나누는 게 훨씬 재미있을 것 같았다.

"네 맘대로는 안 될걸. 다른 길로 가게 될 테니까 말이야."

장미가 말했다.

터무니없는 소리라고 생각한 앨리스는 그 말에는 대꾸도 하지 않고 여왕을 향해 걸어가기 시작했다. 하지만 눈 깜짝할 사이에 여왕이 시야에서 사라졌고, 앨리스는 자신이 다시 집의 현관문 앞을 걷고 있다는 걸 깨달았다.

살짝 짜증을 내면서 앨리스는 뒤로 물러서서 여왕을 찾아 두리번두리번 주변을 둘러보다가 (마침내 저 멀리서 여왕의 모습을 발견하고) 이번에는 아까와 반대 방향으로 가보았다.

예상했던 대로 대성공이었다. 몇 걸음 걷지도 않았는데 붉은 여왕과 마주 서게 되었던 것이다. 아까부터 올라가려고 애썼던 언덕도 바로 코앞으로 다가왔다.

"넌 어디서 와서 어디로 가는 길이지? 고개를 들고 똑바로 말해. 손가락 꼬지 말고."

붉은 여왕이 물었다.

앨리스는 여왕의 명령대로 고개를 똑바로 들고 길을 잃었다고 열심히 설명했다.

"네 길을 잃다니, 그게 무슨 말이냐? 여기 있는 길은 모두 내 것인데, 네 길이 어디 있단 말이냐? 그건 그렇고, 여긴 왜 온 거지?"

여왕이 말했다.

"대답을 생각하는 동안 절을 하도록 해봐. 그럼 시간이 절약될 테니까."

여왕이 조금 부드럽게 덧붙여 말했다.

앨리스는 조금 이상했지만 여왕의 위엄 때문에 그 말을 믿기로 했다.

'집에 가면 해봐야지. 만일 저녁 식사시간에 조금 늦게

되면 말이야.'

"자, 이제 대답할 시간이야. 말할 땐 입을 조금 더 벌리고, 항상 '폐하'를 덧붙이도록 해라."

여왕이 시계를 보며 재촉했다.

"폐하, 저는 단지 정원이 어떻게 생겼나 보려고……."

"그렇군."

여왕은 말을 하면서 앨리스의 머리를 쓰다듬었다. 하지만 앨리스는 그것이 맘에 들지 않았다.

"넌 정원이라고 말했지만, 그동안 내가 보아온 정원에 비하면 여기는 그냥 황무지라고 해야 할 정도란다."

앨리스는 감히 여왕의 의견에 이견을 내세울 수 없어서 하던 말을 계속했다.

"그리고 폐하, 저 언덕 꼭대기까지 가는 길을 찾으려고 ……."

"언덕이라고? 네게 진짜 언덕들을 보여주마. 그 언덕들에 비하면 저건 골짜기라고 불러야 할 게다."

다시 여왕이 끼어들었다.

"그건 말도 안 돼요."

앨리스는 감히 여왕의 말에 토를 달고 나서는 자신의 모습에 스스로도 놀랐다.

"언덕은 절대로 골짜기가 될 수 없어요. 말도 안 돼요."

붉은 여왕은 고개를 흔들었다.

"네가 정 원한다면 '말도 안 된다'고 표현해도 좋아. 하지만 내가 지금껏 들어온 말도 안 되는 소리에 비하면 이 말은 사전만큼이나 분별 있는 말이야!"

여왕이 말했다.

앨리스는 여왕의 말투에서 약간 기분이 상했다는 걸 깨

닫고 다시 무릎을 굽혀 공손하게 절을 했다. 그리고 두 사람은 언덕 꼭대기에 도착할 때까지 조용히 걸었다.

앨리스는 잠시 동안 말없이 서서 사방을 둘러보고, 정말 신기한 나라라는 것을 알게 되었다. 여러 개의 개울이 이쪽에서 저쪽까지 가로질러 흐르고 있었고, 수없이 많은 작고 푸른 울타리들이 개울과 개울 사이에 자리 잡고 땅을 정사각형 모양으로 나누어놓았다.

"마치 커다란 체스판 같아요!"

마침내 앨리스가 입을 열었다.

"움직이는 사람이 어딘가 있을 텐데……. 아, 저기 있다!"

앨리스는 기쁨에 겨워 소리를 질렀다. 점점 흥분되면서 심장도 더 빨리 뛰기 시작했다.

"이걸 세계 전체라고 생각해보면, 지금 세계를 체스판으로 삼아서 아주 엄청나게 큰 게임이 벌어지고 있는 셈이잖아요. 아, 정말 재미있어요! 저도 체스판의 말이라면 좋겠어요! 병졸이라도 괜찮아요. 사실은 여왕이 가장 좋지만 말예요."

앨리스는 부끄러운 듯 진짜 여왕을 슬쩍 곁눈질해보았다. 여왕은 빙그레 웃음을 짓더니 말했다.

"그건 쉬운 일이지. 원한다면 흰 여왕의 병졸이 될 수도 있어. 릴리는 게임을 하기엔 아직 너무 어리거든. 자, 둘째 칸부터 시작해봐. 여덟 번째 칸까지 가게 되면, 너도 여왕이 될 수 있을 거야."

그 순간 웬일인지 두 사람은 달리기 시작했다. 앨리스는 나중에 다시 곰곰 생각해봤지만, 두 사람이 왜 달리기 시작했는지 도무지 알 수가 없었다. 단지 기억나는 것은 손을 꼭 잡고 달렸다는 것, 그리고 여왕이 어찌나 빨리 달렸던지 속도를 맞추기 위해 앨리스도 허둥지둥 뒤따라 달렸다는 사실뿐이었다. 그럼에도 여왕은 '더 빨리, 더 빨리!' 하고 끊임없이 외쳤다. 앨리스는 '더 이상 빨리 뛸 수 없다'고 생각했지만 숨이 너무 차서 말을 할 수조차 없었다.

그런데 이상하게도 두 사람이 그렇게 빨리 달리고 있음에도 주변의 나무와 다른 것들은 꼼짝도 하지 않은 채 제자리에 서 있다는 것이었다. '이상하네. 저것들도 모두 우리

하고 같이 달리기라도 하는 건가?'

앨리스가 어리둥절해하고 있을 때, 여왕이 마치 앨리스의 생각을 눈치 챈 듯 외쳤다.

"더 빨리! 말하려고 하지 말고!"

앨리스는 왜 달려야 하는지 도무지 알 수 없었지만, 너무나 숨이 차서 다시는 말을 할 수 없을 것만 같았다. 그럼에도 여왕은 쉬지 않고 '더 빨리! 더 빨리!' 하고 외치며 앨리스를 질질 끌다시피 달렸다.

"거의 다 왔나요?"

이윽고 앨리스가 숨을 헐떡이며 간신히 물었다.

"거의 다 왔지! 이런, 그곳을 10분 전에 지나치고 말았어! 더 빨리!"

여왕이 대답했다.

한동안 두 사람은 아무 말도 없이 달리기만 했다. 바람이 귓전에서 윙윙거리면서, 머리털이 몽땅 뽑혀 나갈 것만 같았다.

"자, 지금이야! 지금! 더 빨리! 더 빨리!"

여왕이 다시 외쳤다.

이제 두 사람은 너무나 빨리 달려서 마치 발을 땅에 대지 않고 공중을 미끄러지듯 날아가는 것만 같았다. 앨리스가 완전히 지쳐 나가떨어지려는 순간, 갑자기 둘은 멈춰 섰다. 앨리스는 땅바닥에 주저앉았다. 숨이 차고 머리가 빙빙 도

는 것 같았다.

여왕이 앨리스를 나무에 기대 세우더니 상냥하게 말했다.

"이제 좀 쉬도록 해."

주위를 둘러보던 앨리스는 깜짝 놀라고 말았다.

"지금까지 이 나무 아래 계속 있었단 말이에요? 모든 게 아까 그 자리잖아요!"

"당연하지! 그럼 어떨 거라고 생각한 거지?"

여왕이 말했다.

"글쎄, 우리나라에서는 말예요……"

앨리스는 여전히 숨을 고르면서 말했다.

"그렇게 오랫동안 빠른 속도로 달리면 어딘가 다른 곳으로 옮겨 가게 되거든요."

"이런 느려 터진 나라하고는! 여기에서는, 네가 지금 보았다시피, 그 자리에 계속 있으려면 쉬지 않고 달려야 해. 만일 어딘가 가고 싶으면 그보다 두 배는 더 빨리 달려야 하지!"

여왕이 말했다.

"제발! 다른 곳으로 가고 싶지 않아요! 너무 덥고 목이 마르긴 하지만, 여기 그냥 있고 싶어요."

앨리스가 말했다.

"난 네가 뭘 원하는지 알지!"

여왕은 친절하게 말하며 주머니에서 작은 상자를 꺼냈다.

"비스킷 하나 먹겠니?"

앨리스는 먹고 싶은 마음이 전혀 없었지만 '아니오' 하고 대답하는 것은 예의에 어긋나는 것 같아 억지로 받아먹었다. 비스킷은 엄청나게 퍽퍽했다. 앨리스는 이렇게 비스킷을 먹다가 목이 매어 죽을 것 같은 경우는 지금까지 한 번도 없었다고 생각했다.

"네가 한숨 돌리는 동안에 나는 측량이나 해야겠다."

여왕은 주머니에서 눈금이 그려진 줄자를 꺼내 땅을 재고, 작은 말뚝들을 여기저기 꽂았다.

"여기서 1.8미터 더 가서 네가 갈 곳을 가르쳐주지. 비스킷 하나 더 먹겠니?"

말뚝을 박아 거리를 표시하며 여왕이 말했다.

"아아, 괜찮아요. 하나면 충분해요!"

앨리스는 얼른 대답했다.

"덕분에 갈증은 좀 해소됐지?"

여왕이 물었다.

앨리스는 어떻게 대답해야 할지 난감했는데, 다행스럽게도 여왕은 대답을 기다리지 않고 말을 계속했다.

"2.7미터를 더 가면 다시 한 번 네가 갈 곳을 말해줄게. 혹시 네가 잊어버릴지도 모르니까. 그리고 3.6미터를 더 가면 나는 작별인사를 할 거야. 그리고 4.5미터를 더 간 곳에서 나는 갈 거야!"

이제 여왕은 말뚝을 모두 꽂았다. 앨리스는 여왕이 나무 있는 곳으로 되돌아왔다가 다시 말뚝을 따라 천천히 걸어가는 모습을 흥미롭게 지켜보았다.

1.8미터 지점에 박힌 말뚝 앞에서 여왕은 돌아섰다.

"너도 알다시피, 병졸은 처음에 두 칸을 갈 수 있어. 그러니까 너는 아주 빨리 셋째 칸을 통과해서, 내 생각에는 기차를 타는 게 좋겠구나, 금방 넷째 칸으로 갈 수 있을 거야. 그 칸은 트위들덤과 트위들디의 영역이지. 다섯째 칸은 거의 물밖에 없고, 여섯째 칸은 험프티 덤프티의 영역이지. 그런데 넌 왜 아무 말도 안 하니?"

"저…… 제가 말을 해야 하는 줄 몰랐어요."

앨리스가 더듬거리며 말했다.

"대답을 했어야지!"

여왕이 엄숙하게, 나무라듯이 말했다.

"'그렇게 자세히 알려주시니 고맙습니다'라고 했어야 한단 말이지! 뭐, 어쨌든 그랬다고 치고, 일곱째 칸은 숲이야. 그곳에서는 나이트가 길을 가르쳐줄 거야. 그리고 네가 여덟째 칸까지 오면, 우리는 둘 다 여왕이 되어 성대한 잔치를 열고 신나게 놀 수 있게 되는 거지."

앨리스는 일어나서 무릎을 굽혀 절을 하고 다시 앉았다.

다음 말뚝 앞에서 여왕은 다시 돌아서서 말했다.

"영어로 무슨 말을 해야 할지 모를 때는 프랑스어로 말하면 돼. 걸을 때는 발가락 끝에 힘을 줘서 펴고, 네가 누군지 잊어서는 안 돼!"

앨리스가 절을 할 틈도 주지 않고 서둘러 다음 말뚝까지 걸어간 여왕은 돌아서서 '안녕' 인사를 건네고는 마지막 말뚝으로 바삐 걸어갔다.

도대체 무슨 영문인지 알 수 없었지만, 마지막 말뚝에 도착하자마자 여왕은 사라지고 말았다. 공중으로 사라졌는지 아니면 잽싸게 숲 속으로 달려갔는지 ('여왕은 아주 빨리 달릴 수 있으니까 가능해!' 하고 앨리스는 생각했다.) 알 수는 없지만, 어쨌든 여왕은 사라졌다. 곧 앨리스는 자신이 체스판의 병졸이 되었으며, 이제 움직여야 한다는 사실을 떠올렸다.

3

거울 나라 곤충들

당연한 일이지만, 가장 먼저 해야 할 일은 앞으로 여행할 나라를 전체적으로 살펴보는 것이었다. '이건 지리 공부하고 비슷하네.' 더 멀리 보려고 발뒤꿈치를 들면서 앨리스는 생각했다. '주요 하천은…… 하나도 없네. 주요 산은, 지금 서 있는 바로 여기뿐이고. 그나마 이름도 없는 것 같아. 주요 도시는……. 우와, 근데 저 아래에서 꿀을 모으고 있는 저건 뭐지? 벌은 아닌 것 같은데……. 1킬로미터도 넘게 떨어진 이곳에서도 보인다면, 그건 벌일리가 없잖아.' 한동안 앨리스는 꽃 사이를 윙윙 날아다니면서 주둥이를 꽃 속에 집어넣는 그것들을 지켜보았다. '꼭 진짜 벌처럼 움직이네.' 앨리스는 생각했다.

당연히 그건 진짜 벌이 아니었다. 사실 그것은 코끼리였다. 앨리스는 이 사실을 깨닫자마자 너무 놀라서 숨이 멎을 것만 같았다. 그 다음에는 '그럼 꽃은 대체 얼마나 큰 거지?' 하는 생각이 떠올랐다. '지붕 없이 기둥만 있는 오두막이랑 비슷하지 않을까? 그렇다면 꿀은 얼마나 많이 만들어 낼까? 내려가 봐야지. 아니, 지금은 아냐!'

앨리스는 언덕을 달려 내려가려다 말고 멈춰 선 데 대해 그럴듯한 변명거리를 찾아내느라 애썼다.

"코끼리들이 가까이 오지 못하도록 휘두를 수 있는 나무막대기 하나 없이 내려간다는 건 말도 안 돼. 산책이 어땠냐고 사람들이 물어봐주면 참 재미있을 거야. 그럼 나는 이렇게 대답해줘야지.

'그런대로 재미있었어요. (이 말을 하면서 앨리스는 머리를 살짝 뒤로 젖혔다. 앨리스가 평소 좋아하는 몸짓이었다.) 먼지도 많고 더운 데다가 코끼리들이 좀 성가시게 했지만 말이에요!'

"다른 길로 내려가 보는 게 좋을 것 같아."

잠시 뒤 앨리스가 말했다.

"코끼리는 나중에 봐도 상관없을 거야. 더욱이 난 지금 셋째 칸에 너무나 가고 싶거든!"

혼자 변명을 늘어놓으며 언덕을 달려 내려간 앨리스는 여섯 개의 개울 가운데 첫 번째 개울을 뛰어넘었다.

$$* \quad\quad * \quad\quad * \quad\quad * \quad\quad *$$
$$* \quad\quad * \quad\quad * \quad\quad *$$
$$* \quad\quad * \quad\quad * \quad\quad * \quad\quad *$$

"표를 보여주세요!"

차장이 창으로 얼굴을 들이밀고 말했다. 순식간에 모든 사람이 표를 내밀었다. 표가 사람만큼 커서 그것만으로도 객실이 꽉 찬 듯이 보였다.

"어서 표를 보여줘, 꼬마야!"

차장은 화가 난 얼굴로 앨리스를 쳐다보며 말했다. 갑자기 많은 사람이 한꺼번에 소리를 쳤다. ('꼭 합창하는 것 같네.' 앨리스는 생각했다.)

"얘야, 차장을 기다리게 하지 마라! 차장의 1분은 1천 파운드나 하거든!"

"죄송하지만, 표가 없어요."

앨리스는 겁먹은 목소리로 말했다.

"제가 기차를 탄 곳에는 매표소가 없었거든요."

그러자 다시 합창이 이어졌다.

"저 아이가 온 곳에는 매표소를 세울 공간이 없어! 그 땅은 2.5센티미터에 1천 파운드나 하거든!"

"변명하지 마라! 그럼 기관사에게서 사두었어야지!"

차장이 말했다.

다시 한 번 합창이 들려왔다.

"기차를 운전하는 사람은 연기를 한 번 뿜어내는 데 1천 파운드나 한단다!"

앨리스는 생각했다. '그럼 말해봐야 아무 소용없겠네.'

이번에는 앨리스가 소리를 내어 말하지 않았기 때문에 합창이 들리지 않았다. 하지만 놀랍게도 이번에는 모두 합창으로 '생각을 하고' 있었다. (독자 여러분이 '합창으로 생각'하는 게 어떤 건지 이해했으면 좋겠다. 고백컨대, 나는 잘 모르겠다.)

"아무 말도 하지 않는 게 나아. 한 마디에 1천 파운드씩이라니까!"

'틀림없이 오늘밤에는 1천 파운드에 대한 꿈을 꿀 것 같아.' 앨리스는 생각했다.

그러는 동안에도 차장은 줄곧 앨리스를 지켜보았다. 처음에는 망원경으로, 다음에는 현미경으로, 그리고 마지막에는 오페라 관람용 쌍안경으로.

드디어 차장이 말했다.

"넌 엉뚱한 곳으로 가고 있구나."

그런 다음 차장은 창을 닫고 가버렸다.

앨리스 맞은편에 앉아 있던 신사가 입을 열었다.(그는 흰 종이로 만든 옷을 입고 있었다.)

"어린아이라면, 자기 이름은 몰라도 가는 방향은 알고 있어야지!"

흰옷을 입은 신사 옆에 앉아 있던 염소가 두 눈을 감고 큰 소리로 말했다.

"자기 이름의 철자는 몰라도 매표소로 가는 길은 알고 있어야지!"

염소 옆에 앉아 있던 딱정벌레가(객차 안에는 이상한 승객들이 가득했다.), 마치 돌아가며 말하는 게 규칙이라도 되는 듯 말을 이었다.

"짐칸으로 보내버려려 해!"

앨리스가 앉은 쪽에서는 딱정벌레 옆에 앉은 승객의 모

습이 잘 보이지 않았지만, 쉰 목소리가 말을 이어받았다.

"기차를 갈아타고……."

그러더니 말을 잇지 못했다.

'말의 목소리인 것 같은데…….' 앨리스는 생각했다. 그러자 아주 작은 목소리가 귓전에 속삭였다.

"말(horse)과 목이 쉰(hoarse)이라는 단어를 넣어서 농담을 한번 만들어봐."

이번에는 조금 멀리서 아주 점잖은 목소리가 들려왔다.

"꼬리표도 붙여야 해. '여자아이, 취급주의' 하고 말이야."

그리고 또 다른 목소리들이 이어졌다.('이 칸에 참 많이도 탔네!' 하고 앨리스는 생각했다.)

"머리가 붙어 있으니까 우편으로 보내야지!"[8]

"아니, 전보로 보내야 해."

"여기서부터 기차를 끌고 가라고 해."

하지만 흰 종이옷의 신사는 몸을 숙이더니 앨리스의 귀에 대고 속삭였다.

"저런 말에 일일이 신경 쓰지 마라. 하지만 기차가 설 때마다 돌아가는 표를 사두는 게 좋을 거야."

---

8 머리라는 뜻의 영어 단어 head는 '우표'라는 뜻으로도 쓰인다—역주

"그렇게는 할 수 없어요!"

앨리스는 살짝 짜증스럽게 대꾸했다.

"저는 기차여행하고는 아무 상관이 없어요. 바로 조금 전까지 저는 숲 속에 있었거든요. 다시 돌아갔으면 좋겠어요!"

"그걸로 농담 한번 해봐. '할 수 있다면 하고 싶어요' 하는 식으로 말이야."

작은 목소리가 앨리스의 귀에다 대고 속삭였다.

"날 놀리지 마!"

누가 속삭여대는지 알아내기 위해 주변을 두리번거려보았지만 목소리의 주인은 찾을 수가 없었다.

"그렇게 농담이 좋다면 직접 해보시지 그래?"

작은 목소리는 깊이 한숨을 쉬었다. 아주 슬프게 들렸기 때문에 앨리스는 목소리의 주인을 위로해주고 싶었다. 보통 사람들처럼 한숨을 쉬었다면 당연히 위로를 했을 것이다! 하지만 그 한숨 소리는 너무나 작아서 귀 바로 옆에서가 아니었다면 아예 들을 수조차 없을 정도였다. 이 때문에 앨리스는 귀가 너무나 간지러워서 가엾은 작은 생물의 불행에 집중할 수가 없었다.

"네가 내 친구라는 걸 난 알아."

작은 목소리는 말을 이었다.

"좋은 친구, 오래된 친구지. 그리고 비록 내가 '곤충'이라

해도 날 해치지 않으리라는 것 역시 알고 있어!"

"곤충? 어떤 곤충?"

앨리스가 다소 걱정스럽게 물었다. 앨리스는 이 곤충이 '무는 것'인지 아닌지 정말 궁금했지만, 그런 질문은 예의에 어긋난다고 생각해서 입 밖에 꺼내지 않았다.

"뭐라고? 그러면 너는……."

작은 목소리가 다시 말을 시작했지만 열차의 날카로운 소음에 묻혀버리고 말았다. 앨리스를 비롯한 모든 승객이 놀라서 펄쩍 뛰어 일어나 앉았다.

창밖으로 머리를 내밀고 살펴보던 말이 조용히 머리를 다시 안으로 들여놓고 말했다.

"걱정할 필요 없어. 개울을 하나 뛰어넘느라 그런 것뿐이거든."

말이 설명을 해준 덕분에 모두 안심하는 눈치였지만, 앨리스는 기차가 펄쩍 뛸 수도 있다는 사실이 영 마음에 걸렸다.

"어쨌든 이 기차를 타고 있으면 네 번째 칸까지 데려다준다니, 그나마 다행이군!"

앨리스가 혼잣말을 중얼거리는 순간, 기차가 하늘로 붕 떠올랐다. 깜짝 놀란 앨리스는 닥치는 대로 아무거나 붙들었다. 알고 보니, 그건 염소의 수염이었다.

*　　　　　　*　　　　　　*　　　　　　*　　　　　　*
　　　　　*　　　　　　*　　　　　　*　　　　　*
　　*　　　　　　*　　　　　　*　　　　　　*　　　　　*

　　그러나 염소의 수염은 앨리스의 손길이 닿자마자 눈 녹 듯이 사라져버리고 말았다. 어느새 앨리스는 가만히 나무 밑 그늘 속에 앉아 있었다. 머리 위에서는 모기(앨리스에게 속삭이듯 이야기하던 바로 그 곤충)가 나뭇가지에 앉아 균형을 잡으며 날개로 부채질을 해주었다.

　　아주 거대한 모기였다. '거의 닭만큼이나 크군.' 앨리스는 생각했다. 하지만 오랫동안 이야기를 나눈 사이였기 때문 에 무섭지는 않았다.

　　"곤충이란 곤충은 다 싫어해?"

　　모기는 마치 아무 일도 없었다는 듯 물었다.

　　"아니, 말을 할 줄 아는 곤충은 좋아해. 근데 내가 사는 곳에는 그런 곤충이 하나도 없었어."

　　앨리스가 말했다.

　　"그럼 네가 살던 곳에서 좋아하는 곤충이 있었어?"

　　"없었어. 사실 난 곤충을 별로 좋아하지 않았어. 오히려 좀 무서워했지. 특히 덩치가 큰 것들은⋯⋯. 그래도 이름은 제법 알고 있어."

　　앨리스가 설명했다.

"이름을 불러주면 대답도 해?"

모기가 별다른 생각 없이 물었다.

"그런 적은 없었어."

"불러도 아무런 대답을 하지 않을 거라면 이름이 무슨 필요가 있어?"

모기가 말했다.

"물론 곤충들에게는 별 소용이 없지. 하지만 그 이름을 부르는 사람들한테는 필요한 것 같아. 그러니까 '이름'이 있는 게 아니겠어?"

앨리스가 말했다.

"잘 모르겠어. 저 아래쪽 숲에 사는 애들은 이름이 없거든. 하여튼 시간 낭비하지 말고, 네가 아는 곤충 이름이나 대봐."

모기가 대답했다.

"음, 말파리!"

손가락을 꼽으며 앨리스는 곤충 이름을 대기 시작했다.

"좋아. 저쪽 덤불 가운데쯤 흔들목마파리가 있어. 너한테도 보일지는 잘 모르겠지만……. 흔들목마파리는 나무로 만들어졌는데, 나뭇가지에서 나뭇가지로 흔들흔들 옮겨 다니지."

모기가 말했다.

"흔들목마파리는 뭘 먹고 살아?"

호기심이 동한 앨리스가 물었다.

"나무즙하고 톱밥을 먹고 살지. 계속 이름을 대봐."

모기가 말했다.

흔들목마파리를 주의 깊게 살펴본 앨리스는, 이제 막 페인트칠을 한 게 아닐까 하고 생각했다. 너무 반짝거리는 데다 끈적끈적해 보였기 때문이다. 앨리스는 다시 이름을 대기 시작했다.

"잠자리."

"네 머리 위쪽의 나뭇가지에 말이야……, 금붕어꽃잠자리가 보일 거야. 몸은 건포도푸딩, 날개는 호랑가시나무 잎으로 되어 있고, 머리는 브랜디에 절여서 불태우는 건포도지."

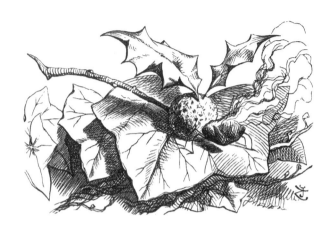

모기가 말했다.

"금붕어꽃잠자리는 뭘 먹고 살아?"

앨리스는 조금 전과 똑같이 물었다.

"우유밀죽과 민스파이. 그리고 둥지는 크리스마스 선물 상자 안에 만든단다."

모기가 대답했다.

앨리스는 머리에서 계속 불을 뿜어내는 금붕어꽃잠자리를 자세히 살펴보고 나서 생각했다.[9]

'벌레들이 죽자사자 불꽃을 향해 날아드는 이유가 뭘까

---

9 영어에서 잠자리는 dragonfly로 쓴다. dragon이 불을 뿜는다는 뜻의 말 장난이다―역주

했더니, 금붕어꽃잠자리처럼 변신을 하고 싶어서 그런가?'

앨리스가 계속 말했다.

"그리고 나비라는 것도 있어."

"지금 네 발밑을 기어가고 있는 중이지."

모기가 말했다.(앨리스는 놀라서 얼른 발을 뒤로 뺐다.)

"버터빵나비가 보이지? 날개는 얇은 버터빵 조각이고,
몸통은 빵 껍질, 머리는 설탕덩어리야."

"버터빵나비는 뭘 먹고 살아?"

"크림을 탄 연한 차."

앨리스는 또 다른 궁금증이 떠올랐다.

"그런 걸 못 찾으면?"

"당연히 죽지."

"그렇다면, 그런 일이 자주 생기겠네."

앨리스는 생각에 잠긴 채 말했다.

"늘 일어나는 일이지."

모기가 말했다.

앨리스는 잠시 입을 다문 채 곰곰이 생각에 잠겼다. 그동안 앨리스의 머리 위를 앵앵거리며 부지런히 날아다니던 모기가 다시 내려앉아 말했다.

"네 이름을 잃어버리고 싶진 않겠지?"

"말이라고!"

앨리스는 조금 걱정스러운 듯 대답했다.

"나는 잘 모르겠어."

모기는 별일 아니라는 듯 말했다.

"집으로 돌아갔을 때, 이름이 없으면 얼마나 편할지 한번 생각해봐! 예를 들어, 가정교사가 공부하자고 널 부르려고 할 때 '이리 와' 말고는 할 말이 없게 되잖아. 부르고 싶어도 부를 이름이 없으니 말이야. 그럼 넌 공부를 안 해도 된단 말이지."

"그렇게는 안 될걸! 그런 핑계 때문에 수업을 빼주는 가정교사는 없을 거야. 부를 이름이 없으면 하인들처럼 '아가씨!' 하고 날 부르겠지."

앨리스가 말했다.

"만약 가정교사가 '아가씨!'(Miss)라고 널 부르고는 아무런 다른 말을 하지 않는다면 말이야, 그냥 수업을 빼먹어버려! 이런…… 농담[10]이야, 농담. 너도 농담을 좀 하면 재미있을 텐데."

모기는 말을 이었다.

"내가 왜 그런 농담을 해야 해? 하나도 재미가 없는걸."

앨리스가 물었다.

모기는 깊은 한숨을 내쉬었다. 그러더니 커다란 눈물 두 방울이 뺨으로 흘러내렸다.

"농담 때문에 그렇게 슬퍼진다면 농담을 하지 말아야 돼."

앨리스가 말했다.

모기는 다시 한 번 한숨을 내쉬었다. 그런데 이번에는 가엾은 모기가 그 한숨과 함께 날아가 버린 것 같았다. 앨리스가 위를 올려다보니 나뭇가지에 아무것도 남아 있지 않았다. 한자리에 너무 오랫동안 앉아 있어서 추위가 느껴졌기 때문에 앨리스는 일어나 걷기 시작했다.

곧 앨리스는 맞은편에 숲이 우거져 있는 커다란 공터에 다다랐다. 지난번 숲보다 더 깊은 것 같았기 때문에 앨리스

---

10 빼먹다는 뜻의 miss와 아가씨를 뜻하는 Miss를 가지고 하는 농담—역주

는 안으로 들어가기가 조금 망설여졌다. 하지만 다시 한 번 생각을 가다듬은 앨리스는 숲으로 들어가기로 마음을 먹었다. '어쨌든 되돌아갈 수는 없잖아.' 앨리스는 속으로 생각했다. 게다가 숲길은 여덟 번째 칸으로 가는 유일한 길이기도 했다.

"이게 아무도 이름을 가지고 있지 않다는 그 숲인 것 같아."

앨리스는 생각에 잠긴 채 중얼거렸다.

"이 숲으로 들어가면 내 이름은 어떻게 되는 거지? 내 이름을 잃어버리는 건 정말 싫은데……. 그러면 또 다른 이름을 지어주겠지만, 그건 보나마나 아주 미운 이름일 거야. 하지만 옛날 내 이름하고 똑같은 이름을 가진 생물을 찾아보면 무척 재미있을 것 같아! 잃어버린 개를 찾는 광고랑 비슷할지도 몰라. '대시라고 부르면 대답함. 이름이 적힌 구리목걸이를 차고 있음.' 그러니까 나도 마주치는 것마다 전부 '앨리스!' 하고 불러봐야지. 그중 하나가 대답을 할 때까지. 하지만 똑똑한 녀석이라면 절대로 대답하지 않겠지."

앨리스는 중얼거리면서 어느새 숲에 다다랐다. 숲은 아주 시원하고 그늘이 짙어 보였다.

"음, 어쨌든 아주 좋아."

나무 아래로 걸어가며 앨리스는 혼잣말을 했다.

"무척이나 더웠는데 마침 이렇게 시원한…… 시원한

…… 어, 뭐더라?"

갑자기 단어가 생각나지 않았기 때문에 앨리스는 깜짝 놀랐다.

"이거…… 이거 아래 말이야."

앨리스는 한 손을 나무둥치에 갖다 댔다.

"이걸 뭐라고 부르지? 음, 이건 아마 이름이 없을 거야. 그래 맞아, 이름이 없는 거야!"

잠시 생각에 잠긴 채 조용히 서 있던 앨리스가 갑자기 혼 잣말을 시작했다.

"정말 그 일이 일어났나 봐! 그런데 난 누구지? 기억이 안 나네……. 좋아 결심했어! 꼭 기억해내고 말 거야!"

그러나 앨리스의 결심은 아무런 소용도 없었다. 한참이나 애를 써보았지만 이런 말밖에 할 수 없었던 것이다.

"L, L로 시작하는 건 알겠는데……."

바로 그 순간 아기사슴 한 마리가 앨리스 곁으로 어슬렁 거리며 다가왔다. 아기사슴은 무서워하는 기색도 없이 커 다랗고 순진한 눈으로 앨리스를 바라보았다.

"이리 와! 이리 와!"

앨리스는 손을 내밀어 아기사슴을 쓰다듬으려고 했다. 그러나 아기사슴은 살짝 뒤로 물러선 채 앨리스를 바라보 았다.

"이름이 뭐야?"

마침내 아기사슴이 입을 열었다. 아주 상냥하고 부드러운 목소리였다.

'나도 그걸 알고 싶어!' 가엾은 앨리스는 마음속으로 생각했다. 그리고 조금 슬픈 목소리로 대답했다.

"아무런 이름도 없어, 지금은."

"다시 생각해봐. 그런 대답이 어딨어?"

아기사슴이 말했다.

앨리스는 다시 생각해봤지만 아무것도 떠오르지 않았다.

"네 이름이 뭔지 가르쳐줄래? 그러면 생각하는 데 도움이 좀 될 것 같아."

앨리스가 조심스레 물었다.

"조금 더 걸어가서 말해줄게. 여기서는 나도 기억이 나지 않거든."

아기사슴이 말했다.

둘은 함께 숲 속을 걸었다. 앨리스는 아기사슴의 부드러운 목을 두 팔로 안고 걸었다. 이윽고 또 다른 공터에 도착했다. 아기사슴이 갑자기 펄쩍 뛰어오르더니 몸부림을 치면서 앨리스의 팔을 벗어났다.

"난 아기사슴이야!"

아기사슴은 기쁨에 겨워 소리쳤다.

"오, 이런! 넌 인간의 아이잖아!"

갑자기 아기사슴의 아름다운 갈색 눈동자에 경계의 빛

이 나타나더니 쏜살같이 달아나고 말았다.

앨리스는 아기사슴이 사라진 길을 바라보며 사랑스러운 길동무를 잃어버린 게 속상해서 울먹였다.

"그래도 내 이름을 기억해냈으니 좀 위안이 되네. 앨리스! 앨리스! 다시는 잊어버리지 말아야지. 그런데 어떤 표시판을 따라가야 내 길을 찾을 수 있을까?"

사실 답은 매우 간단했다. 숲 속 길은 하나밖에 없었고, 두 개의 표시판은 모두 그 길을 가리키고 있었기 때문이다. '길이 갈라지고 표시판이 서로 다른 길을 가리키면 그때 결정해야지.' 앨리스는 생각했다.

하지만 그런 일이 벌어질 가능성은 거의 없었다. 한참을 걸어가노라니 계속 길이 갈라지면서 그때마다 표시판이 두 개씩 나타났지만 둘 다 같은 쪽을 가리켰기 때문이다. 두 개의 표시판 중 하나는 '트위들덤의 집으로 가는 길'이라 씌어 있었고 또 다른 표시판에는 '트위들디의 집으로 가는 길'이라 씌어 있었다.

"맞아! 틀림없이 둘이 한집에 사는 거야! 왜 진작 그런 생각을 못했을까? 어쨌든 난 오래 머물 수 없어. 집을 찾아가 '안녕하세요?' 인사만 건네고는 곧장 숲을 빠져나가는 길을 물어봐야지. 어두워지기 전에 빨리 여덟 번째 칸까지 가야 할 텐데!"

앨리스는 혼자 중얼거리며 계속 걸었다. 그러다 휙 꺾어지는 모퉁이를 돌다가 땅딸막한 남자 둘과 마주쳤다. 갑작스러운 일에 깜짝 놀란 앨리스는 뒤로 한발 물러섰다. 하지만 곧 정신을 차린 앨리스는 이들 둘이 바로…….

4
트위들덤과 트위들디

앨리스는 이들 둘이 바로 트위들덤과 트위들디라고 생각했다. 나무 아래 어깨동무를 한 채 서 있는 두 사람을 보자마자 앨리스는 누가 누구인지 알 수 있었다. 한 명의 옷깃에는 '덤', 또 다른 한 명의 옷깃에는 '디'라는 수가 놓여 있었기 때문이다.

"아마 뒷부분에는 틀림없이 둘 다 '트위들'이라는 수가 놓여 있을 거야."

앨리스는 중얼거렸다.

아무 말도 없이 너무나 조용히 있었기 때문에 앨리스는 두 사람이 살아 있다는 사실을 깜빡 잊은 채 옷깃 뒷부분에 진짜로 '트위들'이라고 적혀 있는지 확인을 해보려고 했다. 그러다 '덤'이라는 글자가 수놓인 사람의 목소리를 듣고 깜짝 놀랐다.

"만약 우리를 밀랍 인형이라고 생각한다면 돈을 내야 해! 밀랍 인형은 공짜 구경시켜주려고 만든 게 아니거든!"

"반대로, 만약 우리가 살아 있는 사람이라고 생각한다면 말을 걸어야 해!"

이번에는 '디'라는 수가 놓인 옷의 남자가 말했다.

"정말 미안해요."

앨리스는 단지 이 말밖에 할 수가 없었다. 머릿속에서 오래된 옛날 노래 가사가 마치 시곗바늘이 째깍거리듯 끊임없이 맴돌았기 때문에 다른 말을 할 수가 없었던 것이다. 앨리스는 자기도 모르게 큰 소리로 노래를 부르고 말았다.

트위들덤과 트위들디
싸움을 하기로 했네.
트위들덤이 트위들디에게
자기의 멋진 방울을 망가뜨렸다고 말했기 때문이라네.

바로 그때 괴물 같은 까마귀가 내려왔네.
타르 통처럼 새까만!
두 영웅은 너무도 놀라
싸움도 까맣게 잊고 말았다네.

"난 네가 무슨 생각을 하는지 알아."

트위들덤이 말했다.

"하지만 절대로 아니야!"

"반대로, 그렇다면, 그럴 수도 있어. 그리고, 그랬다면 그랬을 수도 있고 말이야. 하지만 그렇지 않으니까 그렇지 않아. 논리적이지."

트위들디가 말을 이었다.

"난 이 숲에서 나가는 길을 생각하고 있었어요. 벌써 날이 저물고 있거든요. 길 좀 가르쳐주시겠어요?"

앨리스는 아주 공손하게 말했다.

그러나 두 땅딸막한 남자는 서로 쳐다보며 히죽거릴 뿐이었다. 두 사람의 모습은 꼭 덩치 큰 학생들처럼 보였다. 그래서 앨리스는 자기도 모르게 트위들덤을 가리키며 말했다.

"첫 번째 학생!"

"천만에!"

트위들덤은 기운차게 소리를 치더니 입을 딱 닫아버렸다.

"다음 학생!"

앨리스는 '반대로!' 하고 외치고는 입을 다물 걸 뻔히 알았지만 그래도 트위들디를 가리키며 말했다. 트위들디는 앨리스가 예상한 대로 답했다.

"네 잘못이야! 누굴 만나면 우선 '안녕하세요?' 인사부터 하고 나서 악수를 해야지!"

트위들덤이 외쳤다.

그리고 둘은 어깨동무를 한 뒤 자유로운 두 손을 내밀어 악수를 청했다.

앨리스는 둘 중 한 사람하고 먼저 악수를 하고 싶지 않았다. 그랬다가는 나머지 한 명이 기분 나빠할지도 모를 일이기 때문이었다. 이 난관에서 벗어나는 유일한 길은 양쪽 손을 동시에 내밀어 그들의 손을 잡는 것이었다. 손을 잡은 세 사람은 둥글게 원을 그리며 춤을 추었다. (나중에 앨리스의 기억에 따르자면) 너무나 자연스러웠기 때문에 심지어 음악이 들려와도 앨리스는 놀라지 않았다. 음악 소리는 춤추는 세 사람의 머리 위쪽 나무에서 들려오는 것 같았다. (앨리스의 짐작에 따르자면) 나뭇가지들이 마치 바이올린의 현과 활처럼 스치면서 내는 소리 같았다.

"하지만 정말 재미있었어." (나중에 언니에게 이야기를 들려주면서 앨리스는 이렇게 말했다.)

"어느 순간부터인지 모르지만 내가 〈우리는 뽕나무를 빙빙 돌고 있어〉 하는 노래를 부르고 있는 게 아니겠어. 어쨌든 아주 오랫동안 부르고 있었던 것 같아!"

앨리스 이외의 두 사람은 뚱뚱했기 때문에 금방 숨이 차서 헐떡거렸다.

"한 번 출 때 네 번 돌면 그걸로 충분해."

두 사람은 춤을 시작할 때와 마찬가지로 갑자기 춤을 멈췄다. 그 순간, 음악도 멈췄다.

두 사람은 앨리스의 손을 놓고는 얼굴을 빤히 쳐다보았다. 어색하기 그지없었다. 방금 전까지 함께 춤을 췄던 사람들에게 어떻게 얘기를 시작해야 할지 알 수가 없었다.

"이제 와서 '안녕하세요?' 그럴 수도 없고. 그런 말을 할 단계보다는 친해진 것 같아!"

앨리스는 중얼거렸다.

"피곤하지 않으시죠?"

마침내 앨리스가 말했다.

"당연하지! 물어봐줘서 고마워."

트위들덤이 말했다.

"정말 고마워! 시 좋아해?"

트위들디가 말을 이었다.

"네? 네, 어떤 시는 아주……."

앨리스는 대충 얼버무리고 다시 물었다.

"숲을 빠져나가려면 어느 길로 가야 하죠?"

"어떤 시를 읊어주는 게 좋을까?"

앨리스의 질문은 들은 척도 하지 않고 트위들디가 자못 엄숙한 모습한 모습으로 트위들덤을 돌아보며 물었다.

"〈바다코끼리와 목수〉가 제일 길지."

트위들덤은 트위들디의 어깨에 다정하게 손을 얹으며 대답했다.

트위들디는 곧 시를 암송하기 시작했다.

태양이 바다를……

그 순간 앨리스는 용기를 내어 암송을 가로막고 최대한 예의 바르게 말했다.

"음, 만약 그 시가 아주 긴 것이라면 먼저 어느 길로 가야 하는지 그것부터 좀……."

그러나 트위들디는 빙긋 웃어주고는 다시 시를 암송하기 시작했다.

태양이 바다를 비추고 있네.
온 힘을 다해 쨍쨍.
정성을 다해
파도를 잔잔하게 반짝이게 했다네.
참으로 이상한 일,
때는 한밤중이었으니……

달은 뿌루퉁하게 비추고 있었다네.
날은 이미 저물었는데
태양이 왜 거기 있는지
달은 의아했다네.
"정말 무례하군."
달이 말했다네.
"흥겨운 자리를 몽땅 망쳐버렸잖아!"

바다는 촉촉하게 젖었고
모래는 쨍쨍 말랐다네.
구름 한 점 보이지 않았다네.
어차피 하늘엔 구름이 없었으니.
머리 위를 날아다니는 새도 없었다네.
어차피 하늘엔 새가 없었으니.

바다코끼리와 목수는
몸을 바짝 붙인 채 걷고 있었다네.
엄청난 모래 더미를 보면서
둘은 엉엉 울었다네.
"이 모래를 다 치울 수 있다면."
둘은 말했다네.
"정말 좋을 텐데!"

"일곱 명의 하녀가 일곱 개의 빗자루로
반년 동안 쓸어내면 깨끗해지지 않을까?"
바다코끼리가 물었다네.
"힘들 거야!"

목수는 슬픔의 눈물을 흘리며
대답했다네.

"굴들아, 나와서 우리와 함께 걷지 않으련!"
바다코끼리가 간청했다네.
"간간한 해변을 따라
즐겁게 산책하며 이야기하자꾸나.
네 개밖에 없는 우리의 손을.
서로서로 맞잡고 걷자꾸나."

가장 나이 많은 굴이 바다코끼리를 보았다네.
그러나 아무 말도 하지 않았다네.
그저 한쪽 눈을 찡긋찡긋하며
무거운 머리를 흔들었다네.
바닷가 굴밭을
떠나지 않겠다는 뜻이었다네.

그러나 어린 굴 넷은
그들과 함께 가려고 벌떡 일어났다네.
외투를 털고 얼굴을 씻고
신발도 깨끗하게 닦았다네.
참 이상한 일이지.

굴은 발이 없으니.

다른 굴 넷이 따라나섰고
또 다른 굴 넷이 더 따라왔다네.
마침내 와글와글 줄줄이
더 많이, 더 많이…….
거품 출렁이는 파도를 뚫고 나와
바닷가로 기어 올라왔다네.

바다코끼리와 목수는
1.6킬로미터쯤 걸어와서
평평하고 나지막한 바위에 앉아
편히 쉬었다네.
작은 굴들은 한 줄로 서서
기다렸다네.

"시간이 되었다!"
바다코끼리가 말했다네.
"여러 가지 이야기를 나눠보자.
신발과 배와 봉랍과
양배추와 왕에 대해.
그리고 왜 바다가 저토록 뜨겁게 끓어오르는지,

돼지에게도 날개가 있는지……."

"잠깐만요!"
굴들이 외쳤다네.
"한숨 돌리고 시작하자구요.
우리는 모두 뚱뚱하고,
어떤 애들은 숨까지 차거든요!"
"급할 것 없지!"
목수가 말했다네.
굴들은 아주 고마워했다네.

"지금 우리에게 꼭 필요한 건."
바다코끼리가 말했다네.
"한 덩어리의 빵!
후추와 식초까지 있다면
그야말로 금상첨화!
사랑하는 굴 여러분, 준비가 되었다면
이제 먹어주마!"
"우리를 먹지 마세요!"
파랗게 질린 굴들이 외쳤다네.
"그토록 친절하게 굴더니
이것 때문이었나요?
정말 무시무시해요!"
"밤은 아름다워."
바다코끼리가 말했다네.
"야경이 맘에 들지 않니?"

"와줘서 고맙구나!
게다가 맛도 좋고!"
목수는 오로지 한 가지 말만 했다네.
"한 조각 더 줘.
귀를 먹은 건 아니겠지?
같은 말을 두 번이나 시키다니!"

"부끄럽군."
바다코끼리가 말했다네.
"그런 속임수를 쓰다니.
이렇게까지 멀리 데리고 온 데다
그처럼 빨리 걷도록 하다니!"
목수는 오로지 한 가지 말만 했다네.
"버터를 너무 많이 발랐어!"

"눈물이 나."
바다코끼리가 말했다네.
"가슴이 아파."
바다코끼리는 눈물을 흘리며

가장 커다란 굴들을 골라냈다네.
손수건을 꺼내
흐르는 눈물을 닦으며.

"오, 굴들아."
목수가 말했다네.
"즐거운 산책이었어!
이제 집으로 돌아갈까?"
아무도 대답하지 않았다네.
하지만 이번엔 이상하지 않았지.
둘이서 모두 먹어버렸으니.

"그래도 바다코끼리가 좀 낫네요. 불쌍한 굴들한테 조금이나마 미안한 마음을 가졌으니까요."
앨리스가 말했다.
"하지만 목수보다 더 많이 먹었잖아!"
트위들디가 말했다.
"그 반대야. 바다코끼리는 자기가 얼마나 많이 먹는지 목수가 보지 못하게 손수건으로 가렸잖아!"
"정말 나빠요! 그렇다면 목수가 더 나아요. 바다코끼리처럼 많이 먹지 않았다면요."
앨리스가 발끈하며 말했다.

"무슨 소리! 목수도 손에 잡히는 대로 먹었잖아!"

트위들덤이 말했다.

어려운 문제였다. 잠시 생각한 후 앨리스가 말했다.

"그럼 둘 다 아주 나빠요."

순간 근처 숲에서 커다란 증기기관이 연기를 뿜어내는 듯한 소리가 들려왔다. 앨리스는 살짝 놀라 말을 멈췄다. '혹시 사나운 맹수가 아닐까?' 앨리스는 조금 무서워졌다.

"이 근처에 호랑이나 사자도 살고 있어요?"

앨리스가 속삭이듯 물었다.

"저건 붉은 왕이 코 고는 소리일 뿐이야."

트위들디가 말했다.

"가보자!"

형제가 동시에 외쳤다. 그리고 양쪽에서 앨리스의 손을 하나씩 잡고 왕이 잠을 자고 있는 곳으로 데려갔다.

"사랑스럽지?"

트위들덤이 물었다.

앨리스는 솔직한 의견을 말할 수가 없었다. 술이 달린 길쭉한 취침용 모자를 쓴 채 마구잡이로 벗어놓은 누더기 옷처럼 웅크린 채 잠이 든 붉은 왕은 엄청나게 큰 소리로 코를 골고 있었다.

"저러다 머리가 떨어져 나갈 것 같아."

트위들덤이 말했다.

"젖은 풀밭에서 자다 감기라도 걸리면 어쩌려고……."

사려 깊은 앨리스가 말했다.

"왕은 지금 꿈을 꾸고 있는 거야. 무슨 꿈인지 알아?"

트위들디가 말했다.

"그건 아무도 모르죠."

앨리스가 대답했다.

"바로 네 꿈이지! 왕이 꿈에서 깨어나면 너는 어디에 있게 될까?"

트위들디가 우쭐대듯 손뼉을 치며 외쳤다.

"당연히 여기 이 자리겠죠."

앨리스가 대꾸했다.

"아니! 넌 아무 곳에도 없게 될 거야. 넌 붉은 왕의 꿈속에서만 살아 있는 존재니까."

트위들디가 거만하게 말했다.

"붉은 왕이 꿈에서 깨어나면! 넌 사라지는 거야. 마치 촛불이 픽! 하고 꺼지듯이."

트위들덤이 덧붙였다.

"아냐! 만약 내가 붉은 왕의 꿈속에서만 살아 있는 존재라면, 당신들은 뭐죠? 말해보세요."

화가 난 앨리스가 형제에게 소리쳤다.

"디토!"

트위들덤이 말했다.

"디토! 디토!"

트위들디도 뒤따라 외쳤다.[11]

트위들디의 목소리가 너무 컸기 때문에 앨리스는 형제에게 주의를 주었다.

"쉿! 그렇게 떠들어대다 왕이 잠을 깨면 어떡해요!"

"쓸데없는 걱정! 넌 왕의 꿈속에서만 살아 있는 존재일 뿐이야. 네가 진짜가 아니라는 건 네 자신이 더 잘 알고 있겠지!"

트위들덤이 말했다.

---

11 디토는 꼭 닮은 존재라는 뜻. 쌍둥이라는 뜻과 함께 앨리스의 말에 동감한다는 뜻을 동시에 가지는 것으로 볼 수 있다—역주

"난 진짜란 말예요!"

앨리스는 울기 시작했다.

"그렇게 운다고 진짜가 되는 건 아니지. 울어도 소용없어."

트위들디가 말했다.

"만약 내가 진짜가 아니라면 내가 어떻게 울 수 있겠어요?"

상황이 하도 우스꽝스럽게 느껴져서 앨리스는 울다가 웃다가 하면서 말했다.

"설마 그게 진짜 눈물이라고 생각하는 거야?"

트위들덤이 얕보는 투로 끼어들었다.

'저런 말도 안 되는 소리 때문에 눈물을 흘리다니.' 앨리스는 생각했다. '정말 바보 같군.' 앨리스는 곧 눈물을 닦고 애써 씩씩하게 말했다.

"하여튼 나는 이 숲에서 나갈 거예요. 이젠 진짜로 날이 어두워졌으니까요. 비가 올 것 같지 않아요?"

트위들덤은 커다란 우산을 꺼내 트위들디와 함께 쓴 다음 위를 올려다보았다.

"아니, 안 올 거야. 최소한 이 안에는 안 올 거야. 절대로.

트위들덤이 말했다.

"하지만 우산 밖은 비가 올 수도 있잖아?"

"올 수도 있겠지. 그럼 그러라고 해. 우린 반대하지 않을 거니까."

트위들디가 말했다.

'참 이기적인 사람들이군!' 앨리스는 생각했다.

마침내 작별인사를 하고 떠나려고 할 때 트위들덤이 우산 속에서 뛰쳐나와 앨리스의 손목을 잡았다.

"저거 보여?"

감정에 북받쳐 목이 메는 듯 떨리는 목소리로 트위들덤이 물었다. 나무 아래 있는 작고 하얀 것을 가리키는 손가락은 파르르 떨리고 있었으며 눈은 순식간에 커지면서 노랗게 변했다.

"그냥 방울이에요. 방울뱀이 아니고요."

작고 하얀 물건을 꼼꼼히 살펴본 뒤 앨리스가 말했다.

"오래된 방울일 뿐이에요. 아주 낡고 망가진 방울 말이에요."

트위들덤이 겁을 먹었다고 생각한 앨리스는 서둘러 덧붙였다.

"그럴 줄 알았다니까!"

트위들덤이 이렇게 외치고는 발을 쿵쿵 구르며 왔다 갔다하 더니 머리를 쥐어뜯었다.

"망가졌어, 완전히!"

그런 다음 트위들덤은 트위들디를 바라봤다. 트위들디는 땅바닥에 납작 주저앉더니 우산 속으로 숨으려 애를 썼다.

앨리스는 트위들덤의 팔을 잡고 부드러운 목소리로 달
랬다.

"낡은 방울 하나 때문에 그렇게 화를 낼 필요는 없잖아
요!"

"낡은 게 아냐!"

더욱 분노에 찬 트위들덤이 소리쳤다.

"저건 새것이란 말야! 바로 어제 산 멋진 새 방울이라고!"

트위들덤의 목소리는 이제 비명에 가까웠다.

그 틈을 타서 우산 속에 들어간 트위들디는 우산을 접으
려고 끙끙댔다. 하도 희한한 광경이어서 앨리스는 분노에
찬 트위들덤을 내버려둔 채 트위들디를 살펴봤다. 아직도

우산을 접지 못한 트위들디는 머리만 우산 밖으로 내놓은 채 커다란 눈과 입을 끔벅거릴 뿐이었다.

'꼭 물고기 같아.' 앨리스는 생각했다.

"그럼 싸우기로 한 거지?"

조금 차분해진 목소리로 트위들덤이 물었다.

"그런 것 같아. 저 아이가 우리에게 옷을 입혀줘야겠군."

트위들디가 우산에서 기어나오며 못마땅한 듯 대답했다.

나란히 손을 잡고 숲으로 들어간 형제는 잠시 후 베개와 담요, 벽난로 앞 깔개, 식탁보, 접시덮개 따위를 두 팔 가득 안고 돌아왔다.

"핀으로 꽂고 끈으로 묶는 일 잘해? 우린 어떻게든 이걸 모두 걸쳐야 하거든."

트위들덤이 물었다.

(나중에 앨리스는 그 모든 것을 몸에 걸친 형제들이 끈을 매고 단추를 끼우는 등 그런 난리법석은 생전 처음 봤다고 말했다.)

"다 입고 나면 꼭 누더기 보따리 같을 거야!"

트위들디가 부탁한 대로 '머리가 잘리지 않도록' 목 주위에 베개를 감아주며 앨리스는 중얼거렸다.

"머리가 잘리는 건 전투 중 부상 가운데 가장 심각한 것이라 할 수 있지."

트위들디가 진지하게 덧붙였다.

앨리스는 웃음을 참을 수가 없었다. 하지만 트위들디가

기분 나빠할까 봐 기침으로 대충 얼버무렸다.

"내가 창백해 보이니?"

투구를 고정시켜달라고 부탁하면서 트위들덤이 말했다. (트위들덤은 투구라고 불렀지만 앨리스가 보기에는 그냥 평범한 냄비 같았다.)

"네? 아, 네…… 약간요."

앨리스가 부드럽게 대답했다.

"평소에는 아주 용감한데 오늘은 머리가 좀 아파."

트위들덤은 조그마한 목소리로 말했다.

"난 이가 아파! 너보다 훨씬 더 아파!"

트위들덤의 말을 엿들은 트위들디가 말했다.

"그러면 오늘은 싸우지 않는 게 좋을 것 같네요."

앨리스는 마침 두 사람을 화해시킬 좋은 기회라고 생각했다.

"안 돼. 우리는 잠깐이라도 싸워야만 해. 물론 나는 오랫동안 싸워도 상관없지만. 지금 몇 시지?"

트위들덤이 말했다.

"4시 반."

트위들디가 손목시계를 보면서 말했다.

"그럼 6시까지 싸운 뒤에 저녁을 먹자."

트위들덤이 말했다.

"좋아."

트위들디는 슬픈 듯한 목소리로 말했다.

"저 아이한테 우릴 봐달라고 하자."

그리고 앨리스에게 말했다.

"하지만 너무 가까이 오면 안 돼. 난 흥분하면 눈에 보이는 건 뭐든 닥치는 대로 후려치거든."

"난 손에 닿는 건 뭐든 후려치지. 보이든, 보이지 않든!"

트위들덤이 외쳤다.

"그럼 나무를 자주 치겠네요."

앨리스가 깔깔 웃으며 말했다.

"싸움이 끝날 때쯤 되면 웬만해서는 남아 있는 나무가 한 그루도 없을 거야!"

주위를 둘러보며 트위들덤은 만족스러운 듯 웃었다.

"그깟 방울 하나 때문에 이런 난리를!"

별것 아닌 일로 싸움까지 하는 데 대해 조금이나마 부끄럽게 생각하길 바라며 앨리스가 말했다.

"새것만 아니었어도 내가 이러진 않을 거야."

트위들덤이 말했다.

'괴물 같은 까마귀가 나타났으면 좋겠네!' 앨리스는 생각했다.

"근데 칼이 하나밖에 없어. 그 대신 넌 우산을 사용하면 돼. 우산도 아주 날카롭거든. 이제 빨리 시작하자. 벌써 날이 어두워지고 있어."

트위들덤이 트위들디에게 말했다.

"점점 더 어두워지고 있지."

트위들디가 말했다.

너무도 갑작스럽게 어두워졌기 때문에 앨리스는 폭풍이 몰려오는 게 아닐까 생각했다.

"시커먼 먹구름이야! 게다가 정말 빠르게 다가오고 있어! 아니, 구름에 날개가 달렸잖아!"

앨리스가 말했다.

"까마귀다!"

깜짝 놀란 트위들덤이 비명처럼 외쳤다. 두 형제는 눈 깜짝할 사이에 도망쳐버리고 말았다.

앨리스는 숲 속의 작은 길을 달려 커다란 나무 아래까지 갔다. '여기까진 쫓아오지 못하겠지.' 앨리스는 생각했다.

"저렇게 큰 덩치로는 나무 사이를 뚫고 들어오지 못할 거야. 그나저나 날개 좀 그만 퍼덕거렸으면 좋겠어. 숲 속에 허리케인이 일어나고 있잖아. 어, 저기 숄이 날아가네!"

5
양털과 물

앨리스는 중얼거리면서 숄을 붙잡고는 주인을 찾기 위해 주위를 두리번거렸다. 잠시 뒤 흰 여왕이 두 팔을 활짝 벌린 채 마치 날으는 것처럼 숲 속에서 정신없이 뛰어나왔다. 앨리스는 숄을 들고 아주 공손한 자세로 흰 여왕 앞으로 다가갔다.

"때마침 제가 여기 있어서 다행이에요."

여왕이 다시 숄을 걸치는 걸 도와주며 앨리스가 말했다.

흰 여왕은 나약하고 겁에 질린 모습으로 앨리스를 바라보며 끊임없이 혼자 중얼거렸다. 마치 '버터 바른 빵, 버터 바른 빵' 하는 것처럼 들렸다.

앨리스는 대화를 하려면 자기가 먼저 무슨 말이든 해야 한다고 생각했다. 그래서 조심조심 말을 걸었다.

"지금 제가 말을 걸고 있는 분이 흰 여왕이신가요?"

"글쎄, 그런 셈이지. 군이 네가 그걸 옷 입히는 거라고 표현한다면 말이지. 물론 내 생각에는 전혀 그렇지 않지만."[12]

여왕이 말했다.

"여왕님께서 시작하는 법을 알려주시면 제 나름대로 온 힘을 다하겠습니다."

앨리스는 처음부터 따지고 드는 건 좋지 않을 것 같아서 미소를 지으며 말했다.

"하지만 난 그걸 원하지 않아! 옷을 입느라 두 시간이나 써버렸거든."

여왕이 투덜거렸다.

앨리스가 보기에 여왕은 따로 옷을 입혀주는 사람이 필요할 것 같았다. 말도 못할 정도로 옷차림이 너저분했기 때문이다.

'정말 엉망이군.' 앨리스는 생각했다. '머리는 핀으로 도배를 하다시피 했고…….'

"숄을 똑바로 정리해드릴까요?"

앨리스는 큰 소리로 덧붙였다.

"뭔지 모르지만 잘못되었어! 숄이 말썽을 부리네. 핀을

---

12 영어로 말을 건다는 뜻의 'addressing'을 옷을 입힌다는 뜻의 'a-dressing'으로 바꿔서 말하는 것-역주

여기저기 꽂아보았지만 기분이 영 풀리질 않아!"

여왕은 슬픈 목소리로 말했다.

"핀을 한쪽으로만 꽂았으니 반듯하게 될 리가 없죠."

핀을 바르게 꽂아주며 앨리스는 상냥하게 말했다.

"아니, 머리는 또 왜 이래요?"

"브러시가 엉켜버렸어! 게다가 어제 빗까지 잃어버렸거든."

여왕은 한숨을 쉬었다.

앨리스는 조심조심 브러시를 빼내고 머리를 단정하게 빗겨주었다.

"자, 이제 많이 좋아졌어요! 어쨌든 옷 입혀주는 시녀가 필요할 것 같네요!"

핀을 제자리에 꽂아준 다음 앨리스가 말했다.

"네가 해주면 좋을 텐데! 일주일에 2펜스를 주고, 이틀에 한 번씩 잼을 주면 어떨까?"

여왕이 말했다.

"전 시녀 같은 건 싫어요. 잼도 별로 좋아하지 않고요."

앨리스가 웃음을 터뜨리며 말했다.

"아주 맛있는 잼인데……."

여왕이 말했다.

"어쨌든 오늘은 먹고 싶지 않아요."

"먹고 싶어도 먹을 수가 없지. 규칙이거든. 내일 잼, 어제

잼은 되지만 오늘 잼은 안 돼.”

여왕이 말했다.

“언젠가는 오늘 잼이 있을 거잖아요!”

앨리스가 따졌다.

“아니, 그런 일은 없을 거야. 잼은 이틀에 한 번 먹는데, 오늘은 오늘이 아닐 수 없잖아.”

여왕이 말했다.

“무슨 말인지 알아들을 수가 없어요. 너무 복잡해요!”

앨리스가 말했다.

“그게 바로 거꾸로 사는 거야. 다들 처음에는 조금 헷갈려 하지.”

여왕이 상냥하게 덧붙였다.

“거꾸로 산다고요! 그런 얘기는 난생 처음 들어요!”

앨리스는 깜짝 놀라 여왕의 말을 되풀이했다.

“음…… . 하지만 그렇게 살아서 좋은 점이 있단다. 기억이 앞뒤로 작용하거든.”

“제 기억은 한쪽으로만 작용하는 것 같아요. 아직 일어나지 않은 일은 기억할 수가 없거든요.”

앨리스가 말했다.

“과거로만 작용하다니, 참 기억력이 형편없군.”

여왕이 말했다.

“여왕님은 어떤 일이 가장 기억에 남았어요?”

앨리스가 용기를 내어 물어보았다.

"다음다음 주에 일어날 일들이 기억에 남지."

여왕은 심드렁하게 대꾸했다.

"예를 들어, 왕의 시종이 지금 감옥에 갇혀서 벌을 받고 있어. 그런데 재판은 그 다음 주 수요일에 열릴 거야. 그리고 죄는 제일 마지막으로 그 다음 주에 짓는 거지."

여왕은 손가락에 커다란 고약을 붙이며 말했다.

"시종이 죄를 짓지 않으면요?"

앨리스가 물었다.

"그럼 더 좋은 거 아냐?"

손가락에 붙인 고약에 리본을 둘러 고정시키면서 여왕이 대답했다.

앨리스는 여왕의 말을 인정하지 않을 수 없었다.

"물론 그러면 좋죠. 하지만 시종이 벌을 받는 건 좋은 게 아니잖아요."

앨리스가 말했다.

"어쨌든 네가 틀렸어. 넌 벌 받아본 적 있니?"

여왕이 말했다.

"잘못했을 때는요."

앨리스가 말했다.

"거봐. 넌 벌을 받아서 조금 더 좋은 아이가 됐잖아!"

여왕이 의기양양하게 말했다.

"맞아요. 하지만 그때는 제가 벌을 받을 만한 일을 저질러서 벌을 받은 거예요. 지금 이 이야기하고는 완전히 다른 경우잖아요!"

앨리스가 말했다.

"만약 네가 벌을 받을 일을 저지르지 않았다면, 그건 더 좋은 일이잖아. 더 좋고, 더 좋지. 더!"

여왕이 목소리를 높이기 시작했다.

'더'라고 할 때마다 여왕의 목소리는 점점 높아지더니 마침내 새된 비명을 질렀다.

앨리스는 '뭔가 잘못되어가고 있는 것 같아요' 하고 말하려다 비명 소리가 너무나 컸기 때문에 입을 다물고 말았다.

"아악, 아악, 아악!"

여왕은 손가락이 떨어져 나갈 듯이 흔들며 비명을 질러댔다.

"손가락에서 피가 나! 아악, 아악, 아악, 아악!"

여왕의 비명이 마치 증기기관의 기적소리만큼 커서 앨리스는 양손으로 귀를 막아야만 했다.

마침내 말을 할 수 있는 기회가 오자마자 앨리스가 물었다.

"무슨 일이에요? 손가락을 찔렸어요?"

"아직 찔리지 않았어. 하지만 곧 찔릴 거야. 아악, 아악, 아악!"

"언제요?"

앨리스는 애써 웃음을 참으며 물었다.

"숄을 다시 걸칠 때지."

가엾은 여왕은 앓는 소리를 내며 말했다.

"곧 브로치가 빠질 거야. 아아, 아얏!"

여왕이 말을 끝내자마자 브로치가 풀렸다. 여왕은 브로치를 꽉 움켜잡고 다시 끼우려고 했다.

"조심해요! 그러다 찔리겠어요!"

앨리스가 외쳤다.

앨리스가 서둘러 브로치를 잡았지만 이미 늦었다. 핀이 빠져나와 여왕의 손가락을 찌르고 만 것이다.

"거봐, 피가 날 거라고 했잖아."

여왕은 미소를 지으며 앨리스에게 말했다.

"이제 너도 이곳 일이 어떻게 돌아가는지 이해할 수 있겠지?"

"그런데 왜 지금은 비명을 지르지 않죠?"

양손으로 귀를 막을 준비를 한 채 앨리스가 물었다.

"왜라니? 비명은 이미 질렀잖아. 똑같은 일을 뭐하러 또 해?"

여왕이 말했다.

어느새 주위가 점점 밝아졌다.

'까마귀가 날아가 버린 모양이네.' 앨리스는 속으로 생각하면서 여왕에게 말했다.

"까마귀가 날아가 버려서 천만다행이에요. 전 벌써 밤이 된 줄 알았거든요."

"나도 너처럼 기뻐할 수 있다면 좋겠구나. 하지만 난 기뻐하는 규칙을 도저히 기억할 수가 없어. 기쁠 때면 언제든 기뻐할 수 있으니 넌 정말 행복하겠구나!"

여왕이 말했다.

"하지만 여기서 전 너무 외로운걸요!"

앨리스는 슬픈 목소리로 말했다. 외롭다는 생각이 들자마자 두 줄기 굵은 눈물이 볼을 타고 흘러내렸다.

"오, 애야, 이러면 안 돼!"

가엾은 여왕은 어쩔 줄 몰라하며 양손을 비벼댔다.

"네가 이미 소녀가 다 됐다는 걸 생각해봐. 오늘 얼마나 먼 길을 걸어왔는지, 아니면 지금이 몇 시인지 생각해봐. 뭐든지 생각해봐, 뚝 그치고!"

앨리스는 눈물을 흘리면서도 여왕의 말 때문에 웃지 않을 수가 없었다.

"여왕님은 그런 일을 생각하면 울음이 멈춰지나요?"

앨리스가 물었다.

"물론!"

여왕은 단호하게 대답했다.

"그 누구도 한 번에 두 가지 일을 할 수는 없거든. 먼저

네 나이부터 시작해보자. 지금 몇 살이지?"

"정확히 일곱 살 반이에요."

"'정확히'라는 말은 할 필요가 없어. 그러지 않아도 네 말을 믿을 테니까 말이야. 이제 나도 네가 믿을 만한 사실을 하나 알려줘야지. 나는 백하고도 일 년, 다섯 달하고도 하루를 살았어."

여왕이 말했다.

"정말요?"

앨리스가 물었다.

"정말이냐고?"

여왕이 가련한 목소리로 말했다.

"다시 한 번 해봐. 숨을 깊이 들이마시고 눈을 감아봐."

앨리스가 소리 내어 웃으며 대답했다.

"그래봤자 소용없어요. 믿을 수 없는 일을 믿을 수는 없잖아요."

앨리스가 말했다.

"아마 네가 연습을 별로 하지 않아서 그런 걸 거야. 네 나이 때, 나는 매일 30분씩 꼬박꼬박 연습했어. 때로는 아침을 먹기도 전에 불가능한 일을 여섯 개나 믿기도 했거든. 어라, 숄이 또 날아가네!"

여왕이 말했다.

하얀 여왕이 말을 하는 사이에 브로치가 다시 풀리면서

작은 돌풍에 날린 숄이 작은 개울 너머로 훨훨 날아가 버렸다. 두 팔을 활짝 벌린 채 숄을 뒤쫓아 날아간 여왕은 마침내 숄을 붙잡는 데 성공했다.

"잡았다!"

여왕이 의기양양하게 소리쳤다.

"잘 봐. 이번에는 나 혼자 핀을 꽂아볼 테니까!"

"근데, 손가락은 괜찮아요?"

흰 여왕을 따라 개울을 건넌 앨리스가 아주 공손하게 물었다.

*		*		*		*		*
	*		*		*		*	
*		*		*		*		*

여왕은 큰 소리로 말했다.

"아, 좋아, 좋아졌어!"

여왕의 목소리는 점점 커져서 마침내는 꼭 비명 소리 같았다.

"매우! 매애우! 매애에! 매애에!"

마지막 외침은 마치 울음소리처럼 길게 늘어졌다. 그 소리가 양 울음소리와 어찌나 닮았던지 앨리스는 깜짝 놀랐다.

앨리스는 여왕을 바라보았다. 여왕은 갑자기 온몸을 양

털로 뒤덮은 것 같았다. 앨리스는 두 눈을 비비고 다시 쳐다보았다. 어떻게 된 영문인지 알 수가 없었다.

'내가 지금 가게 안에 있는 거야? 그리고 계산대에 앉아 있는 저건 진짜, 진짜 양이란 말이야?'

아무리 눈을 비비고 다시 보아도 틀림없는 양이었다. 앨리스는 작고 어두컴컴한 가게의 계산대에 팔꿈치를 기대고 있었다. 계산대 너머에서는 늙은 양 한 마리가 안락의자에 앉아 뜨개질을 하고 있었다. 늙은 양은 잠깐씩 손놀림을 멈추고 커다란 안경알 위로 앨리스를 올려다보았다.

"뭐 사려고?"

이윽고 양이 뜨개질을 멈추고 고개를 들어 앨리스를 바라보며 물었다.

"아직 잘 모르겠어요. 우선 좀 사방을 둘러보고 싶은데, 괜찮겠죠?"

앨리스는 공손하게 말했다.

"앞쪽과 양 옆쪽은 봐도 괜찮아. 하지만 사방을 둘러볼 수는 없을걸? 뒤통수에는 눈이 없으니까 말이야."

양이 말했다.

양의 말대로 앨리스는 뒤통수에 눈이 없었기 때문에 몸을 돌려서 눈에 들어오는 것들을 둘러보는 것으로 만족했다.

가게에는 갖가지 신기한 물건들이 가득한 것 같았다. 특

히 무엇보다 신기한 것은, 진열대에 뭐가 있는지 자세히 들
여다보려고 할 때마다 그 진열대가 텅 비어버리는 것이었
다. 하지만 주변의 다른 진열대에는 여전히 온갖 물건들이
가득 차 있었다.

"물건들이 지들 멋대로 움직여!"

앨리스는 인형 같기도 하고 반짇고리 같기도 한 크고 반짝이는 물건을 일 분 정도 쫓아다니다가 실패한 뒤 풀이 죽어서 말했다. 그 물건들은 자세히 보려고 하기만 하면 어느새 다른 진열대로 옮겨가 있곤 했다.

"정말 짜증나네. 하지만……."

앨리스는 문득 어떤 생각을 떠올렸다.

"저 꼭대기 선반까지 따라가 보면 어떻게 될까? 설마 천장을 뚫고 올라가지는 않겠지!"

하지만 앨리스의 계획은 보기 좋게 실패했다. 앨리스가 쫓아간 물건은 아주 당연하다는 듯 천장을 뚫고 사라져버린 것이다.

"얘, 너는 어린아이냐 팽이냐?"

양이 또 다른 뜨개질바늘을 한 쌍 더 집어 들며 물었다.

"네가 하도 팽팽 돌아다녀서 그걸 보는 내 눈까지 팽팽 도는구나."

양은 이제 한꺼번에 열네 쌍의 바늘을 쥐고 뜨개질을 하고 있었다. 앨리스는 깜짝 놀라 양의 모습을 다시 한 번 쳐다보았다.

"어쩜 저렇게 많은 바늘로 뜨개질을 할 수 있지? 바늘이 자꾸 늘어나면서 고슴도치처럼 변해가잖아!"

어리둥절해진 앨리스는 혼잣말로 중얼거렸다.

"노 저을 줄 아니?"

양이 앨리스에게 뜨개질바늘 한 쌍을 건네주며 물었다.

"조금요. 근데 뜨개질바늘로는……."

앨리스가 우물쭈물하는 사이 뜨개질바늘은 어느새 노로 변해버렸고, 양과 앨리스는 강둑 사이를 둥둥 떠내려가는 작은 배 위에 앉아 있었다. 이제 앨리스는 힘껏 노를 저을 수밖에 없었다.

"깃털!!"

뜨개질바늘을 한 쌍 더 집어 들며 양이 외쳤다.

별로 대답할 만한 말이 아닌 것 같았기 때문에 앨리스는 잠자코 노만 저었다. '이 물은 뭔가 이상해.' 앨리스는 생각했다. 노가 물속에 붙어버리기라도 한 것처럼 다시 나오지 않으려는 경우가 많았기 때문이다.

"깃털! 깃털! 그러다간 곧 귀엽고 작은 게를 잡고 말 거야."

뜨개질바늘을 더 집어 들며 양이 외쳤다.

'귀엽고 작은 게라니!' 앨리스는 생각했다. '정말 그걸 잡을 수 있으면 좋겠네.'

"'깃털'이라고 하는 내 말 안 들려!"

양은 뜨개질바늘을 아예 한 묶음으로 집어 들며 화가 나서 소리쳤다.

"들었죠. 그것도 아주 여러 번, 크게 크게 소리를 쳤잖아

요! 근데 게는 어디 있어요?"

앨리스가 대답했다.

"당연히 물속이지!"

이제는 더 이상 손에다 들 수 없을 만큼 많아진 뜨개질 바늘을 머리에 꽂으며 양이 말했다.

"글쎄 깃털이라니까!"

"왜 절더러 자꾸 깃털이라는 거예요? 난 새가 아니란 말이에요."[13]

마침내 앨리스도 짜증을 내며 말했다.

"너는……, 작은 거위지."

양이 말했다.

양의 말 때문에 앨리스는 조금 화가 나서 한동안 아무 말도 하지 않았다. 그러는 동안 배는 잡초 사이를 지나기도 하고(이 지점에서는 노가 물속에 점점 더 깊이 박혔다.), 나무 아래를 지나기도 했다. 하지만 그들의 머리 위쪽에서는 한결같이 높은 강둑이 얼굴을 찌푸리고 있었다.

"잠깐만요! 저기 향기 나는 골풀이 있어요! 정말 예쁘네요!"

갑자기 앨리스가 기뻐하며 외쳤다.

"나한테 '잠깐만요' 할 필요는 없어. 그걸 내가 심은 것도 아니고 뽑아낼 것도 아니니까."

양은 뜨개질감에서 눈도 떼지 않은 채 말했다.

"아니 제 말은……, 괜찮으시다면 배를 잠깐 멈추고 골

---

13 영어에서 '깃털'을 뜻하는 feather는 '노 끝을 수평으로'라는 뜻도 가지고 있다. 즉, 양은 앨리스에게 계속 '노 끝을 수평으로' 하라고 말했고, 앨리스는 이를 '깃털'로 알아들은 것이다. 또 영어에서 '게를 잡는다'는 말은 '노를 헛저어서 배가 뒤집힌다'는 뜻으로도 쓰인다. 다시 말해 양과 앨리스는 지금까지 완전히 '서로 다른 나라' 언어를 사용한 셈이다-역주

풀을 좀 가져가면 안 될까요?"

앨리스가 양에게 부탁했다.

"내가 어떻게 배를 멈춰? 노는 네가 젓고 있잖아. 너만 가만히 있으면 배는 저절로 멈추겠지."

양이 말했다.

앨리스가 노 젓기를 멈추자 배는 너울거리는 골풀 사이를 미끄러지듯 떠내려갔다. 앨리스는 소매를 조심스레 걷은 다음 팔꿈치까지 물속에 담근 채 골풀을 따기 시작했다. 잠시 앨리스는 양과 뜨개질에 대해서는 까맣게 잊어버린 채 까만 머리카락을 물속에 담그고 눈을 반짝거리며 아름다운 골풀을 한 송이씩 꺾었다.

"배가 뒤집히지 않아야 할 텐데!"

앨리스는 혼잣말을 했다.

"정말 예뻐! 그런데 손이 닿질 않아."

앨리스는 배가 떠내려가는 가는 동안 예쁜 골풀을 많이 땄지만 더 예뻐 보이는 골풀은 마치 약이라도 올리는 것처럼 언제나 손이 닿지 않는 곳에 있었다. ('꼭 일부러 그러는 것 같아.' 앨리스는 속으로 생각했다.)

"제일 예쁜 것들은 언제나 제일 멀리 있어!"

머리카락과 손은 물에 젖었고 볼은 달아오른 채 앨리스는 손이 닿지 않는 먼 곳에서 자라는 골풀을 보며 한숨을 내쉬었다. 마침내 앨리스는 제자리로 돌아와 앉아 보물들을 정리하기 시작했다.

그런데 어쩐 일인지 골풀들은 앨리스가 꺾는 그 순간부터 바로 시들어버리고 향기와 아름다움이 사라지기 시작했다. 실제 세계의 골풀도 꺾어두면 오래지 않아 시들기는 하지만 꿈속의 이 골풀들은 앨리스의 발밑에 쌓이는 그 순간 눈처럼 녹아 사라지고 말았다. 그러나 앨리스는 하도 이상한 일이 많았기 때문에 이 사실을 거의 알아차리지 못했다.

얼마 되지 않아 노 한쪽이 물속에 콕 박힌 채 나오지 않으려고 했다.(앨리스는 나중에 이렇게 설명했다.) 가엾은 앨리스는 노를 턱 밑에까지 바짝 끌어올려 잡고는 얍! 얍! 소리를 지르며 애를 써봤지만 결국 미끄러져서 골풀 더미 위에 나가떨어졌다.

앨리스는 다친 곳 없이 멀쩡하게 일어났다. 양은 마치 아무 일도 없었다는 듯 뜨개질을 계속했다. 앨리스는 물에 빠지지 않아서 다행이라고 생각하며 자리로 돌아왔다.

"아주 멋지게 게를 잡았구나!"

"게요? 전 못 봤는데요!"

앨리스는 조심스럽게 배 옆으로 어둡고 깊은 물속을 내려다보며 말했다.

"진짜 게를 잡았으면 좋았을 텐데……. 그럼 집에 가져갈 수 있었을 텐데!"

양은 앨리스를 놀리듯 소리 내어 웃고는 뜨개질을 계속

했다.

"게가 많나요?"

앨리스가 물었다.

"게뿐만이 아니라 다른 것도 많지. 고를 수 있는 건 얼마든지 있으니까 선택만 해. 자, 뭘 살 거야?"

양이 말했다.

"사야 한다구요?"

앨리스는 놀랍기도 하고 겁을 먹기도 한 목소리로 양의 말을 되풀이했다. 어느 순간 노와 배, 강은 사라지고 양과 앨리스는 작고 어두운 가게로 돌아와 있었다.

"달걀 하나 주세요. 얼마죠?"

겁먹은 목소리로 앨리스가 말했다.

"한 개에 5펜스, 두 개에 2펜스."

양이 대답했다.

"그런데 두 개가 하나보다 싸요?"

지갑을 꺼내다 말고 앨리스가 놀라서 물었다.

"두 개를 사면 두 개 다 먹어야 하거든."

양이 말했다.

"그럼 한 개만 주세요."

앨리스는 계산대 위에 돈을 올려놓았다.

'별로 좋은 달걀이 아닐 거야.' 앨리스는 생각했다.

"나는 손님한테 물건을 직접 건네주지 않아. 절대로! 그러니 네가 직접 가져가야 해!"

상자에 돈을 넣은 다음 양이 말했다.

말을 끝내고 양은 가게 저쪽 편으로 걸어가 달걀을 진열대에 똑바로 세웠다.

'왜 그런 걸까?' 이렇게 생각하며 앨리스는 테이블과 의자 사이를 더듬거렸다. 안으로 들어갈수록 가게가 더욱 어두웠기 때문이다.

'근데 가까이 갈수록 달걀은 점점 멀어지는 것 같네. 음, 이게 의잔가? 어, 나뭇가지네! 가게 안에서 나무가 자라다니 이상한 일이군! 어머, 개울도 있어! 이렇게 이상한 가게는 처음이야!'

   *   *   *   *   *
      *   *   *   *
   *   *   *   *   *

앨리스가 한 걸음 한 걸음 다가갈 때마다 모든 것이 나무로 변해버리는 모습을 보고 앨리스는 어리둥절해졌다. 앨리스는 달걀도 곧 나무로 변할 거라고 생각했다.

6

험프티 덤프티

그러나 달걀은 점점 커지더니 마치 사람처럼 변했다. 몇 발자국 앞에까지 다가가자 눈, 코, 입이 보였다. 바짝 다가가서 보니 바로 험프티 덤프티[14]였다.

"틀림없이 험프티 덤프티야! 얼굴에다 대문짝만 하게 이름을 써놓았다 해도 이보다 더 확실하진 못할 거야."

앨리스가 중얼거렸다.

험프티 덤프티의 얼굴은 이름을 백 번이라도 쓸 수 있을 만큼 큼직했다. 험프티 덤프티는 터키인처럼 다리를 꼰 채 높은 담 위에 앉아 있었다. 그처럼 폭이 좁은 담 위에서 제

---

14 영국 전래동요에 나오는 달걀 모양의 사람-역주

대로 중심을 잡고 앉아 있는 모습이 신기할 따름이었다. 험프티 덤프티는 내내 다른 쪽을 보고 있었기 때문에 앨리스가 다가오는 걸 알아차리지 못하고 있었다. 앨리스는 그것이 봉제 인형일지도 모른다는 생각이 들었다.

앨리스는 험프티 덤프티가 금방이라도 담에서 떨어질 것처럼 보였기 때문에 붙잡아주려고 손을 앞으로 내밀면서 큰 소리로 말했다.

"진짜 달걀 같아!"

"에잇, 기분 나빠! 나를 달걀이라고 부르다니. 기분 나빠!"

한참 동안 입을 앙다문 채 앨리스를 외면하고 있던 험프티 덤프티가 마침내 입을 열었다.

"달걀이라고 한 게 아니라 달걀처럼 보인다고 한 거예요."

앨리스가 차근차근 설명했다.

"그리고 예쁜 달걀도 많잖아요."

자신의 설명이 칭찬으로 들렸으면 하는 심정으로 앨리스는 덧붙였다.

"어떤 사람들은 말이지. 갓난아기보다 분별력이 없다니까!"

여전히 앨리스를 외면한 채 험프티 덤프티가 말했다.

앨리스는 어떻게 답해야 할지 갈피를 잡을 수가 없었다. '나를 쳐다보지도 않고 있으니 이건 대화가 아냐' 하고 앨리스는 생각했다. 특히 마지막 말은 나무한테 한 것이 틀림

없었다. 그래서 앨리스는 그 자리에 선 채 나지막하게 시를 읊었다.

험프티 덤프티가 담 위에 앉아 있다네.
험프티 덤프티가 담에서 떨어졌다네.
왕의 말과 신하들이 모두 왔지만
험프티 덤프티를 제자리에 올려놓을 수가 없었다네.

"마지막 행은 시치고는 너무 길어."
앨리스는 험프티 덤프티가 들을 수도 있다는 사실을 까맣게 잊고 크게 소리 내어 말했다.
"거기서 그렇게 혼자 중얼거리지 마."
험프티 덤프티가 처음으로 앨리스를 쳐다보며 말했다.
"네 이름과 여기 온 이유를 말해봐."
"제 이름은 앨리스예요. 그리고……."
"정말 어처구니없는 이름이군! 도대체 무슨 뜻이지?"
험프티 덤프티가 성급히 끼어들었다.
"이름에 꼭 무슨 뜻이 있어야 해요?"
앨리스가 이상하다는 듯 물었다.
"당연하지!"
험프티 덤프티는 잠깐 소리 내어 웃고는 다시 말했다.
"내 이름은 아주 멋지게 생긴 내 모습을 그대로 나타내

주지. 근데 네 이름만으로는 네가 어떻게 생겼는지 도무지 알 수가 없어."

"왜 혼자 담 위에 앉아 있어요?"

앨리스는 말싸움이 일어날까 봐 얼른 물어보았다.

"아무도 없으니까!"

험프티 덤프티가 큰 소리로 말했다.

"흥, 내가 그런 것도 모를까 봐? 이제 다른 걸 물어봐."

"땅으로 내려와 앉는 게 더 안전하지 않을까요?"

다른 문제를 내기 위해서가 아니라 이 희한한 생물을 걱정하는 착한 마음으로 앨리스는 다시 물었다.

"그 담은 너무 좁지 않아요?"

"정말 엄청나게 쉬운 것만 묻는군!"

험프티 덤프티는 퉁명스럽게 내뱉었다.

"물론 나는 그렇게 생각하지 않아. 설사 내가 떨어지더라도, 물론 그럴 리는 없지만……, 혹시라도 그렇게 되면……."

이 대목에서 험프티 덤프티는 입술을 오므린 채 진지하고 위엄 있는 표정을 지어 보였다. 그 모습이 어찌나 우스웠던지 앨리스는 도저히 웃음을 참을 수 없었다.

"혹시라도 내가 떨어지면."

험프티 덤프티는 말을 계속했다.

"왕께서 약속하셨거든. 아, 놀라도 돼! 내가 이런 말을 할 줄은 몰랐지? 왕이 당신 입으로 직접 약속하시길……."

"자기 말과 하인들을 모두 보내기로 약속했죠."

경솔하게도 앨리스가 그의 말을 자르고 끼어들었다.

"너 몹시 나쁜 아이구나!"

갑자기 험프티 덤프티가 화를 벌컥 내며 소리쳤다.

"문밖이나 나무 뒤, 아니면 굴뚝을 타고 내려와서 엿들은 게 틀림없어. 그렇지 않다면 네가 그걸 알 턱이 없어!"

"그런 게 아니에요! 책에 다 나와 있단 말이에요."

앨리스는 아주 공손하게 설명했다.

"아하, 그래? 책에 나와 있을 수도 있지."

화가 조금 가라앉은 목소리로 험프티 덤프티가 말했다.

"그게 바로 영국의 역사지. 날 봐! 나는 왕하고도 직접 이야기를 나눠본 사람이란 말이야. 아마 나 같은 사람은 다시는 못 만나볼 거야. 하지만 나는 거만하지 않으니까 악수를 해줄 수도 있어!"

그리고 험프티 덤프티는 입이 찢어질 정도로 크게 웃으며 (담에서 거의 굴러떨어질 듯이) 몸을 앞으로 깊숙이 숙인 채 앨리스에게 손을 내밀었다. 앨리스는 조금 걱정스러운 얼굴로 험프티 덤프티를 바라보며 그 손을 잡고 생각했다.

'조금 더 크게 입을 벌리고 웃으면 입꼬리가 머리 뒤에서 만나겠네. 그러면 머리는 어떻게 될까? 어쩌면 잘라져버릴지도 몰라!'

"그래, 왕의 말과 신하들이 모두 올 거야."

험프티 덤프티가 계속 말했다.

"그리곤 나를 곧 제자리에 올려놓겠지. 근데 그 이야기는 좀 빠른 것 같군. 우선 바로 전 이야기 중 끝에서 두 번째 것으로 돌아가보자."

"어떤 이야기였는지 모르겠어요."

앨리스가 예의 바르게 말했다.

"그럼 다시 시작하지 뭐. 이젠 내가 화제를 고를 차례군."

험프티 덤프티가 말했다.

'꼭 무슨 게임이라도 하는 것 같네.' 앨리스는 생각했다.

"자, 그럼 질문부터 할게. 몇 살이라고 그랬지?"

앨리스는 잠깐 셈을 해보고 답을 했다.

"일곱 살하고 6개월이에요."

"틀렸어! 그렇게 말하면 안 돼!"

험프티 덤프티가 의기양양하게 외쳤다.

"'몇 살이냐?'고 물은 거 아니었어요?"

앨리스가 되물었다.

"내가 그걸 묻고 싶었다면 그렇게 물었겠지."

험프티 덤프티가 말했다.

앨리스는 말싸움을 하기 싫어서 아무 말도 하지 않았다.

"일곱 살하고 6개월이라······."

험프티 덤프티는 생각에 잠긴 채 말했다.

"불편한 나이야. 만약 내게 조언을 해달라고 했다면 난 '일곱 살에 멈춰!' 하고 말했을 거야. 하지만 이젠 너무 늦었어."

"전 나이를 먹는 것에 대해 조언을 구한 적이 없어요!"

앨리스가 발끈하며 말했다.

"넌 자존심이 무척 세구나?"

험프티 덤프티가 다시 물었다.

이 질문 때문에 앨리스는 더욱 화가 치밀었다.

"제 말은요, 사람이 나이를 먹는 건 어쩔 수 없는 일이라는 뜻이에요."

"한 사람이라면 그럴 수밖에 없겠지. 하지만 두 사람이라면 할 수 있을지도 몰라. 누군가의 적절한 도움을 받았더라면 넌 일곱 살에 멈췄을 거야."

험프티 덤프티가 말했다.

"와우, 정말 멋진 허리띠예요!"

갑자기 앨리스가 말했다. (앨리스는 이제 나이에 대해서는 충분히 얘기했다고 생각했다. 그리고 번갈아가면서 화제를 선택하는 게 맞는다면 이번에는 자기 차례라고 생각했다.)

"아니. 멋진 스카프라고 말하려다가 그만. 아니, 허리띠요! 아, 그러니까 제 말은……. 죄송해요!"

앨리스는 당황해서 덧붙였다.

'이런 주제를 꺼내는 게 아닌데' 하고 앨리스는 후회했다. '어디가 목이고 어디가 허리인지 도무지 알 수가 있어야지!

험프티 덤프티는 한동안 아무 말도 하지 않았다. 몹시 화가 난 것이 틀림없었다. 이윽고 험프티 덤프티는 낮은 목소리로 언짢은 듯이 말했다.

"정말, 정말 기분이 나쁘군. 스카프와 허리띠도 구별을 못하다니!"

"제가 원래 좀 무식해요."

앨리스가 아주 겸손하게 말한 덕분에 험프티 덤프티는 다시 기분이 좋아졌다.

"이건 스카프란다, 얘야. 네가 말한 대로 아주 멋진 물건이지. 흰 왕과 흰 여왕이 선물로 준 거란다. 자, 봐!"

"정말요?"

앨리스는 마침내 좋은 화제가 나타난 것 같아서 기뻤다.

"그럼! '생일 아닌' 기념으로 선물을 준 거지."

험프티 덤프티는 다리를 꼰 채 두 손으로 무릎을 감싸고 말했다.

"아니 그게 무슨……."

앨리스는 이해할 수가 없어서 다시 물었다.

"나 화 안 났어."

험프티 덤프티가 말했다.

"그게 아니라, '생일 아닌 선물'이 뭐예요?"

"당연히 생일이 아닌 날 받는 선물이지."

앨리스는 잠시 생각에 잠겼다가 다시 말했다.

"저는 생일선물이 제일 좋아요."

"무슨 소리!"

험프티 덤프티가 외쳤다.

"일 년이 며칠이지?"

"365일이죠."

앨리스가 대답했다.

"그러면 네 생일은 며칠이지?"

"하루요."

"365일에서 하루를 빼면 며칠이나 남지?"

"그야 364일이죠."

험프티 덤프티는 미심쩍은 듯 앨리스를 쳐다보다가 말했다.

"종이에다 직접 계산을 해보는 게 좋겠어."

앨리스는 웃음을 참을 수 없었지만 험프티 덤프티를 위해 수첩을 꺼내 들고 계산을 했다.

$$
\begin{array}{r}
365 \\
-1 \\
\hline
364
\end{array}
$$

험프티 덤프티는 수첩을 받아 들고 한참을 들여다보다 입을 열었다.

"맞는 것 같기는 한데……"

"수첩을 거꾸로 들었잖아요!"

앨리스가 험프티 덤프티의 말을 가로막았다.

"그렇군! 어쩐지 이상했어. 음, 제대로 계산한 것 같군. 자세히 들여다볼 틈은 없지만, 어쨌든 이걸 보면 '생일 아닌 선물'을 받을 수 있는 날이 364일이나 되는군."

앨리스가 수첩을 뒤집어서 보여주자 험프티 덤프티는 즐거운 목소리로 말했다.

"맞아요."

앨리스가 말했다.

"'생일 선물을 받을 수 있는 날은 딱 하루고. 어쨌든 네게는 영광이겠군!"

"영광이라뇨? 지금 무슨 얘길 하는 건지 모르겠어요."

앨리스가 말했다.

"내가 가르쳐주지 않으면 모르는 게 당연하지. 그 뜻은 '말싸움에서 완벽하게 지다'라는 뜻이야."

험프티 덤프티가 싱글거리며 비웃듯이 말했다.

"하지만 '영광'은 '말싸움에서 완벽하게 지다'라는 뜻이 아니잖아요!"

앨리스가 반박했다.

"내가 어떤 단어를 쓰면. 그 단어는 내가 부여해주는 의미만 가지게 되는 거야. 더도 덜도 말고, 바로 그거야."

험프티 덤프티가 앨리스를 깔보듯 말했다.

"문제는, 이처럼 여러 가지 다른 뜻을 가진 단어를 당신이 모두 만들어낼 수 있는가 하는 거예요."

앨리스가 말했다.

"문제는, 누가 주인이 되느냐 하는 거지. 그것뿐이야."

험프티 덤프티가 다시 말했다.

앨리스는 너무나 혼란스러워서 아무 말도 할 수 없었다. 잠시 후 험프티 덤프티가 다시 말을 시작했다.

"단어도 성격이 있어. 단어 중에서는 동사가 자존심이 제일 세지. 형용사는 맘대로 다뤄도 되지만, 동사는 안 돼. 하지만 난 그 모든 단어를 다룰 수 있거든. 절대성! 내 말은 바로 그거야."

"그게 무슨 뜻인지 좀 가르쳐주세요."

앨리스가 말했다.

"이제야 제정신을 좀 차린 모양이구나."

험프티 덤프티가 아주 기쁜 듯이 말했다.

"'절대성'이란 우리가 이미 충분히 얘기를 나눴던 대로 여기서 네 일생을 몽땅 보낼 생각이 아니라면 다음 주제로 넘어가는 게 좋다는 뜻이야."

"단어 하나에도 정말 많은 뜻이 담겨 있군요."

앨리스가 생각에 잠긴 듯 말했다.

"그렇게 단어 하나에다 많은 뜻을 담아 쓰면 특별 수당을 지급하지."

험프티 덤프티가 덧붙였다.

"아!"

앨리스는 알아들을 수가 없어서 다른 말을 더 할 수가 없었다.

"토요일 밤에 단어들이 수당을 받으려고 나한테 몰려오는 모습을 봐야 하는데……."

험프티 덤프티가 엄숙한 자세로 고개를 흔들며 말했다. (앨리스는 단어들에게 어떤 수당을 주는지 감히 물어볼 수가 없었다. 그래서 나도 여러분에게 그걸 설명해줄 수가 없다.)

"단어에 대해 아주 잘 설명해주시는 것 같아요."

앨리스가 말했다.

"그럼 〈재버워키〉라는 시의 뜻을 좀 알려주시겠어요?"

"일단 읊어봐. 지금까지 알려진 시는 물론 아직 씌어지지 않은 시도 거의 설명해줄 수 있거든."

앨리스는 큰 기대를 가지고 첫 번째 연을 읊었다.

굽녘 때, 날쌈한 토브들은
비언덕컨에서 한 발로 빙도르하고 멍뚫고 있었네.
너무나 참쌍한 브로고브들!
탈가 라스들은 꽥꽥 비지고 있었네.

"거기까지!"

험프티 덤프티가 암송을 중단시켰다.

"여기만 해도 어려운 단어가 제법 나오는군. '굽녘 때'는 오후 4시야. 저녁 식사를 위해 고기를 굽는 때를 말하는 거지."

"그런 뜻이군요. 그럼 '날쌈한'은요?"

"'날쌈한'은 '날씬하고 쌈박하다'는 뜻이지. '쌈박하다'는 '활동적'이라는 말과 같은 뜻이야. 양쪽으로 열 수 있는 여행용 가방 같지? 한 단어에 두 가지 뜻이 들어 있으니 말이야."

"예, 알겠어요."

앨리스가 생각에 잠긴 듯 말했다.

"그러면 '토브'는 뭐죠?"

"'토브'는 오소리와 비슷하게 생긴 동물이야. 포도주병 따개랑도 비슷해."

"정말 희한하게 생겼군요."

"응, 그래. 게다가 놈들은 해시계 밑에 둥지를 틀고 치즈를 먹고 살아."

"그럼 '빙도르' 하고 '멍뚫고'는요?"

"'빙도르'는 빙글빙글 돈다는 뜻이야. '멍뚫고'는 구멍을 뻥 뚫는다는 뜻이고."

"그럼 '비언덕켠'은 해시계 주변에 있는 잔디밭인가요?"

앨리스는 자신의 영리함에 스스로 놀라며 물었다.

"물론이지! 그래서 '비언덕켠'이라고 불리는 거지. 앞으로도 갈 길이 멀고 뒤로도 갈 길이 멀고……."

"그리고 그 너머로도 갈 길이 멀죠."

앨리스가 덧붙였다.

"바로 그거야! 그리고 '참쌍'은 '비참하고 불쌍한'이라는 뜻이야. (이것도 양쪽으로 열 수 있는 여행용 가방하고 같아.) 그리고 '브로고브'는 빗자루처럼 비쩍 말라서 깃털이 삐죽삐죽 튀어나온 꾀죄죄한 새야. 앵무새의 일종이지."

"그럼 '탈가 라스'는 뭐죠? 죄송해요. 너무 귀찮게 해서."

"'라스'는 녹색 돼지의 일종이야. 근데 '탈가'는 잘 모르겠군. 집을 탈출한다는 뜻이 아닐까? 하여튼 길을 잃어버린 라스라는 뜻인 것 같아."

"'비지다'는 무슨 뜻이죠?"

"'비지다'는 비명을 지르는 것과 휘파람의 중간 소리야. 재채기 같은 소리도 포함돼 있지. 저쪽 숲에서는 들을 수 있을지도 몰라. 직접 들어보면 확실히 알게 될 텐데. 근데 누가 이런 어려운 시를 가르쳐줬지?"

"책에서 읽었어요. 근데 이것보다 훨씬 쉬운 시도 한 편 알아요. 트위들디가 들려주었거든요."

"너도 알겠지만 말이야. 시라면 나도 남들 못지않아. 그럼 어디……."

커다란 손을 하나 뻗으면서 험프티 덤프티가 말했다.

"그럴 필요 없어요!"

앨리스는 험프티 덤프티가 시를 외우지 못하도록 얼른 말렸다.

"내가 외우려는 시는, 너를 즐겁게 하려고 지은 거야."

험프티 덤프티는 앨리스의 만류 따위는 신경도 쓰지 않는 듯했다.

그렇다면 꼭 들어야 할 것 같다고 생각한 앨리스는 자리에 앉아 다소 기운이 없는 목소리로 '고맙습니다' 하고 말했다.

겨울이 되어 들판이 하얗게 되면
그대 기쁨 위해 노래를 부르겠네.

"하지만 난 노래는 하지 않아."
험프티 덤프티가 덧붙였다.
"알아요."
앨리스가 말했다.
"내가 노래를 부르는지 안 부르는지 볼 수 있다니, 넌 보통 사람들보다 눈이 아주 좋구나."[15]

봄이 되어 숲이 푸르러지면
내 마음 그대에게 전하겠네.

"정말 고맙습니다."
앨리스가 말했다.

여름이 되어 해가 길어지면
그대도 내 노래 이해하게 되리니.

가을이 되어 나뭇잎에 단풍이 들면

---

15 '본다'와 '안다'는 영어에서 모두 'see'라고 표현한다 –역주

펜과 잉크로 내 노래를 적어놓게나.

"그렇게 하죠. 그때까지 잊어먹지 않는다면."
앨리스가 말했다
"그렇게 일일이 대꾸는 안 해도 돼. 제대로 알지도 못하면서 시 낭송만 자꾸 끊어놓잖아."
험프티 덤프티가 말했다.

나는 물고기에게 편지를 보냈다네.
"이것이 바로 내가 원하는 것이오."
작은 바다 물고기들이
답장을 보냈다네.

작은 물고기들의 답장은
"그렇게는 할 수 없답니다. 왜냐면……."

"무슨 뜻이에요?"
앨리스가 물었다.
"더 들어보면 알 거야."
험프티 덤프티가 대답했다.

나는 다시 말했다네.

"내 말을 듣는 게 좋을걸!"

물고기들은 히죽히죽 대답했다네.
"왜요? 성질 한번 죽여주네!"

한 번, 두 번 계속 말했지만,
물고기들은 내 조언을 듣지 않았다네.

나는 커다란 새 냄비를 가져왔다네.
내가 할 일에 딱 맞는 물건이었다네.

가슴이 쿵쿵 뛰었다네.
펌프 물을 냄비에 채웠다네.

그때 누군가 와서 말해주었다네.
"작은 물고기들은 잠이 들었어요."

나는 그에게 말했다네, 차근차근.
"그러면 가서 깨워주세요."

나는 크고 분명하게 말했다네, 그 말을.
그의 귀에 대고 소리를 쳤다네.

험프티 덤프티는 이 부분을 읊으면서 거의 고함을 치듯 목소리를 높였다. 앨리스는 몸서리를 치며 생각했다. '나라면 어떤 일이 있어도 말을 전해주지 않을 거야!'

　하지만 그는 참으로 고집스럽고 오만했다네.
　그는 말했네.
　"그렇게 큰소리칠 필요는 없잖아요!"

　그는 정말로 고집스럽고 오만했다네.
　그는 다시 말했네.
　"가서 깨우겠어요. 만일……."

　나는 선반에 있는 포도주병 따개를 집고
　직접 물고기들을 깨우러 갔다네.

　그리고 문이 잠겨 있기에
　밀고 당기고 발로 차고 손으로 두드렸다네.

　그리고 문이 닫혀 있기에
　손잡이를 돌리려고 했다네. 그러나…….

　한동안 침묵이 흘렀다.

"그게 끝이에요?"

앨리스가 조심스레 물었다.

"응, 끝났어."

험프티 덤프티가 말했다.

"잘 가."

너무 갑작스럽긴 했지만 분명한 작별 인사를 했는데도 그 자리에 남아 있는 건 예의가 아닌 것처럼 생각되었다. 앨리스는 일어나서 손을 내밀었다.

"그럼 안녕히 계세요! 다시 만날 때까지."

앨리스는 되도록 밝게 인사했다.

"다시 만나도 널 알아보지 못할걸? 넌 다른 사람들하고 똑같이 생겼거든."

험프티 덤프티는 손가락 하나로 악수를 하면서 투덜대며 말했다.

"얼굴을 보면 구별할 수 있잖아요."

앨리스는 생각에 잠긴 목소리로 말을 이었다.

"그게 바로 내가 못마땅한 점이야."

험프티 덤프티는 엄지손가락으로 허공에다 얼굴 모습을 그리면서 말했다.

"다들 똑같거든. 눈은 두 개, 얼굴 가운데는 코가 있고 그 아래 입이 있지. 만약 코 바로 옆에 눈이 있거나, 입이 맨 위에 있다면 알아보기 쉬울 텐데."

"그럼 이상해 보이겠죠."

앨리스가 반박했다. 그러나 험프티 덤프티는 눈을 감은 채 "일단 해보고 나서 얘길 해야지" 할 뿐이었다.

앨리스는 험프티 덤프티가 다시 말을 꺼내지 않을까 생각하면서 잠시 기다려보았지만 그는 눈을 뜨지도 않았고 아는 체도 하지 않았다. 앨리스가 한 번 더 "안녕히 계세요!" 하고 말했지만 역시 아무런 반응이 없었다. 결국 앨리스는 조용히 자리를 뜰 수밖에 없었다. 앨리스는 걸으면서 중얼거렸다.

"정말 기이한 일들 중에서……. (긴 단어를 말하는 것이 왠지 큰 위로가 되었기 때문에 앨리스는 이 말을 큰 소리로 되풀이했다.) 내가 겪은 정말 기이한 일들 중에서……."

하지만 앨리스는 말을 마칠 수가 없었다. 그 순간 뭔가 엄청난 진동이 숲을 뒤흔들었기 때문이다.

7
사자와 유니콘

병사들이 숲 속에서 달려 나왔다. 처음에는 두세 명씩 나타나더니 나중에는 열 명, 스무 명씩 떼를 지어 나와서는 숲을 가득 메웠다. 혹시 병사들에게 밟힐지도 모른다는 두려움 때문에 앨리스는 나무 뒤에 숨어서 그들이 행군하는 모습을 지켜보았다.

앨리스는 이들처럼 발밑도 보지 않고 엉망으로 걸어 다니는 병사들은 생전 처음 본다고 생각했다. 걸핏하면 무언가에 걸리거나 다른 병사의 발에 걸려 넘어졌고, 한 명이 넘어지면 또 다른 병사들이 그에게 걸려 우르르 넘어졌다. 땅바닥은 곧 넘어진 병사들로 뒤덮였다.

병사들의 뒤를 이어 말들이 나타났다. 다리가 네 개인 덕분에 둘밖에 없는 병사들보다는 한결 나았지만 때때로

비틀거리는 것은 똑같았다. 말이 비틀거리면 말 위에 탄 병사는 어김없이 굴러 떨어졌다. 시간이 흐를수록 숲 속은 더욱 혼란스러워졌다. 이 때문에 숲에서 빠져나와 공터에 이른 앨리스는 매우 기뻤다. 공터에서는 흰 왕이 땅바닥에 주저앉은 채 무엇인지 수첩에 열심히 적고 있었다.

"내가 보낸 거야! 숲을 지나면서 병사들을 봤지?"

왕은 앨리스를 보고 기쁨에 찬 목소리로 외쳤다.

"네, 봤어요. 수천 명은 되는 것 같더군요."

앨리스가 말했다.

"정확히 4천2백7명이지."

왕이 수첩을 들여다보며 말했다.

"근데 말은 다 보내지 못했어. 게임을 하려면 두 마리가 있어야 하거든. 심부름꾼 두 사람도 보내지 않았단다. 둘 다 마을에 나가 있거든. 길을 살펴보다가 심부름꾼들이 오면 알려주렴."

"아무도 안 보이네요."

앨리스가 말했다.

"나도 너처럼 눈이 밝으면 좋겠구나."

뭔가 불만스러운 듯 왕이 말했다.

"'아무도 안'을 볼 수 있다니 대단해! 더구나 그렇게 멀리서. 나는 이런 불빛 아래에서는 진짜 사람들만 보이는데 말이야."[16]

앨리스는 한 손으로 햇볕을 가린 채 길을 살피느라 왕의 말을 듣지 못했다. 이윽고 앨리스가 소리쳤다.

"아, 누군가 보여요! 근데 몹시 느리게 오고 있어요. 게다가 자세도 무척 이상하구요!" (심부름꾼은 커다란 두 손을 부채처럼 펼친 채 뱀장어처럼 꿈틀대면서 껑충껑충 뛰어오는 중이었다.)

"별일 아냐. 저 사람은 앵글로색슨족 심부름꾼인데, 저건 앵글로색슨족이 기분 좋을 때 취하는 자세란다. 심부름꾼의 이름은 헤이어야." (왕은 헤이어를 마치 메이어처럼 발음했다.)

왕이 말했다.

"나는 H로 시작되는 애인을 사랑해."

앨리스는 자신도 모르게 이런 말을 내뱉고 말았다.

"그이는 행복(happy)이거든. 나는 H로 시작되는 그 남자를 미워해(hate). 그는 무시무시한(hideous) 남자거든. 난 그이에게 햄(ham) 샌드위치와 건초(hay)를 먹였어. 그의 이름은 헤이어고, 사는 곳은……."

"언덕(hill)에 살지."

왕은 자기가 단어놀이에 끼어들게 되었다는 사실을 까맣게 모른 채 심드렁하게 툭 내뱉었다. 그 사이 앨리스는 H로

---

16 왕은 "I see nobody"란 말을 글자 그대로 "나는 'nobody'를 볼 수 있다"로 바꿔서 말하고 있다. 일종의 말장난인 셈이다―역주

시작되는 마을 이름을 생각해내느라 애쓰고 있었다.

"또 다른 심부름꾼의 이름은 하타(hatta)[17]야. 심부름꾼은 둘이어야 해. 가고 와야 하니까. 한 명이 가면 한 명이 오는 거지."

"저, 다시 한 번 말씀해주시겠어요?"

앨리스가 부탁했다.

"구걸은 꼴불견이지."

왕이 말했다.[18]

"무슨 뜻인지 잘 몰라서 다시 한 번 말씀해달라고 한 것뿐이에요. 왜 한 명은 가고 다른 한 명은 와야 하는 거예요?"

앨리스가 말했다.

"그걸 못 알아듣는단 말이야?"

왕은 약간 짜증스럽게 말했다.

"가져가고 가져오려면 두 명이 있어야 한다니까! 한 명은 가져가고 한 명은 가져오는 거지."

바로 그때 심부름꾼이 도착했다. 그는 너무나 숨이 가빠 아무 말도 못 한 채 겁먹은 얼굴로 두 손을 내저었다.

---

17 〈이상한 나라의 앨리스〉에 등장하는 모자 장수의 이름−역주
18 왕은 "I beg your pardon"이라고 한 앨리스의 말 가운데 'beg−구하다, 청하다'를 문제 삼은 것이다−역주

　"이 아가씨께서 이름이 H로 시작되기 때문에 널 사랑한
다는군."

　왕은 심부름꾼의 주의를 돌려보려고 앨리스를 소개했
다. 하지만 별 소용이 없었다. 커다란 눈을 뒤룩뒤룩 굴리
던 심부름꾼은 더욱 기묘한 앵글로색슨족 자세를 취했다.

　"깜짝 놀랐잖아! 어지러워 죽겠군. 햄샌드위치나 내놔!"

　왕이 말했다.

　그러자 심부름꾼은 목에 건 자루에서 샌드위치를 꺼내
왕에게 주었다. 앨리스가 보기엔 참 우스웠지만, 왕은 그걸
게걸스럽게 먹어치웠다.

"하나 더!"

왕이 말했다.

"이젠 건초밖에 없습니다."

심부름꾼이 자루 속을 들여다보며 말했다.

"그럼 건초라도 줘."

왕의 말에는 힘이 하나도 없었다.

왕은 건초를 먹고 다시 기운을 차렸다. 앨리스는 기뻤다.

"어지러울 때는 건초만 한 게 없다니까."

우적우적 건초를 씹으며 왕이 앨리스에게 말했다.

"찬물이나 탄산암모니아수를 끼얹는 게 더 낫지 않을까요?"

앨리스가 말했다.

"나는 건초가 더 좋다고 말한 적 없어. 건초만 한 것이 없다고 했지."

왕이 말했다.

앨리스는 아무런 대꾸도 할 수 없었다.

"오면서 만난 사람 없어?"

왕이 심부름꾼에게 건초를 더 달라고 손을 내밀며 물었다.

"'아무도 안' 만났어요."

심부름꾼이 말했다.

"그래? 이 아가씨도 '아무도 안'을 봤다더군. 아무래도

'아무도 안'은 너보다 걸음이 느린 모양이야."

"저는 온 힘을 다해서 걸었다구요. 아무도 저보다는 빠를 수 없을 거예요."

심부름꾼이 뚱하게 말했다.

"당연하지. 그렇지 않다면 '아무도 안'이 먼저 도착했겠지. 어쨌든, 이제 한숨 돌렸으니 마을에서 일어난 일을 이야기해봐."

왕이 말했다.

"조용히 말씀드리겠습니다."

심부름꾼은 두 손을 나팔 모양으로 만든 다음 몸을 굽혀 왕의 귀에 갖다 대고 속삭였다. 마을 소식이 궁금했던 앨리스는 실망했다. 하지만 심부름꾼은 속삭이는 대신 목청껏 소리를 질러댔다.

"그들은 또 그러고 있습니다!"

"이게 조용히 말하는 거냐!"

불쌍한 왕은 펄쩍 뛰어올라 부르르 떨더니 고함을 질렀다.

"한 번만 더 그러면 버터를 발라버릴 테다! 머릿속에서 지진이라도 일어난 것 같군!"

'아주 조그마한 지진이겠지!' 하고 생각하며 앨리스는 용기를 내어 물었다.

"그들이 누구예요?"

"물론 사자와 유니콘이지."

왕이 대답했다.

"왕관을 놓고 싸우는 거예요?"

"당연하지! 근데 진짜 웃기는 건 원래 그게 내 왕관이거든! 자, 어서 가보자."

왕이 말했다.

그리고 왕과 심부름꾼은 뛰기 시작했다. 앨리스는 두 사람을 따라 뛰면서 속으로 옛 노래를 불렀다.

사자와 유니콘이 서로 왕관을 차지하려고 싸웠다네.

사자는 온 마을을 빙빙 돌며 유니콘을 때렸다네.

어떤 이는 흰 빵을 주고, 어떤 이는 갈색 빵을 줬다네.

어떤 이는 건포도케이크를 주고 북을 쳐서 그들을 쫓아냈다네.

"이기는…… 쪽이…… 왕관을…… 갖게 되는 거예요?"

숨이 차서 헐떡거리며 앨리스는 띄엄띄엄 물었다.

"어림없는 소리! 말도 안 돼!"

왕이 말했다.

"저……."

조금 더 달리다가 앨리스는 여전히 헐떡거리며 물었다.

"잠깐만…… 숨 좀…… 돌리고 가면…… 안 될까요?"

"나는 괜찮아. 다만 그만큼 강하지 못할 뿐이지. 잠깐은 순식간에 지나가 버리니까 차라리 밴더스내치를 멈추게 하는 게 나을걸!"

왕이 말했다.

앨리스는 너무 숨이 차 더 이상 아무 말도 할 수가 없었다. 아무 말도 없이 달리기만 한 세 사람은 이윽고 사자와 유니콘이 싸우고 있는 곳에 도착했다. 주위에는 구경꾼들이 잔뜩 모여 있었다. 심한 먼지 때문에 처음에는 누가 누구인지 알아볼 수가 없었지만 곧 유니콘의 뿔을 알아볼 수가 있었다.

세 사람은 또 다른 심부름꾼인 하타 가까이에 자리를 잡았다. 하타는 한 손에는 찻잔을, 또 다른 손에는 버터 바른 빵을 든 채 싸움을 구경하고 있었다.

"하타는 지금 막 감옥에서 나왔단다. 차를 마시다가 감옥에 갇혔기 때문에 아직도 저렇게 차를 들고 있는 거야. 감옥에서는 굴 껍질만 줬대. 얼마나 배가 고프고 목이 말랐겠어?"

헤이어가 앨리스에게 속삭였다.

"어떻게 지냈어, 친구?"

헤이어가 하타의 목을 껴안고 다정하게 말했다.

하타는 헤이어를 돌아보며 고개를 끄덕여주고 나서 다시 버터 바른 빵을 먹었다.

"감옥 생활은 좋았어, 친구?"

헤이어가 다시 물었다.

하타는 다시 헤이어를 돌아보았다. 이번에는 눈물이 한두 방울 뺨 위로 흘러내렸지만 하타는 아무 말도 하지 않았다.

"말 좀 해봐!"

헤이어가 재촉했다. 그러나 하타는 어그적어그적 빵을 먹고 차를 마실 뿐이었다.

"말을 하란 말이야! 싸움은 어떻게 되어 가고 있지?"

왕이 외쳤다.

하타는 허겁지겁 커다란 빵조각을 삼켰다.

"잘되어가고 있습니다. 지금까지 서로 여든일곱 번씩 쓰러뜨렸습니다."

하타는 목이 멘 채 말했다.

"이제 곧 흰 빵과 갈색 빵을 가져오겠네요."

앨리스가 용기를 내어 말했다.

"지금 그걸 기다리고 있는 중이야. 내가 먹는 빵이 바로 그중 한 조각이지."

하타가 말했다.

그 순간 싸움을 멈춘 사자와 유니콘이 털썩 주저앉은 채 가쁜 숨을 몰아쉬었다.

"10분간 휴식!"

왕이 외쳤다.

헤어와 하타는 곧 흰 빵과 갈색 빵이 담긴 쟁반을 가져와서 돌렸다. 앨리스도 한 조각 집어 들고 맛을 보았다. 빵은 메말라서 아주 딱딱했다.

"오늘 싸움은 이것으로 끝날 것 같군. 가서 북을 치라고 해."

왕이 하타에게 명령했다.

하타는 메뚜기처럼 폴짝폴짝 뛰어갔다.

일 분이나 이 분쯤 앨리스는 아무 말 없이 하타를 바라보며 서 있었다. 그때 갑자기 앨리스의 얼굴이 환해졌다.

"보세요! 보세요! 저기 숲에서 나온 흰 여왕이 벌판을 가로질러 달려오고 있어요! 아, 여왕들은 정말 빠르군요!"

앨리스가 손가락을 들어 가리키며 소리쳤다.

"보나마나 적에게 쫓기고 있을 거야! 숲 속은 적으로 가득 차 있으니까."

여왕 쪽을 쳐다보지도 않은 채 왕이 말했다.

"도와주러 가실 거죠?"

너무나 침착한 왕의 모습에 놀란 앨리스가 물었다.

"필요 없어, 필요 없어! 여왕은 엄청나게 빠르거든! 차라리 밴더스내치를 잡는 게 낫지! 그래도 네가 원한다면 여왕에 대해 한마디 써놓도록 하지. '여왕은 정말 착한 존재다.'"

왕이 말했다.

"그런데 존재의 '재'자를 ㅐ로 쓰던가, ㅔ로 쓰던가?"

왕이 수첩을 펴놓고 혼자 중얼거렸다.

그때 유니콘이 주머니에 손을 찔러 넣은 채 껄렁껄렁 다가왔다.

"이번에는 제대로 싸웠지?"

유니콘은 슬쩍 곁눈질로 왕을 쳐다보고 지나가다 한마디 던졌다.

"뭐 그럭저럭. 근데 사자를 뿔로 찌르면 안 되잖아!"

왕은 약간 신경질적으로 대답했다.

"별로 아프게 찌르진 않았어."

건성으로 대꾸하고 지나가던 유니콘은 앨리스의 모습을 보고 휙 돌아섰다. 유니콘은 구역질이 난다는 듯한 표정으로 앨리스를 한참 동안 쳐다보았다.

"아니, 이게 뭐지?"

마침내 유니콘이 입을 열었다.

"어린아이지!"

앨리스 앞으로 나선 헤이어는 앵글로색슨식으로 두 손을 벌려 앨리스 쪽으로 내밀며 열심히 소개했다.

"오늘 발견한 거야. 크기도 실물하고 똑같은 데다 실물보다 두 배는 더 자연스러워!"

"어린아이라고? 난 전설에나 등장하는 괴물인 줄만 알았거든! 진짜 살아 있는 거야?"

유니콘이 말했다.

"말도 할 줄 알아."

헤이어가 진지하게 말했다.

유니콘은 마치 꿈을 꾸듯 앨리스를 바라보다 말했다.

"얘, 말 한번 해봐."

앨리스는 저도 몰래 웃음을 지으며 말했다.

"혹시 아세요? 저도 유니콘은 전설에나 등장하는 괴물인 줄로만 알았거든요! 진짜 살아 있는 유니콘은 처음이에요!"

"이제 우리 둘 다 서로의 모습을 진짜로 봤으니까. 네가 내 존재를 믿어주면 나도 네 존재를 믿어주지. 어때?"

유니콘이 말했다.

"그래요, 원하신다면."

앨리스가 말했다.

"이것 봐요 노인 양반, 건포도케이크나 가져오시지!"

유니콘이 앨리스에게서 왕 쪽으로 눈길을 돌리며 말했다.

"갈색 빵은 싫거든!"

"그래, 그래!"

왕은 중얼거리더니 헤이어에게 낮은 목소리로 명령했다.

"자루를 열어, 빨리! 아니, 그거 말고! 거기엔 건초만 잔뜩 들었잖아!"

헤이어는 자루에서 커다란 케이크를 꺼내 앨리스에게 들고 있으라고 한 뒤 접시와 큰 칼을 꺼냈다. 앨리스는 어떻게 그 많은 것이 한 자루 속에서 나올 수 있는지 신기했다.

'꼭 마술 같아.' 앨리스는 생각했다.

그러는 동안 사자도 끼어들었다. 사자는 무척이나 지치고 졸린 듯했다. 이미 눈은 반쯤 감겨 있었다.

"이게 뭐야!"

사자가 앨리스를 보고 눈을 끔벅거리며 물었다. 사자의 목소리는 커다란 종이 울리는 것 같은 깊은 저음이었다 .

"뭐 같아?"

유니콘은 신이 나서 외쳤다.

"짐작도 못할걸! 나도 그랬거든!"

사자는 지친 눈으로 앨리스를 살펴보았다.

"넌 동물이냐, 식물이냐? 아니면 광물?"

사자는 한마디 할 때마다 하품을 했다.

"전설 속 괴물이지!"

앨리스가 입을 열기도 전에 유니콘이 냉큼 소리쳤다.

"어이, 괴물, 건포도케이크를 나눠줘."

앞발에 턱을 대고 엎드리며 사자는 앨리스에게 말했다.

(그리고 왕과 유니콘을 향해 말했다.)

"너희 둘도 앉아 있어!"

그리고는 다시 앨리스에게 말했다.

"똑같이 나눠줘야 해!"

왕은 커다란 동물들 사이에 끼어 앉아 불안해 보였지만 다른 자리가 없었다.

"멋진 왕관 쟁탈전이었어!"

유니콘이 왕이 쓰고 있는 왕관을 음흉하게 쳐다보며 말했다. 불쌍한 왕은 하도 떨어서 왕관이 떨어져나갈 지경이었다.

"손쉽게 이길 수 있었는데……."

사자가 말했다.

"흥, 누구 맘대로."

유니콘이 말했다.

"이 겁쟁이 같은 놈. 내가 온 마을을 끌고 다니며 널 패줬잖아! 화가 난 사자가 몸을 반쯤 일으키며 말했다.

이때 싸움을 말리려고 왕이 끼어들었다. 여전히 겁을 먹고 있었기 때문에 왕의 목소리는 덜덜 떨렸다.

"온 마을을 끌고 다녔다고? 꽤나 먼 거리지. 오래된 다리로 갔어, 아님 시장 쪽으로 갔어? 전망은 오래된 다리 쪽이 좋지."

왕이 말했다.

"난 몰라. 먼지가 너무 많아서 아무것도 못 봤거든. 야,

괴물! 아까부터 케이크 자르라고 했잖아!"

사자가 다시 엎드리며 투덜댔다.

앨리스는 작은 개울 둑에 앉아서 커다란 접시를 무릎에 올려놓은 채 부지런히 케이크를 잘랐다.

"이 케이크는 정말 짜증나! 여러 번 잘랐는데도 금방 다시 붙어버리잖아!"

앨리스가 사자에게 말했다. (앨리스는 이미 괴물이라고 불리는 데 익숙해져 있었다.)

"거울 나라 케이크 자르는 법을 몰라서 그래. 먼저 나눠주고 그 다음에 자르는 거야."

유니콘이 지적했다.

말도 안 되는 소리였지만 앨리스는 유니콘이 시킨 대로 접시를 돌렸다. 그러자 케이크는 저절로 세 조각으로 나뉘어졌다.

"이제 자르면 돼."

앨리스가 빈 접시를 들고 자리로 돌아오자 사자가 말했다.

"불공평해! 저 괴물이 사자한테는 나보다 두 배나 많이 줬어!"

앨리스가 칼을 들고 어쩔 줄 몰라할 때 유니콘이 외쳤다.

"대신에 자기 것은 한 조각도 없잖아."

사자가 말했다.

"건포도케이크를 안 좋아하는 모양이지, 괴물?"

앨리스가 미처 대답하기도 전에 북이 울리기 시작했다.

어디서 들려오는지 알 수 없었지만 어느새 주위는 북소리로 가득 찼다. 심지어 앨리스의 머릿속까지 쿵쿵 울려 귀가 멀 지경이었다. 겁에 질린 앨리스는 벌떡 일어나 작은 개울을 뛰어넘었다.

*　　　*　　　*　　　*　　　*
*　　　*　　　*　　　*
*　　　*　　　*　　　*　　　*

사자와 유니콘은 케이크를 먹다가 방해를 받은 것 때문에 화가 나서 벌떡 일어났다. 앨리스는 무시무시한 울림을 막기 위해 무릎을 꿇고 두 손으로 귀를 막아보았으나 소용이 없었다.

앨리스는 생각했다.

'만약 저렇게 엄청난 북소리로도 사자와 유니콘을 쫓아내지 못한다면, 아무것도 그렇게 하지 못할 거야!'

8
"내가 발명한 거야"

잠시 뒤 북소리가 점차 잦아들더니 사방이 쥐죽은 듯 조용해졌다. 앨리스가 깜짝 놀라 고개를 들어 보니 주변에는 아무도 없었다. 앨리스는 잠시 사자와 유니콘과 이상한 앵글로색슨족 심부름꾼들을 꿈에서 본 게 아닐까 하고 생각했다. 하지만 발밑에는 분명히 건포도케이크를 담았던 커다란 접시가 놓여 있었다.

"그럼 꿈은 아닌 모양이네."

앨리스는 혼잣말을 했다.

"우리 모두가 같은 사람의 꿈에 한꺼번에 등장한 게 아니라면 말이지. 그게 꿈이라면, 붉은 왕의 꿈이 아니라 내 꿈이었으면 좋겠어. 다른 사람의 꿈에 내가 나오는 건 싫거든."

앨리스는 조금 불만스런 듯 덧붙였다.

"왕을 깨워서 무슨 일이 벌어지는지 알아봐야겠다!"

그때 "야호, 장군 받아랏!" 하고 외치는 소리가 들려오는 바람에 앨리스는 더 이상 생각에 잠겨 있을 틈이 없었다. 붉은 갑옷을 입은 기사가 커다란 곤봉을 휘두르며 앨리스를 향해 달려왔다. 앨리스 앞에 말이 멈추자마자 기사는 말에서 굴러 떨어지며 외쳤다.

"넌 내 포로야!"

앨리스는 깜짝 놀라긴 했지만 자신이 놀란 것보다 기사가 더 걱정이 되었다. 앨리스는 기사가 다시 말안장 위로 올라가는 것을 불안한 얼굴로 지켜보았다. 기사는 편안한 자세로 안장 위에 올라앉자마자 다시 "넌 내⋯⋯" 하고 소리쳤다. 바로 이때 또 다른 목소리가 "야호, 장군 받아랏!" 하고 외쳤다. 앨리스는 새로운 적의 출현에 놀라 두리번거리며 주변을 살펴보았다.

이번에 나타난 것은 흰 갑옷을 입은 기사였다. 앨리스 옆으로 다가온 흰 기사는 붉은 기사와 똑같이 말에서 굴러 떨어졌다가 다시 올라탔다. 두 기사는 한동안 아무 말도 하지 않은 채 서로를 노려보기만 했다. 당황한 앨리스는 두 사람을 번갈아 지켜보았다.

"이 아이는 내 포로야!"

마침내 붉은 기사가 입을 열었다.

"맞아, 하지만 내가 구해주었지."

흰 기사도 입을 열었다.

"그럼 이 아이를 차지하기 위한 결투를 벌여야겠군."

붉은 기사가 머리에 투구를 쓰면서 말했다. (말머리처럼 생긴 투구는 안장에 달려 있었다.)

"결투 수칙은 당연히 지키겠지?"

흰 기사도 투구를 쓰며 말했다.

"물론이지!"

붉은 기사가 대답했다.

이윽고 두 기사는 엄청난 기세로 공격을 주고받았다. 앨리스는 혹시라도 얻어맞을까 겁이 나서 나무 뒤에 숨었다.

"어떤 결투 규칙일까?"

앨리스는 고개만 내민 채 두 기사의 결투를 조심스럽게 살피면서 중얼거렸다.

"음. 첫 번째 규칙은 서로 상대방을 쳐서 맞히면 맞은 사람이 말에서 떨어지고 못 맞히면 자기가 떨어지는 것인가 보네. 그리고 두 번째 수칙은 곤봉을 팔로 끌어안는 건가 봐. 펀치와 주디[19]처럼 말이야. 말에서 떨어지는 소리가 아주 요란하군! 벽난로용 도구들이 벽난로 철망 위로 한꺼번에 쏟아지는 것 같아. 근데 어쩜 저렇게 말들은 조용할까. 저렇게 떨어지고 타고 하는데 마치 탁자처럼 꼼짝도 안 하네."

하지만 앨리스가 알아채지 못한 또 하나의 규칙이 있었다. 머리부터 떨어진다는 것이었다. 마침내 결투는 두 기사

---

19 17세기 영국에서 유행했던 유명한 인형극의 주인공들 –역주)

가 나란히 머리부터 거꾸로 떨어지면서 끝이 났다. 두 기사는 일어서서 악수를 나누었다. 붉은 기사는 말을 타고 떠났다.

"완벽한 승리였어. 그렇지?"

흰 기사가 가쁜 숨을 몰아쉬며 말했다.

"글쎄요……."

앨리스는 우물쭈물 대답했다.

"전 누구한테도 포로가 되고 싶지 않아요. 전 여왕이 되고 싶어요."

"다음 개울을 건너면 곧 그렇게 되겠지."

흰 기사가 말했다.

"너를 숲 끝까지 호위해주지. 그리고 나는 되돌아와야 해. 내 활동반경은 딱 거기까지거든."

"정말 고맙습니다. 투구 벗는 걸 도와드릴까요?"

앨리스가 말했다.

기사 혼자서 투구를 벗는 건 아무래도 힘들 것 같았다. 앨리스는 투구를 잡고 흔들어서 겨우 벗겨냈다.

"이제야 제대로 숨을 쉴 수 있겠군."

양손으로 부스스한 머리카락을 쓸어 넘기며 기사가 말했다. 그리고 착하게 생긴 얼굴을 돌려 크고 순박한 눈으로 앨리스를 쳐다보았다. 앨리스는 군인치고는 참 이상하게 생겼다고 생각했다.

기사는 몸에 맞지 않는 양철 갑옷을 입고 희한하게 생긴 작은 소나무 상자를 어깨에 메고 있었다. 거꾸로 매달린 상자는 뚜껑이 열려 있었다. 앨리스는 호기심이 가득한 눈으로 상자를 바라보았다.

"상자가 맘에 드는 모양이군. 이건 내가 발명한 거야. 옷하고 샌드위치를 넣어 다니지. 비를 맞지 않도록 거꾸로 들고 다녀."

기사가 부드럽게 말했다.

"그러면 물건들이 밖으로 쏟아지잖아요. 혹시 상자 뚜껑이 열려 있는 건 아세요?"

앨리스도 부드럽게 말했다.

"몰랐어."

기사가 자못 난처한 듯 말했다.

"그럼 다 쏟아져버렸을 테니 상자는 이제 소용이 없겠군!"

기사는 어깨끈을 풀어 상자를 덤불 속에 던지려다가 갑자기 좋은 생각이 났는지 나무에 걸었다.

"왜 이러는지 알겠어?"

기사가 앨리스에게 물었다.

앨리스는 고개를 저었다.

"혹시라도 벌들이 이곳에 집을 지으면 꿀을 얻을 수 있잖아."

"근데 벌써 안장 위에 벌집…… 아니 벌집처럼 생긴 걸 달고 있잖아요."

앨리스가 말했다.

"맞아. 아주 좋은 벌집이지."

기사가 마땅찮다는 듯 말했다.

"최고로 좋은 벌집인데, 아쉽지만 아직 벌이 한 마리도 들어오지 않았어. 옆에 달린 건 쥐덫이야. 쥐가 벌을 쫓아내는 건지, 벌 때문에 쥐가 안 잡히는 건지는 잘 모르겠어."

"안 그래도 쥐덫은 왜 달고 다니는지 물어보고 싶었어요. 말등에 쥐가 있을 것 같지는 않은데."

앨리스가 말했다.

"그렇긴 해. 하지만 만에 하나 쥐가 나타날 경우 제 맘대로 싸돌아다니도록 내버려둘 수는 없지."

기사가 말했다.

기사는 잠시 말을 멈췄다가 계속했다.

"알아듣겠지? 모든 걸 미리미리 대비하는 게 좋아. 말 발목에 고리 장식을 단 것도 바로 그것 때문이야."

"그걸 왜 단 거죠?"

호기심이 가득한 목소리로 앨리스가 물었다.

"상어가 물지 못하게 막아주지."

기사가 대답했다.

"이것도 내 발명품 중 하나야. 이제 내가 말에 올라탈 수

있도록 좀 도와줬음 좋겠구나. 너를 숲 끝까지 데려다 줘야
하거든. 근데 저 접시는 어디다 쓰는 거지?"

"건포도케이크를 담았던 거예요."

앨리스가 말했다.

"그것도 가져가도록 하자. 혹시 건포도케이크가 생기면
쓸모가 있을지도 모르니까 말이야. 이 자루에 담아가면 되
겠구나."

기사가 말했다.

그 일은 아주 오랜 시간이 걸렸다. 앨리스는 아주 신중하
게 자루를 벌려주었지만 기사가 접시를 집어넣는 데 아주
서툴렀기 때문이다. 처음 몇 번은 아예 말에서 떨어져 접시
대신 기사 자신이 자루 속으로 들어갈 뻔했다.

"자루가 아주 꽉 차버렸군. 촛대가 잔뜩 들어 있어서 그
래."

마침내 접시를 넣은 뒤 기사가 말했다.

이윽고 기사는 이미 당근 묶음과 난로용품 등이 주렁주
렁 매달려 있는 안장에다 자루를 매달았다.

"머리는 잘 묶었겠지?"

출발하며 기사가 말했다.

"평소처럼요."

앨리스는 미소를 지으며 말했다.

"그 정도 가지곤 힘들 거야. 여긴 바람이 진짜 세거든. 마

치 수프처럼 말이야."

기사가 걱정스러운 듯 말했다.

"혹시 머리카락이 날리지 않도록 막아주는 장치도 발명했어요?"

앨리스가 물었다.

"아직 못 만들었어. 대신 머리카락이 빠지지 않도록 해줄 수는 있지."

기사가 말했다.

"어떻게요?"

"우선 반듯한 막대기를 구해야 돼. 그리고 머리카락이 막대기를 타고 위로 올라가도록 만드는 거야. 마치 과일나무처럼. 머리카락이 빠지는 이유는 매달려 있기 때문이거든. 뭐든지 위로 빠지는 건 없는 법이지. 이것도 내가 발명한 거야. 너도 한번 해보렴."

기사가 말했다.

앨리스는 별로 편한 방법 같지는 않다고 생각했다. 한동안 앨리스는 그 방법에 대해 생각하느라 아무 말 없이 걸었다. 하지만 수시로 말에서 떨어지는 기사를 다시 말 위에 올려주느라 때때로 걸음을 멈춰야만 했다.

말이 걸음을 멈출 때마다 (말은 시도 때도 없이 걸음을 멈췄다.) 기사는 앞으로 엎어졌고, 말이 다시 걷기 시작하면 (대부분 갑자기 출발했다.) 휙, 뒤로 자빠지곤 했다. 그런 때를 제외하고는 대체로 잘 타고 가는 편이었다. 간혹 옆으로 굴러 떨어지는 것만 빼면. 게다가 기사는 대부분 앨리스 쪽으로 굴러 떨어졌기 때문에 앨리스는 곧 말과 적당한 거리를 두는 게 좋다는 사실을 눈치 챘다.

"승마 연습을 별로 안 하신 것 같네요."

앨리스는 다섯 번째로 기사를 일으켜 세우며 용기를 내어 말했다.

앨리스의 말에 놀란 기사는 기분까지 상한 것 같았다.

"그게 무슨 뜻이지?"

기사는 반대쪽으로 떨어지지 않기 위해 앨리스의 머리카락을 붙잡고 안장에 올라앉으며 물었다.

"승마 연습을 많이 하면 이렇게 수시로 떨어지진 않을 테니까요."

"아니, 충분히 연습했어."

기사는 아주 진지하게 말했다.

앨리스는 할 말을 잊었지만 최대한 정중하게 "아, 그렇군요" 하고 대꾸해주었다.

두 사람은 한동안 아무런 얘기도 나누지 않고 그저 걸었다. 기사는 눈을 감은 채 혼자 중얼거렸고, 앨리스는 기사가 또 떨어지지나 않을까 걱정스럽게 지켜보았다.

"말을 잘 타려면!"

기사가 느닷없이 오른팔을 휘두르며 큰 소리로 외쳤다.

"항상……."

기사는 말을 시작할 때만큼이나 갑작스레 입을 다물었다. 앨리스가 걷고 있는 쪽으로 머리부터 거꾸로 떨어졌기 때문이다. 깜짝 놀란 앨리스는 기사를 일으켜주면서 걱정스럽게 물었다.

"뼈가 부러진 건 아니겠죠?"

"괜찮아."

기사는 마치 뼈마디 몇 개쯤 부러지는 건 일도 아니라는 듯 말했다.

"말을 잘 타려면, 아까 얘기한 대로 균형을 잘 잡아야해. 이렇게……."

균형 잡는 모습을 보여주려고 고삐를 놓은 채 두 팔을 뻗은 기사는 이번에는 뒤로 자빠져 말발굽 바로 아래로 떨어졌다.

"충분히 연습했어!"

기사는 앨리스의 부축을 받고 일어설 때마다 같은 말을 되풀이했다.

"충분히 연습했단 말이야!"

"순 엉터리! 이제 그만 바퀴 달린 목마나 타고 다니세요!"

마침내 앨리스는 참지 못하고 소리를 쳤다.

"그건 얌전해?"

기사는 다시 떨어지지 않기 위해 말의 목을 두 팔로 꼭

붙잡은 채 흥미가 있다는 듯 물었다.

"진짜 말보다는 훨씬 얌전하죠."

앨리스는 억지로 참고 있던 웃음을 쿡쿡 흘리면서 말했다.

"한 마리 구해야겠어."

뭔가 생각에 잠긴 얼굴로 기사가 말했다.

"한 마리나 두 마리…… 아니 몇 마리쯤 사야겠다."

한동안 침묵이 흐른 후 기사가 다시 입을 열었다.

"나는 발명에 아주 소질이 있단다. 혹시 눈치 챘는지 모르겠지만, 방금 날 일으켜줄 때 내가 생각에 잠겨 있는 것 같지 않던?"

"조금 진지해 보이긴 했어요."

앨리스가 말했다.

"바로 그 순간에 나는 문을 넘는 새로운 방법을 발명해 냈거든. 한번 들어볼래?"

"네, 듣고 싶어요."

앨리스가 공손하게 청했다.

"내가 어떻게 그런 생각을 해낼 수 있었는지 말해주지. 난 속으로 생각했어. '문제는 발이다. 머리는 이미 위에 있으니까.' 그러니까 먼저 머리를 문 꼭대기에 올려놓은 다음 물구나무를 서. 그럼 발도 높이 있게 되잖아? 바로 그때 넘어가는 거지."

"음, 그러면 넘어갈 수 있겠군요. 하지만 너무 어려울 것 같은데요?"

앨리스는 생각에 잠긴 얼굴로 말했다.

"아직 실제로 해보지는 않았어. 그래서 확실히 말할 수는 없지만 좀 어려울 것 같기는 해."

기사가 심각한 표정으로 말했다.

그 생각 때문에 기사가 너무 곤란해하는 것 같아서 앨리스는 얼른 화제를 바꾸었다.

"정말 신기한 투구네요! 이것도 직접 발명하신 건가요?"

앨리스가 아주 명랑하게 말했다.

기사는 말안장에 매달린 투구를 자랑스럽게 내려다보았다.

"당연하지. 이보다 더 멋진 원뿔 모양의 투구를 발명하기도 했단다. 그걸 쓰고 말에서 떨어지면 투구가 먼저 땅에 닿기 때문에 말에서 잘 떨어지지 않았어. 그 대신 투구 속으로 내가 빠질 위험이 좀 있었지. 실제로 그런 일이 한 번 벌어졌는데, 더욱 나빴던 건 내가 투구에서 미처 빠져나오기도 전에 다른 흰 기사가 나타나서 그걸 써버린 거야. 자기 투구인 줄 알았던 거지."

말을 하는 기사의 표정이 너무나도 엄숙해 보였기 때문에 앨리스는 웃을 수가 없었다.

"흰 기사는 무사했어요?"

웃음을 참느라 떨리는 목소리로 앨리스가 물었다.

"기사님을 머리에 얹어놓고 말이에요."

"물론 내가 발로 찼지. 결국 흰 기사는 투구를 벗었지만 나는 투구를 빠져나오는 데 몇 시간이나 걸렸어. 나는 번개처럼 빠르거든."

기사는 아주 진지하게 말했다.

"번개처럼 빠른 게 아니라 '꽉 박힌' 거겠죠!"[20]

앨리스가 따졌다.

기사가 고개를 흔들었다.

"나는 모든 면에서 빨라. 진짜로!"

기사는 말을 하다가 흥분해서 두 손을 번쩍 쳐드는 바람에 순식간에 안장에서 굴러 떨어져 깊은 도랑 속에 거꾸로 처박혔다.

앨리스는 얼른 도랑으로 달려갔다. 한동안은 기사가 제법 말을 잘 탔기 때문에 안심하고 있었던 터라 앨리스는 제법 크게 놀랐다. 혹시 진짜로 다치지나 않았을까 몹시 걱정이 되었다. 하지만 발바닥만 보이는데도 평소와 다름없이 말하는 것을 듣고 앨리스는 비로소 안심이 되었다.

"나는 모든 면에서 빨라. 진짜로!"

---

20 '빠르다'는 뜻의 fast는 '단단한' 또는 '꽉 박힌' 등의 뜻으로도 쓰인다. 앨리스와 기사는 같은 단어를 서로 다른 뜻으로 쓰고 있는 것이다−역주

기사는 같은 말을 반복했다.

"하지만 다른 사람의 투구를 쓴 건 흰 기사의 잘못이야.
게다가 안에 사람이 들어 있는 투구를 쓰다니……."

"거꾸로 서 있으면서도 어쩜 그렇게 말을 잘할 수 있죠?"

기사의 발을 붙잡아 끌어내 도랑둑에 앉혀놓고 앨리스
가 물었다.

기사는 앨리스의 질문에 깜짝 놀란 것 같았다.

"몸이 어디에 있건 그게 무슨 상관이야? 생각하는 건 다
똑같은데. 사실 나는 거꾸로 서 있을 때 새로운 발명을 더
많이 한다."

기사는 잠시 쉬었다가 말을 이었다.

"내가 발명한 것 가운데서 가장 기발한 건 고기 요리를 먹다가 푸딩을 발명한 거야."

"다음 요리가 나오기 전에 그걸 먹을 수 있도록 한 건가요? 그럼 정말 빨랐겠군요!"

앨리스가 물었다.

"아니, 다음 요리를 위해서 만든 게 아냐."

기사는 생각에 잠겨 천천히 말했다.

"그래, 그런 건 아니었어."

"그럼 그 다음 날 만든 건가요? 저녁 식사에 푸딩이 두 번 나오지는 않을 테니까요."

"음, 다음 날 만든 것도 아냐."

기사는 반복해서 말했다.

"그 다음 날도 아니고. 사실……."

기사는 고개를 숙였다. 목소리도 점점 작아져 갔다.

"그 푸딩은 만들어진 적이 없어! 앞으로 만들 것 같지도 않고. 하지만 그 푸딩은 정말 기발한 발명품이었어."

"재료는 뭐예요?"

기사가 너무나 풀이 죽은 것 같아서 기운 좀 차리라는 뜻으로 앨리스가 물었다.

"먼저 압지가 있어야 해."

기사는 마지못한 듯 대답했다.

"별로 맛있을 것 같지는 않네요 ."

"압지 하나만 넣으면 그렇지."

기사는 아주 신이 나는 듯 앨리스의 말허리를 잘랐다.

"여기다 화약이나 밀랍 같은 재료를 섞으면 얼마나 달라지는지 상상도 못할 거야. 난 이제 돌아가야겠다."

어느새 둘은 숲의 끝에 도착해 있었다. 앨리스는 여전히 푸딩을 생각하느라 어리둥절해 있었다.

"슬퍼 보이는군. 위로의 노래를 불러줄게."

기사가 걱정스러운 듯 말했다.

"긴 노래인가요?"

앨리스가 물었다. 시라면 그날 하루 동안 이미 들을 만큼 들었기 때문이다.

"길어. 하지만 아주, 아주 아름다운 노래야. 이 노래를 들은 사람들은 모두 눈물을 흘리거나 아니면……."

기사가 말했다.

"아니면요?"

기사가 갑자기 말을 멈추자 앨리스가 물었다.

"아니면 눈물을 흘리지 않지. 그것도 몰라? 노래 제목은 〈대구의 눈〉이라고 불려."

"아, 그게 노래 제목이에요?"

앨리스는 흥미가 있는 것처럼 보이려고 애쓰며 말했다.

"그게 아냐! 말을 못 알아듣는군."

기사가 짜증스럽게 말했다.

"노래 제목이 그렇게 불린다는 말이라니까! 원래 제목은 〈늙은 늙은이〉야."

"아, 그럼 '그 노래는 뭐라고 불리는 건가요?' 하고 물었어야 되는 거군요."

앨리스는 얼른 자기 말을 정정했다.

"글쎄 그게 아니라니까 그러네. 완전히 달라! 그 노래는 〈수단과 방법〉이라고 불리는데, 그냥 그렇게 불린단 말이지!"

"음, 그럼 그 노래는 뭐예요?"

도통 무슨 말인지 알아들을 수가 없게 된 앨리스는 되는 대로 물었다.

"지금 말하려던 참이야. 그 노래의 원래 제목은 〈문 위에 앉아 있는〉이야. 내가 직접 만든 곡이지."

기사는 말을 세우고 말의 목 위에 고삐를 걸쳐놓더니 한 손으로 천천히 박자를 맞췄다. 마치 음미하듯 노래를 부르는 기사의 착하고 어리석어 보이는 얼굴에 가벼운 미소가 떠올랐다.

앨리스는 거울 나라에서 본 기기묘묘한 장면들 가운데서도 특히 이때의 광경을 가장 선명하게 떠올리곤 했다. 오랜 세월이 지난 뒤에도 이 장면을 마치 어제 일처럼 기억할 수 있었던 것이다. 기사의 부드럽고 푸른 눈동자, 선량

한 웃음. 그의 머리카락 사이에서 빛나던 태양과, 그 태양 빛을 받아 번쩍이던 갑옷. 그리고 목 위에 고삐를 걸친 채 앨리스 발치께에 있는 풀을 천천히 뜯어먹던 말의 모습, 그 뒤로 보이는 짙은 숲의 그늘. 이 모든 것이 한 장의 사진처럼 또렷하게 떠올랐다. 나무에 기대어 선 앨리스는 한 손을 들어 햇살을 가리고 마치 꿈결인 듯 구슬픈 노래를 들으며 기묘한 한 쌍의 모습을 지켜보았다.

"근데 이건 기사가 만든 노래가 아냐."

앨리스는 혼자 중얼거렸다.

"이 노래는 바로 〈나 그대에게 모두 드리리〉거든."

앨리스는 열심히 들었지만 눈물은 나오지 않았다.

그대에게 모든 걸 말하겠네.

별로 할 말은 없지만.

나는 늙은 늙은이를 만났다네.

문 위에 앉아 있는.

"늙은이여, 당신은 누군가요?"

나는 물었다네.

"안녕하셨어요?"

노인의 대답이 머릿속을 술술 빠져나갔다네.

체로 물을 거르듯.

늙은이가 말했다네.
"나는 나비를 잡으러 다닌다네.
밀밭에서 자고 있는.
나비를 집어넣은 양고기파이를
거리에 나가 판다네.
사람들에게 판다네."
늙은이가 말했다네.
"폭풍우 몰아치는 바다를 항해하는 이들에게.
그렇게 근근이 연명한다네.
자네도 조금만 사주겠나?"

하지만 내게는 계획이 있다네.
구레나룻을 녹색으로 물들이는 계획.
그리고 커다란 부채를 항상 들고 다니며
수염이 안 보이게 가릴 것이라네.
늙은이의 말에
대답할 말이 없어서 나는 외쳤다네.
"어떻게 사는지 얘기해주세요!"
그리고 늙은이의 머리를 내리쳤다네.

늙은이는 친절하게 말해주었다네.
"길을 가다가

산속에서 실개천을 발견하면
나무껍질을 벗겨 표지판을 새긴다네.
사람들은 그곳에서
롤랜드의 마카사르유라 불리는 걸 만든다네.
하지만 내 품삯은 고작
2펜스 반이라네.

하지만 나는 또 다른 궁리를 하고 있었다네.

밀가루 반죽을 먹으며 잘 먹고 잘사는 방법을.
그렇게 날마다 조금씩 조금씩
뚱뚱해지는 방법을.
나는 늙은이의 얼굴이 파랗게 질릴 때까지
좌우로 마구 흔들며 소리를 쳤다네.
"어떻게 사시는지,
"무슨 일을 하는지 말해달란 말이에요!"

늙은이가 말했다네.
"난 활짝 핀 헤더 사이에서
대구 눈깔을 모아
고요한 밤이 되면
조끼 단추를 만든다네.
반짝반짝 빛나는 금화도 아니고
은화도 아니고
동전 반 펜스를 받고
아홉 개씩 판다네."

"때로는 버터 바른 롤빵을 얻으려고 땅을 판다네.
게를 잡으려고 끈끈이 막대를 놓기도 한다네.
때로는 이륜마차 바퀴를 찾으려고
숲 속을 헤매기도 한다네.

나는 그렇게 산다네." (이때 늙은이가 윙크를 했다네.)
"그것이 내가 사는 방식.
자, 이제 자네의 건강을 위해
건배!"

나는 그제야 늙은이의 말이 들리기 시작했다네.
이제 막 나의 계획을 완성했기 때문에.
메나이 다리를 녹슬지 않게 하는 멋진 계획.
다리를 포도주에 넣고 끓이면 된다네.
나는 늙은이에게 감사했다네.
부를 얻는 방법을 알려주고,
그리고 특히 내 건강을 위해
건배까지 해주었으니.

어쩌다 손가락을
본드 통 속에 집어넣거나
오른발을 미친 듯이
왼쪽 신발에 쑤셔넣거나
내 발가락 위에
아주 무거운 것을 떨어뜨리면
눈물을 흘린다네.
아직도 그 늙은이의

생각이 나서.
온화한 얼굴에 느릿한 말투
눈보다 흰 머리카락에
까마귀처럼 검은 얼굴,
숯불처럼 환하게 타오르는 눈동자.
신세타령이라도 하듯
몸을 앞뒤로 흔들고,
밀가루 반죽이라도 가득 물고 있는 듯
웅얼웅얼 낮은 목소리로 중얼거렸지.
들소처럼 콧김을 내뿜던,
그 어느 여름날의 저녁
문 위에 앉아 있는 그 늙은이.

기사는 마지막 소절을 부르고 나서 고삐를 꽉 잡고 둘이 걸어왔던 길로 말 머리를 돌렸다.

"이제 조금만 더 가면 돼. 저 언덕을 내려가서 작은 개울만 건너면 너는 여왕이 될 수 있어. 그전에 먼저 여기서 나를 배웅해주면 좋겠구나."

앨리스가 눈을 반짝이며 언덕 아래쪽을 내려다보자 기사가 덧붙였다.

"별로 오래 걸리진 않을 거야. 내가 저 모퉁이를 돌아갈 때까지 여기서 손수건을 흔들어주면 한결 기운이 날 텐데."

"당연히 해드려야죠. 이렇게 먼 곳까지 데려다 주셔서 고맙습니다. 노래까지 불러주시고⋯⋯. 정말 좋았어요."

앨리스가 말했다.

"정말 그랬으면 좋겠구나. 어쨌든 넌 내가 생각했던 것처럼 울지는 않는구나."

기사는 믿기지 않는다는 듯 시큰둥하게 말했다.

기사는 앨리스와 악수를 나눈 다음 말을 타고 천천히 숲을 향해 떠났다.

"배웅하는 데 오래 걸리진 않겠지?"

앨리스는 그 자리에 선 채 기사를 지켜보며 혼잣말을 주고받았다.

"또 떨어지네, 또 떨어져. 그것도 항상 머리부터! 그래도 이젠 아주 손쉽게 다시 올라타는군. 안장에 워낙 여러 가지 물건을 매달고 있는 덕이겠지."

앨리스는 유유자적 걸어가는 말의 모습과 이쪽저쪽으로 한 번씩 번갈아가며 말에서 떨어지는 기사의 모습을 바라보며 혼잣말을 계속했다. 기사는 네 번인가 다섯 번 말에서 떨어지고서야 가까스로 모퉁이에 도착했다. 앨리스는 기사가 눈앞에서 완전히 사라질 때까지 손수건을 흔들어주었다.

"흰 기사가 기운을 좀 차리면 좋을 텐데. 이제 저 개울만 건너면 여왕이 되는구나! 정말 신난다!"

마침내 몸을 돌린 앨리스는 언덕을 달려 내려가며 말했다.

　　앨리스는 몇 걸음 가지 않아 개울에 이르렀다.

　　"드디어 여덟 번째 칸이다!" 앨리스는 소리를 치면서 개울을 뛰어넘어,

　　　　*　　　　*　　　　*　　　　*　　　　*
　　　　　　*　　　　*　　　　*　　　　*
　　　　*　　　　*　　　　*　　　　*　　　　*

　　이끼처럼 부드러운 잔디밭에 몸을 던졌다. 작은 꽃들이 여기저기 무리지어 피어 있었다.

　　"드디어 도착했어! 정말 신난다! 근데 내 머리 위에 있는 게 뭐지?"

　　깜짝 놀란 앨리스는 머리 위에 손을 올려 만져보았다. 뭔가 아주 무거운 것이 머리에 꼭 끼워져 있었다.

　　"어떻게 이런 게 나도 모르는 사이에 머리에 끼워져 있을까?"

　　앨리스는 머리에 끼워져 있는 게 무엇인지 보기 위해 그것을 벗어 무릎에 올려놓았다.

　　그것은 황금 왕관이었다.

9
앨리스 여왕

"**와,** 정말 멋진걸! 이렇게 일찍 여왕이 되다니!"

"아뢰올 말씀이 있습니다, 폐하."
이렇게 잔디밭에 축 늘어져 계
시면 아니 되옵니다. 여왕은 늘
위엄을 지키셔야 하옵니다,
폐하!"

앨리스는 아주 엄한 말투
로 말했다. (앨리스는 이렇게
스스로 꾸짖는 것을 좋아했다.)

앨리스는 얼른 일어나서
걸었다. 처음에는 왕관이 떨

어질까 봐 목을 꼿꼿이 세우고 걸었지만 곧 주변에 아무도 없다는 것을 생각하고 긴장을 풀었다.

"만일 내가 진짜 여왕이라면. 곧 적응하게 되겠지."

다시 잔디밭에 주저앉아 앨리스는 중얼거렸다.

앨리스는 워낙 이상한 일을 많이 겪었기 때문에 흰 여왕과 붉은 여왕이 자신의 양옆에 앉아 있는 걸 깨닫고도 별로 놀라지 않았다. 앨리스는 여왕들이 어떻게 여기까지 왔는지 물어보고 싶었지만 실례가 될 것 같아 꾹 참았다. 하지만 이제 게임이 끝난 것인지는 물어봐도 될 것 같았다.

"저 실례지만……."

앨리스는 붉은 여왕을 바라보며 조심스레 입을 열었다.

"누가 말을 걸 때만 말을 해!"

붉은 여왕이 앨리스의 말을 막으며 톡 쏘아붙였다.

"만약 모든 사람이 그 규칙에 따라야 한다면……."

언제나 가벼운 언쟁을 할 준비가 되어 있는 앨리스가 말했다.

"그리고 당신도 누군가 말을 걸어야만 말을 할 수 있고, 또 상대방도 당신이 먼저 말을 걸어야만 말을 할 수 있다면, 말을 꺼낼 수 있는 사람은 아무도 없을 거예요. 그러니까……."

"턱도 없는 소리!"

붉은 여왕이 소리쳤다.

"그건 말이야……."

여왕은 말을 멈추고 얼굴을 찡그린 채 잠시 생각에 잠겨 있다가 갑자기 화제를 바꿨다.

"'만일 내가 진짜 여왕이라면'이라니, 도대체 무슨 자격으로 그런 소리를 하는 거야! 넌 아직 여왕이 아냐. 여왕이 되려면 시험을 통과해야 되거든. 그래서 빨리 시작할수록 좋은 거야."

"전 '만약'이라고 했을 뿐이에요!"

앨리스는 애처롭게 항변했다.

두 여왕은 서로 마주 보았다. 붉은 여왕이 살짝 몸을 떨며 말했다.

"'만약'이라고 말했을 뿐이래."

"그보다 훨씬 더 많은 말을 했어! 그보다 훨씬 더 많이 했단 말이야!"

흰 여왕이 앨리스에게 말했다.

"그래 맞아. 항상 진실을 말해야 돼. 말하기 전에 생각하고. 말을 한 뒤에는 적어둬야 돼."

붉은 여왕이 앨리스에게 말했다.

"전 별 뜻 없이 한 말이었어요."

앨리스가 말을 꺼내자마자 붉은 여왕이 참지 못하고 말을 막았다.

"바로 그거야! 뜻을 갖고 말을 해야지! 아무런 뜻도 없이 말하는 애를 어디에다 쓰겠어? 하물며 농담에도 뜻이 있는데, 어린아이가 농담보다는 더 중요하지 않겠어? 두 손을 다 쓴다 해도 내 말을 부정하지는 못할 거야."

"저는 아니라고 부정할 때 손을 쓰지 않아요."

앨리스가 반박했다.

"누가 그렇다고 했어? 그렇게 하고 싶어도 안 될 거라고 했지."

붉은 여왕이 말했다.

"쟤는 지금, 뭔가 부정하고는 싶은데 뭘 부정해야 할지 그걸 모르는 거야."

흰 여왕이 말했다.

"심술궂고 못된 성질이지."

붉은 여왕이 말했다.

잠시 어색한 침묵이 흘렀다. 이윽고 붉은 여왕이 침묵을 깨고 흰 여왕에게 말했다.

"오늘 오후에 있을 앨리스의 만찬에 너를 초대하지."

흰 여왕도 살짝 미소를 지으며 말했다.

"그럼 난 너를 초대할게."

"제가 만찬을 열게 된다는 건 전혀 몰랐어요. 만일 그렇다면, 손님은 제가 초대하는 거잖아요."

앨리스가 말했다.

"지금 네게 그럴 기회를 준 거야. 넌 예절 수업을 제대로 받지 못한 모양이로구나?"

붉은 여왕이 말했다.

"학교에서 예절 과목을 따로 가르치진 않아요. 대신 셈법 같은 걸 배우죠."

앨리스가 말했다.

"그럼 더하기는 할 줄 아니? 1 더하기 1 더하기 1 더하기 1 더하기 1 더하기 1 더하기 1 더하기 1 더하기 1은 얼마지?"

흰 여왕이 물었다.

"모르겠어요. 몇 번인지 세다가 잊어버렸거든요."

앨리스가 말했다.

"덧셈을 할 줄 모르는군. 뺄셈은 할 줄 아니? 8에서 9를 빼면 얼마지?"

붉은 여왕이 끼어들었다.

"8에서 9를 어떻게 빼요? 모르겠어요."

앨리스가 바로 대답했다.

"뺄셈도 할 줄 모르는군. 그럼 나누기는 할 줄 알아? 칼로 빵을 나누면 뭐가 되지?"

흰 여왕이 말했다.

"그건……"

앨리스가 대답하기도 전에 붉은 여왕이 대신 대답했다.

"답은 버터 바른 빵이야. 이제 다른 뺄셈을 한 번 해봐.

개한테서 뼈를 빼면 뭐가 남지?"

앨리스는 곰곰이 생각한 뒤에 대답했다.

"뼈를 뺐으니까 당연히 뼈는 안 남겠죠. 그리고 절 물려고 달려들 테니까 개도 남지 않을 거고, 저도 남아 있지 못하겠네요!"

"그럼 아무것도 안 남는단 말이지?"

붉은 여왕이 말했다.

"네, 그게 맞는 답일 것 같아요."

"또 틀렸어."

붉은 여왕이 말했다.

"개의 성질은 남거든."

"하지만······."

"잘 들어!"

붉은 여왕이 외쳤다.

"개는 성질을 내겠지?"

"네, 그렇겠죠."

앨리스는 조심스럽게 대답했다.

"그러니까 개가 가버려도 성질은 남게 되는 거잖아!"

붉은 여왕이 거만하게 큰소리를 쳤다.

"개하고 성질이 각자 다른 곳으로 갈 수도 있잖아요?"

앨리스는 최대한 진지하게 말했다.

하지만 앨리스는 속으로 '무슨 말도 안 되는 소리를 지껄

이고 있는 거야!' 하고 생각했다.

"쟤는 계산을 전혀 할 줄 몰라!"

두 여왕이 딱 잘라서 말했다.

"그럼 당신은 덧셈을 할 줄 알아요?"

앨리스는 하도 많이 지적을 당해 더 이상 놀림을 당하지 않으려고 갑작스레 흰 여왕을 돌아보며 말했다.

깜짝 놀란 흰 여왕은 한숨을 쉬더니 눈을 감았다.

"더하기는 할 줄 알아. 시간만 넉넉하다면. 근데 뺄셈은 전혀 할 줄 몰라!"

"알파벳은 알겠지?"

붉은 여왕이 물었다.

"물론이죠."

앨리스가 말했다.

"나도 알아."

흰 여왕이 속삭였다.

"가끔 알파벳을 함께 외워보지 않겠니? 비밀을 하나 알려줄게. 나는 한 글자로 된 단어를 읽을 수 있단다! 굉장하지? 하지만 기죽지는 마. 너도 곧 그렇게 될 테니까."

붉은 여왕이 다시 말했다.

"이번엔 상식 문제를 물어보자. 빵은 어떻게 만들지?"

"그건 알아요!"

앨리스는 신이 나서 외쳤다.

"먼저 밀가루가 있어야 해요."

"꽃은 어디서 꺾지? 정원? 울타리?"[21]

흰 여왕이 물었다.

"밀가루는 꺾는 게 아니에요! 그건 빻는 거죠."

앨리스가 설명했다.

"얼마나 넓은 땅에서? 그렇게 대충대충 넘어가려고 하지 마."[22]

---

21 영어에서 밀가루를 뜻하는 flour와 꽃을 뜻하는 flower은 모두 플라워라고 발음한다. 같은 발음 때문에 두 사람이 혼동을 한 것이다−역주

22 영어에서 빻다와 땅은 모두 ground라는 단어를 쓴다. 두 사람은 같은 단어를 놓고 서로 다른 뜻으로 사용하고 있는 것이다−역주

흰 여왕이 말했다.

"쟤한테 부채질 좀 해줘! 생각이 너무 많아서 열이 날 거야."

붉은 여왕이 걱정스러운 듯 말했다.

두 여왕은 잎이 무성한 나뭇가지로 앨리스가 머리카락이 너무 날린다며 그만하라고 할 때까지 부채질을 해주었다.

"곧 괜찮아질 거야. 외국어는 좀 아니? '피들 디디'를 프랑스어로 뭐라고 하지?"

붉은 여왕이 말했다.

"피들 디디는 영어가 아니잖아요."

앨리스가 자못 진지하게 대답했다.

"누가 영어라고 했어?"

붉은 여왕이 말했다.

앨리스는 이 함정에서 빠져나갈 방법을 찾아냈다.

"피들 디디가 어느 나라 말인지 알려주시면 프랑스어로 뭐라고 하는지 알려드릴게요."

앨리스는 자신 있게 큰소리를 쳤다. 그러나 붉은 여왕은 허리를 꼿꼿이 펴고 거만하게 말했다.

"여왕은 흥정 같은 건 안 해."

'질문도 안 하면 얼마나 좋을까.' 앨리스는 속으로 생각했다.

"이제 그만 싸워."

흰 여왕이 짜증을 내며 말했다.

"그런데 번개는 왜 칠까?"

"그 이유는요."

앨리스는 자신 있게 말했다.

"천둥 때문이에요! 아니, 참 그게 아니에요!"

앨리스는 급히 자신의 말을 정정했다.

"그 반대예요!"

"이미 늦었어. 일단 내뱉은 말은 주워 담을 수 없으니까 책임을 져야지."

붉은 여왕이 말했다.

"그러고 보니 생각이 나는군."

흰 여왕은 고개를 숙인 채 손깍지를 꼈다 풀었다 하면서 말했다.

"지난 화요일에는 천둥 번개가 정말 대단했어. 내 말은, 지난 주 화요일들 가운데 하루에 말이야."

앨리스는 어리둥절해하며 말했다.

"우리나라에서는 화요일이 일주일에 하루씩밖에 없어요."

"참 어이가 없군. 여기는 낮이나 밤이 대개 한꺼번에 두세 개씩 있어. 겨울에는 따뜻하게 지내려고 한꺼번에 밤을 다섯 개씩 지낼 때도 있거든."

붉은 여왕이 말했다.

"하룻밤보다 다섯 밤이 더 따뜻해요?"

앨리스가 용기를 내어 물었다.

"당연히 다섯 배 더 따뜻하지."

"그럼 똑같은 이유로 다섯 배 더 추울 수도 있잖아요."

"옳거니! 내가 너보다 다섯 배 더 부자이고, 다섯 배 더 똑똑한 것처럼 다섯 배 더 따뜻하고 다섯 배 더 춥고말고!"

붉은 여왕이 외쳤다.

앨리스는 한숨을 쉬며 말싸움을 포기하고 말았다. '마치 답도 없는 수수께끼 같아!' 앨리스는 생각했다.

"험프티 덤프티도 봤는데……. 포도주병 따개를 들고 찾아왔었어."

흰 여왕이 혼잣말처럼 작은 소리로 말했다.

"왜?"

붉은 여왕이 물었다.

"들어오고 싶대. 하마를 찾아야 한다나? 근데 그날 아침에는 마침 하마가 집에 없었어."

흰 여왕이 말했다.

"그럼 평소에는 집에 있단 말예요?"

앨리스가 깜짝 놀라서 물었다.

"목요일에만."

흰 여왕이 대답했다.

"험프티 덤프티가 왜 찾아왔는지 알 것 같아요. 아마 물고기를 벌주려고 간 걸 거예요. 왜냐하면…… ."

앨리스가 말했다.

그 순간 흰 여왕이 다시 말을 시작했다.

"정말 엄청난 천둥번개였어. 상상도 못할 정도였지! ("당연하지. 흰 여왕은 아무 생각도 없으니까 말이야." 붉은 여왕이 말했다.) 지붕 한쪽이 떨어져 나가면서 엄청난 천둥들이 떼거지로 몰려 들어왔거든. 그러고는 온 방을 굴러다니면서 탁자랑 가구를 쓰러뜨렸지. 너무 겁이 나서 내 이름도 기억할 수 없을 정도였어."

앨리스는 속으로 생각했다. '그런 사고가 생겼는데 이름 같은 걸 기억하고 싶을까?' 하지만 불쌍한 앨리스는 여왕이 기분 나빠할까 봐 아무 말도 하지 않았다.

"앨리스 여왕, 용서해줘."

붉은 여왕이 흰 여왕의 손을 잡고 부드럽게 어루만지면서 앨리스에게 말했다.

"허튼소리를 좀 해서 그렇지 원래는 착한 사람이거든."

흰 여왕은 부끄러운 듯 앨리스를 쳐다보았다. 앨리스는 뭔가 좀 친절하게 대해주고 싶었지만 그 순간 머릿속에는 어떤 말도 떠오르지 않았다.

"흰 여왕은 가정환경이 좋지 않았어. 그런데도 이렇게 온순하다니, 놀라운 일이지! 머리를 쓰다듬어줘. 참 좋아할 거야."

붉은 여왕이 말했다.

하지만 앨리스는 그럴 만한 용기가 나질 않았다.

"작은 친절……. 종이로 머리카락을 감싸주면……. 놀라운 효과……"

흰 여왕은 깊은 한숨을 내쉬더니 앨리스의 어깨에 머리를 기대어 앓는 소리를 냈다.

"졸려."

"저런, 가엾기도 해라! 피곤한 모양이야. 네 취침용 모자를 씌워주고 머리를 쓰다듬어줘. 그리고 부드럽게 자장가를 불러줘."

붉은 여왕이 말했다.

"전 취침용 모자가 없어요."

앨리스는 첫 번째 지시를 따르려다가 말했다.

"그리고 자장가도 부를 줄 모르구요."

"그럼 자장가는 내가 불러줘야겠군."

붉은 여왕은 말을 끝내고 자장가를 부르기 시작했다.

자장 자장 아가씨, 앨리스의 무릎을 베고!

만찬 준비가 끝날 때까지 낮잠을 즐기세요.

만찬이 끝나면 무도회에 갈 거예요.

붉은 여왕, 흰 여왕, 앨리스까지 모두 함께!

"이제 가사를 알겠지?"

앨리스의 어깨에 머리를 기대며 붉은 여왕이 말했다.

"이젠 네가 나한테 불러줘. 나도 졸려."

두 여왕은 금세 코를 골며 깊은 잠에 빠져들었다.

"어쩌면 좋지?"

두 여왕의 동그란 머리가 차례로 어깨에서 굴러 내려 묵직하게 무릎을 누르자 앨리스는 어쩔 줄 몰라하며 외쳤다.

"지금까지 잠든 여왕 둘을 한꺼번에 보살폈던 사람은 아무도 없을 거야. 영국 역사를 통틀어도 없을 거야. 그건 불가능해! 한 번에 여왕이 둘인 적은 없었으니까 말이야. 좀 일어나 봐요! 무거워 죽겠어요!"

앨리스가 짜증을 내며 소리를 쳤지만 부드럽게 코 고는

소리만 들릴 뿐이었다.

코 고는 소리는 점점 뚜렷해지더니 마치 노랫소리처럼 들리기 시작했다. 나중에는 노래 가사까지 알아들을 수 있을 정도였다. 노래에 푹 빠진 앨리스는 어느새 두 여왕의 머리가 무릎에서 사라져버린 것도 알아차리지 못했다.

앨리스는 큰 글씨로 '앨리스 여왕'이라고 씌어진 커다란 아치문 앞에 서 있었다. 문 양쪽에는 종이 달려 있었는데, 하나는 방문자용 또 하나는 하인용이라고 씌어져 있었다.

'노래가 끝나고 나면 종을 울려야겠다.' 앨리스는 생각했다. '그런데 어느 쪽 종을 쳐야 하는 거지?' 앨리스는 어리둥절한 채 계속 생각했다. '난 방문자도 아니고 하인도 아니잖아. 근데 여왕용은 왜 없는 거지?'

바로 그때 문이 빠끔히 열리더니 부리가 긴 동물이 머리를 내밀고 말했다.

"다음다음 주까지는 방문 금지!"

그리고는 꽝 소리를 내며 문을 닫아버렸다.

계속 문을 두들기고 종을 울려봤지만 아무 소용이 없었다. 이윽고 나무 밑에 앉아 있던 늙은 개구리가 일어나 절룩거리는 걸음으로 앨리스에게 다가왔다. 개구리는 환한 노란색 옷에 엄청나게 큰 장화를 신고 있었다.

"무슨 일이야?"

낮고 쉰 목소리로 개구리가 물었다.

앨리스는 누구든 걸리기만 하면 본때를 보여주겠다 하는 기분으로 몸을 돌렸다.

"문소리에 대답하는 하인은 어디 있지?"

잔뜩 골이 난 앨리스가 물었다.

"무슨 문 말이지?"

개구리가 말했다.

앨리스는 느려터진 개구리의 말투 때문에 더욱 화가 나서 미칠 지경이었다.

"당연히 이 문이지!"

개구리는 크고 흐릿한 눈으로 잠시 문을 바라보았다. 이윽고 문으로 다가가 페인트칠이 벗겨졌는지 확인이라도 하듯 엄지손가락으로 문을 문지르고 나서 앨리스에게 물었다.

"문소리에 대답을 한다고? 뭘 물었는데?"

개구리의 목소리가 너무 탁해서 앨리스는 잘 알아들을 수가 없었다.

"무슨 얘긴지 못 알아듣겠어."

앨리스가 말했다.

"내가 무슨 외국어라도 하는 줄 알아? 아니면 너 귀머거리야? 문이 뭐라고 했느냐고 물었잖아!"

개구리가 말을 이었다.

"아무 말도 안 했어! 그냥 내가 문을 두드렸다니까!"

앨리스가 짜증을 내며 말했다.

"그래가지곤 어림도 없지, 암, 어림도 없고말고."
개구리가 중얼거렸다.
"문을 귀찮게 해야 돼!"
그리고 개구리는 문을 걷어찼다.
"문을 가만히 놔두면……."

개구리는 숨을 헐떡거리면서 말했다.

"문도 너를 가만 놔둘 거야."

그리고 개구리는 나무 밑으로 되돌아갔다.

바로 그때 문이 활짝 열리더니 가늘고 높은 노랫소리가 들려왔다.

거울 나라 백성에게 앨리스가 말했다네.

"나는 손에 여왕의 홀을 들고 머리에는 왕관을 쓰고 있어요.

거울 나라 백성들이여 모두 모여,

붉은 여왕, 흰 여왕 그리고 나 앨리스와 함께 만찬을 즐겨요."

이어 수백 명이 함께 합창하는 소리가 들렸다.

서둘러 잔을 채우세.

탁자 위에는 단추와 겨를 뿌리세.

커피에는 고양이, 차에는 쥐를 넣고

서른 번의 세 배로 앨리스 여왕을 맞이하세.

그리고 왁자지껄 환호성이 들려왔다. 앨리스는 속으로 생각했다. '서른 번의 세 배면 아흔 번이군. 그걸 누가 셀 수

있을까?'

또다시 잠깐 동안의 침묵이 흐르고, 조금 전의 가늘고 높은 목소리가 다음 소절을 노래했다.

"오, 거울 나라 백성이여."
앨리스가 말했다네.
"가까이 오세요!
나를 보는 건 영광, 내 목소리를 듣는 건 은혜!
붉은 여왕, 흰 여왕, 그리고 나와 함께
먹고 마시는 건 커다란 특권이에요."

그리고 다시 합창이 이어졌다.

잔을 채우세, 꿀과 잉크로.
마시기 좋은 거면 무엇이든 섞으세.
사이다에는 모래를, 포도주에는 양털을 섞고
아흔 번의 아홉 배로 환영하세!

"아흔 번의 아홉 배라고?"
앨리스는 절망해서 중얼거렸다.
"저 계산은 절대 안 끝날 거야! 당장 들어가는 게 낫겠어."
앨리스가 안으로 들어가는 순간, 주변이 갑자기 쥐 죽

은 듯 조용해졌다. 앨리스는 커다란 방을 걸어가며 긴장된 눈으로 식탁 쪽을 살펴보았다. 손님은 모두 쉰 명 정도였는데, 온갖 종류의 생물이 다 모여 있는 것 같았다. 들짐승, 날짐승은 물론 꽃들도 있었다.

'초대할 때까지 기다리지 않고 와줘서 정말 다행이야.' 앨리스는 생각했다. '난 누구를 초대해야 할지 아무것도 몰랐거든!'

식탁의 상석에는 의자가 셋이 있었는데, 양쪽 두 개의 의자에는 흰 여왕과 붉은 여왕이 앉아 있었고 가운데 의자는 비어 있었다. 앨리스는 비어 있는 가운데 자리에 앉았다. 그리고 내심 이 어색한 침묵을 누군가 깨주길 기다렸다.

이윽고 붉은 여왕이 입을 열었다.

"수프와 생선 요리는 이미 끝났어! 자, 이젠 고기 요리를 내오도록!"

웨이터들이 양의 다리를 앨리스 앞에 놓았다. 앨리스는 한 번도 고기를 잘라본 적이 없었기 때문에 당황한 채 그것을 바라보았다.

"겁낼 필요 없어. 양고기를 소개해주지, 앨리스, 이쪽은 양고기야. 양고기, 이쪽은 앨리스야."

양 다리는 접시에서 일어나더니 앨리스에게 살짝 머리를 숙여 보였다. 앨리스는 무서워해야 할지 웃어야 할지 얼떨떨한 상태에서 저도 몰래 머리를 숙여 인사했다.

"한 조각씩 드릴까요?"

앨리스는 나이프와 포크를 든 채 두 여왕을 번갈아 바라보며 물었다.

"말도 안 돼! 소개받은 상대방을 칼로 자르는 건 예의가 아니지! 이제 고기를 치워라!"

붉은 여왕이 단호하게 말했다.

웨이터들은 양고기를 내가고 커다란 건포도푸딩을 내왔다.

"푸딩하고는 인사 나누기 싫어요. 이러다가는 아무것도 못 먹겠어요. 좀 드릴까요?"

앨리스가 다급하게 말했다.

그러나 붉은 여왕은 심술궂은 얼굴로 퉁명스럽게 말했다.

"푸딩, 이쪽은 앨리스. 앨리스, 이쪽은 푸딩. 이제 푸딩을 치워라!"

웨이터들은 앨리스가 미처 인사를 건네기도 전에 푸딩을 내갔다.

앨리스는 문득 붉은 여왕만 명령을 내리는 건 아닐지도 모르겠다는 생각이 들었다. 앨리스는 시험 삼아 외쳤다.

"웨이터! 푸딩을 도로 가져와!"

그러자 마치 마술처럼 푸딩이 다시 나타났다. 푸딩이 너무나 커서 조금 전 양 다리를 봤을 때처럼 살짝 겁이 났지만 앨리스는 용기를 내어 한 조각을 자른 다음 붉은 여왕에게 권했다.

"정말 무례하군! 내가 너를 한 조각 잘라내면 네 기분은 어떨 것 같아?"

푸딩이 굵고 기름진 목소리로 따져 물었다.

앨리스는 한마디도 하지 못한 채 숨을 죽이고 앉아서 푸딩만 내려다보았다.

"너도 말을 좀 해봐. 푸딩 혼자만 말을 하고 있잖아!"

붉은 여왕이 말했다.

"오늘은 시를 굉장히 많이 들었어요."

앨리스가 입을 여는 순간, 주변은 갑자기 찬물을 끼얹은 듯 조용해지고, 모든 시선이 앨리스에게 집중되었다. 앨리스는 약간 겁을 먹은 채 말했다.

"근데 신기하게도 모두 생선에 관한 시였어요. 혹시 이 나라 사람들이 생선을 좋아하는 이유를 아세요?"

앨리스는 붉은 여왕에게 물어본 것이지만, 여왕은 동문서답을 했다.

"생선이라면 말이지."

붉은 여왕은 앨리스의 귀에 입을 바짝 가져다 댄 채 엄숙한 목소리로 아주 느릿느릿하게 말했다.

"흰 여왕이 생선에 관한 재밌는 수수께끼를 아주 많이 알거든. 한번 부탁해볼까?"

"그렇게 말해주다니 정말 친절하군."

흰 여왕이 앨리스의 다른 쪽 귀에 대고 비둘기가 구구 소리를 내듯이 속삭였다.

"아주 재미있을 거야. 시작해볼까?"

"부탁합니다."

앨리스는 아주 공손하게 말했다.

흰 여왕은 기쁜 듯이 웃으며 앨리스의 볼을 살짝 어루만지고 시를 암송하기 시작했다.

"우선, 생선을 잡아야 해."
그건 쉬워, 아기들도 할 수 있지.
"그 다음엔 생선을 사야 해."
그건 쉬워, 1펜스면 살 수 있지.

"이제 생선을 요리해야지!"
그건 쉬워, 1분도 안 걸릴 테니까.
"접시에 담아줘!"
그건 쉬워, 이미 담겨 있으니까.

"이리 가져와! 먹자!"
접시를 탁자에 놓는 건 쉽지.
"접시 뚜껑을 열어!"
아, 그건 너무 어려워. 난 할 수 없어!

본드처럼 달라붙어 있어.
중간에서 접시와 뚜껑을 꽉 붙잡고 있어.
어느 것이 쉬울까?
생선 접시 뚜껑을 여는 일과 수수께끼를 푸는 일.

"잠시 생각해보고 알아맞혀 봐."
붉은 여왕이 말했다.

"그동안 우리는 너의 건강을 위해 건배를 할게. 자, 앨리스 여왕의 건강을 위하여!"

붉은 여왕이 힘껏 소리를 치자 손님들이 모두 잔을 들고 마시기 시작했는데, 그 모습이 한결같이 이상해 보였다. 어떤 사람은 촛불 끄는 고깔처럼 술잔을 머리에 뒤집어쓴 채 얼굴로 흘러내리는 술을 핥아먹었고, 어떤 이는 유리잔을 엎어버린 채 식탁 끄트머리로 흘러내리는 포도주를 받아마셨다. 그리고 (꼭 캥거루처럼 생긴) 세 사람은 구운 양고기 접시 안에 기어들어가 국물을 핥아먹기 시작했다. '마치 여물통 속에 들어간 돼지들 같아!' 앨리스는 생각했다.

"이제 멋진 연설로 감사 인사를 해야지!"

붉은 여왕이 앨리스를 향해 얼굴을 찡그리며 말했다.

"우리가 도와줄게."

앨리스가 약간 겁먹은 듯한 얼굴로 붉은 여왕의 말에 따르기 위해 자리에서 일어서자 흰 여왕이 속삭였다.

"고맙습니다. 하지만 저 혼자서도 할 수 있어요."

"그렇게는 안 되지!"

앨리스도 속삭이듯 대답했다.

붉은 여왕이 단호하게 말했다. 앨리스는 여왕을 배려하는 마음으로 그럼 도와달라고 부탁을 하려고 했다.

("그러라고 내게 강요를 했단 말이야!" 나중에 앨리스는 언니한테 만찬 이야기를 들려주며 이렇게 말했다. "둘이서 아주 날 깔아뭉개려

고 하는 것 같더라니까!")

사실 앨리스는 연설을 하면서 제대로 서 있기가 힘들었다. 양쪽에서 두 여왕이 하도 세게 밀어대는 통에 공중으로 떠밀려 올라갈 지경이었기 때문이다.

"여러분께 감사 인사를 드리려고 일어났습니다."

앨리스가 말했다. 앨리스는 연설을 하는 동안 실제로 살짝 공중에 떠올랐지만 다행히 식탁을 붙잡고 내려올 수 있었다.

"조심해! 무슨 일인가 벌어지고 있어!"

흰 여왕이 양손으로 앨리스의 머리카락을 움켜쥐고 외쳤다.

곧이어서 (앨리스가 나중에 설명한 것에 따르면) 온갖 일이 순식간에 벌어졌다. 천장까지 자란 촛불은 꼭대기에서 불꽃놀이를 벌이는 골풀밭처럼 보였다. 각종 병들은 한 쌍의 접시를 날개로 삼고 포크를 다리로 삼아 날아다녔다. '진짜 새 같네.' 북새통 속에서 앨리스는 생각했다.

바로 그 순간 옆에서 귀에 거슬리는 웃음소리가 들렸다. 흰 여왕에게 무슨 일이 생겼나 해서 고개를 돌리니 그 자리에는 양 다리가 대신 앉아 있었다. 수프 그릇에서 "나 여기 있어!" 하는 외침이 들려왔다. 다시 고개를 돌렸더니 흰 여왕이 후덕하게 생긴 넓적한 얼굴에 웃음을 띤 채 수프 속으로 사라지고 있었다.

더 이상 머뭇거릴 여유가 없었다. 몇몇 손님은 벌써 접시에 드러누웠고, 수프 국자는 빨리 비키라고 신호를 보내며 앨리스가 앉은 의자 쪽으로 다급하게 걸어왔다.

"도저히 참을 수가 없군!"

앨리스는 벌떡 일어나 외친 다음 양손으로 식탁보를 움켜쥐고 힘껏 잡아당겼다. 그러자 큰 접시, 작은 접시, 손님, 촛대들이 와장창 소리를 내며 모두 바닥으로 떨어져 내렸다.

"그리고 당신!"

앨리스는 무섭게 소리를 치며 이 난리법석의 주인공으로 짐작되는 붉은 여왕을 향해 몸을 돌렸다. 하지만 붉은 여왕은 그 자리에 있지 않았다. 어느새 조그마한 인형만큼 줄어든 붉은 여왕은 뒤로 늘어진 자신의 숄을 붙잡기 위해 식탁 위를 뱅뱅 돌고 있는 중이었다.

평소의 앨리스라면 이 모습을 보고 깜짝 놀랐겠지만 지금은 하도 흥분해 있었기 때문에 어떤 것에도 놀라지 않았다.

"당신!"

앨리스는 식탁 위에 넘어진 병을 뛰어넘은 붉은 여왕을 잡고 다시 말했다.

"당신을 흔들어서 새끼고양이로 만들어버릴 거야! 알겠어!"

10

흔들기

앨리스는 붉은 여왕을 식탁에서 들어 올려 앞뒤로 힘껏 흔들었다. 붉은 여왕은 아무런 저항도 하지 않았다. 다만 얼굴이 점점 작아지는 대신 눈이 커지면서 녹색으로 바뀌어갔다. 앨리스가 계속 흔들어대자 붉은 여왕은 점점 더 작아지고…… 통통해지고…… 부드러워지고…… 동그래졌다. 그리고…….

11

깨어나기

진짜 새끼고양이가 되었다!

12
누구의 꿈일까?

"**여**왕 폐하, 그렇게 요란하게 가르랑거리면 안 돼
요!"

앨리스는 눈을 비비며 약간 정중하면서도 엄격한 목소리
로 말했다.

"너 때문에 깨고 말았잖아. 아, 정말 재미있는 꿈이었어!
키티, 거울 나라를 여행하는 동안 너도 내내 나와 함께 있
었단다. 알고 있었어?"

(언젠가 앨리스가 한 말에 따르면) 새끼고양이들은 누가 무슨
말을 시키든 항상 가르랑거리는 나쁜 버릇이 있었다.

"'맞아요'라고 할 때는 가르랑거리고, '아니에요' 할 때는
야옹이라고 해주면 대화를 나눌 수 있을 텐데! 그렇게 항상
가르랑거리기만 하면 어떻게 대화가 되겠어?"

새끼고양이는 여전히 가르랑거리기만 했다. 이 때문에 앨리스는 고양이가 '맞아요'라고 한 건지 '아니에요'라고 한 건지 구별을 할 수가 없었다.

앨리스는 탁자 위에 놓인 체스 말 사이에서 붉은 여왕을 찾아냈다. 그리고 벽난로 앞의 깔개 위에 무릎을 꿇은 채 붉은 여왕과 키티를 번갈아 쳐다보았다.

"자, 키티!"

앨리스는 자신만만하게 손뼉을 치며 소리쳤다.

"네가 무엇으로 변신했었는지 말해!"

("그런데 키티는 붉은 여왕을 보려고 하지 않더라구." 나중에 앨리스는 언니에게 자신의 꿈을 설명하며 말했다. "아예 고개를 돌리고 못 본 척하더라구. 하지만 뭔가 반성의 기색이 나타났던 걸 보면 붉은 여왕으로 변신했던 게 확실해.")

"똑바로 좀 앉아봐, 키티!"

앨리스는 즐겁게 웃으며 외쳤다.

"그리고 뭐라고 말할지, 아니 참 뭐라고 가르랑거릴지 생각하는 동안 절을 해. 그래야 시간이 절약되거든. 이건 꼭 기억해둬."

앨리스는 키티를 들어 올려 가볍게 입을 맞추었다.

"붉은 여왕으로 변신했던 기념이야."

"스노드롭!"

그리고 앨리스는 아직도 참을성 있게 세수를 당하고 있

는 흰 새끼고양이를 바라보았다.

"다이너는 언제쯤 얼굴을 다 씻기고 흰 여왕을 놓아줄까? 내 꿈속에서 네가 그렇게 단정치 못했던 게 바로 그것 때문이거든. 이것 봐 다이너, 지금 네가 참으로 무례하게 흰 여왕을 씻겨주고 있다는 거 알아? 참, 그럼 다이너는 뭐로 변신했었지?"

앨리스는 깔개 위에 한쪽 팔꿈치를 대고 편안하게 턱을 괴고 누운 채 계속 말했다.

"다이너, 험프티 덤프티로 변한 게 바로 너지! 내 생각엔 틀림없이 그랬던 것 같지만 네 친구들한테는 아직 말하지 마. 확실하진 않으니까. 어쨌든 키티 네가 정말 꿈속에 나와 함께 있었다면 네가 아주 좋아할 만한 일이 하나 있어. 시를 아주 많이 들었는데 그게 모두 생선에 대한 거였거든! 내일 아침에는 멋진 식사를 준비해줄게. 그리고 네가 아침을 먹을 때마다 〈바다코끼리와 목수〉를 읊어줄게. 그럼 넌 아침마다 굴을 먹는다는 상상을 할 수 있을 거야. 자, 키티. 그럼 누가 꿈을 꾼 것인지 한번 생각해보자. 이건 아주 심각한 문제야. 발만 그렇게 핥지 말고 생각 좀 해봐. 네 발은 다이너가 아침에 다 닦아줬잖아! 꿈을 꾼 건 나 아니면 붉은 왕인 게 분명해. 물론 붉은 왕은 내 꿈에 나왔어. 하지만 나도 왕의 꿈에 나왔을 거야. 그럼 그게 왕의 꿈이었을까? 넌 왕의 부인이었으니까 알 거 아냐. 키티, 제발 좀 가르쳐줘! 발은 나중에 닦고!"

그러나 새끼고양이는 얄밉게도 앨리스의 말을 못 들은 척하고 다른 쪽 발을 핥기 시작했다.

자, 여러분은 누구의 꿈이었을 거라고 생각하세요?

화창한 하늘 아래 한 척의 배

꿈결처럼 흘러가네.
7월의 어느 저녁에.

옆에 앉은 세 아이의
반짝반짝 빛나는 눈, 쫑긋 세운 귀.
소박한 이야기에 즐거이 귀를 기울이고 있네.

하늘의 해도 저문 지 이미 오래,
메아리는 멀어지고 기억도 사라져
가을 서리는 7월을 몰아냈네.

아직도 그 아이는 나를 쫓아다니네, 유령처럼
앨리스는 하늘 아래 움직이는데,
그를 본 사람은 아무도 없네.

그래도 아이들은 여전히 이야기를 기다리며
반짝반짝 빛나는 눈, 쫑긋 세운 귀로
다정하게 다가와 앉네.

이상한 나라에 누운 아이들은
해가 저물도록 꿈을 꾸고
여름이 다 가도록 꿈을 꾸네.

강물 따라 둥실둥실

황금빛 햇살 아래 유유히 흘러가네.

삶이란, 한갓 꿈이 아니던가?

(이 시와 관련된 매우 재미있는 사실이 하나 있다. 이 시의 영문 맨 앞 글자를 이으면 앨리스의 이름—Alice Pleasance Liddell이 되는 것이다. 참고할 수 있도록 영어 원문을 싣는다—역주)

A boat , beneath a sunny sky,

Lingering onward dreamily

In an evening of July-

Children there that nestle near,

Eager eye and willing ear,

Pleased a simple tale to hear-

Long has paled that sunny sky:

Echoes fade and memories die:

Autumn frosts have slain July:

Still she haunts em, phantomwise,

Alice moving under skies

Never seen by waking eyes.

Children yet, the tale to hear,

Eager eye and willing ear,

Loving shall nestle near.

In a Wonderland they lie,

Dreaming as the days go by,

Dreaming as the summers die.

Ever drifting down the stream-
Lingering in the golden gleam-
Life, what is it but a dream?